MIA HARPER

Willow Springs

Finding Love

W0328109

MIA HARPER

Willow Springs

Finding Love

more
Immer mit Liebe

MIX
Papier | Fördert gute Waldnutzung
FSC® C083411
FSC
www.fsc.org

ISBN 978-3-98751-037-3

More ist eine Marke der Aufbau Verlage GmbH & Co. KG

1. Auflage 2024
© Aufbau Verlage GmbH & Co. KG, Berlin 2023
www.aufbau-verlage.de
10969 Berlin, Prinzenstraße 85
Der Verlag behält sich das Text- und Data-Mining nach § 44b UrhG vor, was hiermit Dritten ohne Zustimmung des Verlages untersagt ist.
Satz Greiner & Reichel, Köln
Druck und Binden CPI books GmbH, Leck, Germany

Printed in Germany

Kapitel 1

Bye, mein Schatz, bis heute Abend.«

Ceecee Kaufman hob den Kopf, um ihren Verlobten für den Tag zu verabschieden. Heute musste er offenbar nicht ins Gericht, denn Cal trug keinen seiner modisch-konservativen Anzüge. Doch auch in Hemd und Hose sah er aus wie der seriöse und erfolgreiche Anwalt, dem seine Mandanten vertrauen konnten.

Er drückte ihr einen flüchtigen Kuss auf die Lippen und lächelte sie an. »Warte nicht auf mich. Heute stehen ein paar wichtige Termine in der Kanzlei an, und abends muss ich eine Extrarunde Training einlegen.«

Ceecee lächelte zurück und bemühte sich um einen möglichst unbekümmerten Tonfall. »Natürlich, Liebling. Vielleicht sehen wir uns ja später noch kurz. Deine Mutter und ich wollten nachher nur zur Floristin, um den Tischschmuck zu besprechen.«

»Hmhm«, machte Cal, schon halb auf dem Weg zur Tür. »Dann wünsche ich euch beiden viel Spaß.«

Ceecee seufzte, während sie sich gegen die Lehne des Esszimmerstuhls sinken ließ. Gedankenverloren betrachtete sie den Frühstückstisch vor sich. Wenn sie ehrlich war, zweifelte sie ziemlich daran, ob ein Besuch bei der Floristin mit ihrer äußerst anspruchsvollen Schwiegermutter in spe als Spaß bezeichnet werden konnte. Klar, die meisten Geschäftsleute in und um Willow Springs wussten nicht nur, wie viel Wert Amanda McNamara auf Qualität und Stil legte, sondern auch, dass sie bereit war, dafür exzellent zu bezahlen. Dementsprechend geduldig und dienstfertig benahmen sie sich, egal, welche Anfragen von Amanda auch kamen. Manche davon waren ausgesprochen raffiniert und sogar fantasievoll, wie Ceecee zugeben musste, und würden ihre Hochzeit wirklich zu etwas ganz Besonderem machen. Aber bei etlichen anderen Ideen hatte Ceecee häufig das Gefühl, dass Amanda nur ihre Möglichkeiten als reiche Kundin austarieren wollte.

Wie sonst konnte man ernsthaft einfließen lassen, wie wunderbar es wäre, wenn man lauter Eisskulpturen im Festzelt aufstellen lassen würde? Wie bei den glamourösen Partys früherer Jahrzehnte? »Damals wusste man einfach noch, wie man richtig feiert«, hatte Amanda mit leuchtenden Augen hinzugefügt. Bei der Gelegenheit hatte Ceecee sich nur schwer verkneifen können zu fragen, wann denn dieses sagenumworbene »damals« gewesen war – insgeheim hatte sie den Verdacht, dass Amanda das bei irgendeiner Netflix-Serie über die High Society in Europa gesehen hatte, die ihre Schwiegermutter so eifrig verfolgte. Außerdem waren für eine Oktober-Hochzeit im Northern Highland von Wisconsin wohl eher Heizstrahler die klügere Wahl. Aber sie wusste aus Erfahrung, wie ungeduldig Amanda reagieren konnte, wenn sie den Eindruck bekam, man nähme sie nicht ernst. Also hatte sie sich darauf beschränkt, dem Caterer nur mitleidig zuzulächeln.

Denn schließlich war Ceecee selbst Geschäftsfrau und konnte die Zeichen leicht deuten: Sie sah, wie schnell das freundliche Lächeln wie eingefroren wirkte, die Begeisterung kaum merklich, aber doch entscheidend abkühlte und – vielleicht das Schlimmste – der kreative Ideenaustausch über ihren schönsten Tag im Leben zum bloßen Abspulen teurer Möglichkeiten wurde. Schon des Öfteren hatte sie versucht, an das Traditionsbewusstsein ihrer künftigen Schwiegermutter zu appellieren und beiläufig einfließen zu lassen, dass es eigentlich die Aufgabe der Brauteltern war, die Hochzeit zu organisieren. Denn natürlich brannte auch ihre eigene Mutter darauf, ihrem einzigen Kind bei der Auswahl von Blumenschmuck beizustehen.

Doch auf diesem Ohr stellte Amanda sich hartnäckig taub und bestand darauf, höchstpersönlich die wichtigen Termine für sich und ihre künftige Schwiegertochter zu vereinbaren. Und so machte Ceecee gute Miene zum nicht ganz so guten Spiel und blieb ebenso geduldig und freundlich wie die vielen Floristinnen, Caterer, Modisten oder Hochzeitsplanerinnen, während Amanda eine Entscheidung nach der anderen traf.

Nun ja. Wieder seufzte sie. Ihre künftige Schwiegermutter würde sich in dieser Hinsicht ganz bestimmt nicht mehr ändern, und im Grunde meinte sie es nur gut. Außerdem waren ein etwas zu protziger Tischschmuck und eine Gästeliste voller wichtiger Leute nur ein kleiner Preis, wenn sie dafür den tollsten Mann der Welt heiraten und seine Mutter glücklich machen konnte. Zumindest würden sie und ihre Mom das Brautkleid allein aussuchen, und das war bei einer Hochzeit fast das Wichtigste, oder?

Sie stapelte das Geschirr, das sie von ihren Großeltern zum 21. Geburtstag geschenkt bekommen hatte, und strich dabei liebevoll über das verspielte Blumendekor. Natürlich wusste sie genau, dass es allein ihre Grandma ausgewählt hatte, ihr Großvater hätte bestimmt etwas Schlichteres genommen. Manchmal hatte sie den Verdacht, dass auch Cal es vielleicht ein bisschen zu kitschig fand, aber rücksichtsvoll wie er war, hatte er nie etwas dazu gesagt. Er wusste, wie sehr sie an ihrer Grandma gehangen hatte, und hätte sich vermutlich eher die Zunge abgebissen, als eine kritische Bemerkung über die alte Dame zu machen. Dabei hätte das ihre Grandma gar nicht weiter gestört. Sie hatte nach der Devise gelebt, dass jeder seinen eigenen Weg im Leben finden musste und sich nicht allzu sehr von anderen Leuten beeindrucken lassen sollte. Neben dieser Kompromisslosigkeit hatte sie allerdings auch über eine gehörige Portion Weisheit und Verständnis für ihre Mitmenschen verfügt: Sie war so klug gewesen, zu verstehen, dass ihre Tochter, Ceecees Mom, sich niemals von ihrer Liebe zu Vince Kaufman hätte abbringen lassen. Die Bemühungen von Ceecees Granddad, den nicht ganz passenden Freund in die Flucht zu schlagen, hatte sie deshalb energisch unterbunden, allein schon, um den Familienfrieden nicht zu stören. Und die mehr als glückliche Ehe ihres Kindes hatte ihrer mütterlichen Intuition im Nachhinein recht gegeben, wie auch ihr Granddad heute gern zugab. Leider war ihre Grandma schon vor zehn Jahren gestorben, und Ceecee und der Rest der Familie vermissten sie immer noch schrecklich.

Wobei … Sie griff nach der Kaffeekanne und kehrte mit ihren Gedanken zu ihrem Verlobten zurück. Manchmal war Cal ihr beinahe *zu* rücksichtsvoll. Sie selbst hätte zum Beispiel nichts dagegen einzuwenden gehabt, direkt nach ihrer Verlobung die Pille abzusetzen und es einfach darauf ankommen zu lassen. Schließlich wünschten sie sich beide eine große Familie und waren ja so gut wie verheiratet. Doch Cal hatte sie sanft, aber sehr bestimmt darauf hingewiesen, dass sie sich nicht mit einem Babybauch ablichten und so die Hochzeitsfotos verderben wollte. Im ersten Moment hatte sie etwas gestutzt, weil sie selbst gegen schwangere Bräute nichts einzuwenden hatte, es im Grunde sogar sympathisch fand. Doch als sie etwas darüber nachgedacht hatte, musste sie ihm recht geben. Schließlich sollte niemand glauben, sie würden nur wegen des Nachwuchses heiraten, das war ihr schon wichtig – selbst wenn das vielleicht ein bisschen altmodisch war. Und bewies sein Einwand deshalb nicht auch wieder einmal, wie gut er sie kannte? Wie genau er wusste, wie wichtig ihr die rundum perfekte Hochzeit war, und dass er ihre Bedürfnisse an keiner Stelle aus den Augen verlor? Okay, etwas anderes kam noch hinzu: Seit er so hart für den Ironman auf Hawaii trainierte, der kurz nach ihrer Hochzeit stattfinden würde, und sein Trainer ihm angeraten hatte, am besten auf Sex zu verzichten, lief eh nichts mehr – zumal er abends nach einem Tag voller Arbeit in der Kanzlei und dem Training sowieso immer total ausgepowert war und sofort einschlief. Die Möglichkeit von Sex oder gar einer Schwangerschaft war deshalb verschwindend gering.

Sie schüttelte den Kopf, als könne sie so ihre trübe Stimmung verscheuchen, und versuchte, das Positive zu sehen: Sie waren erst Anfang 30, hatten also noch ihr ganzes Leben vor sich. Da blieb genug Zeit fürs Kinderkriegen, egal, wie ungeduldig sie sich das wünschte. Außerdem war der Ironman ganz klar Cals großer Traum, und es imponierte ihr unheimlich, mit welcher Entschlossenheit er sich dafür einsetzte. Nein, sie schüttelte wieder den Kopf, diesmal um ihren Gedanken mehr Nachdruck zu verleihen. Seinen großen Traum wollte sie ihm auf keinen Fall verderben, das war für sie wesentlich entscheidender als jedes noch so gelungene Hochzeitsfoto.

Sie trug das Geschirr und die Überreste ihres Frühstücks in die Küche und warf einen Blick auf die Uhr. Schon kurz nach sieben. Zeit, dass sie ins *Lakeview* kam. Seit Liz, ihre beste Freundin und die tollste Köchin der Westküste, nach Willow Springs zurückgekehrt und zu ihrer Geschäftspartnerin im Café geworden war, musste sie natürlich nicht mehr auf alles einen ganz scharfen Blick haben. Trotzdem, sie liebte das *Lakeview* viel zu sehr und war zu stolz auf das, was sie erreicht hatte, als dass sie jetzt die Zügel schleifen ließe. Zumal Liz und sie gerade dabei waren, ihre ehrgeizigen Pläne umzusetzen, und das *Lakeview* bald ein vollwertiges Restaurant werden sollte. Die ersten Wochen mit der neuen, deutlich ausgebauten Mittagskarte liefen vielversprechend an. Sowohl bei ihren einheimischen Gästen als auch bei den Touristen war die erweiterte Auswahl ein richtiger Volltreffer und hatte nicht nur die Besucherzahlen, sondern auch die Höhe des Kassenbons bei den Mittagsgästen deutlich anwachsen lassen. Nach ihrer Hochzeit planten sie dann, auch einen Abendbetrieb anzubieten. Im nächsten Monat würden sie und Liz sich um eine Schanklizenz kümmern.

Sie hoffte nur, dass sie beide im *Lakeview* alles auf ein gutes Fundament stellen konnten, bis sie und Cal sich ernsthaft an die Familienplanung machten. Aber noch war es ja nicht ganz so weit, und im Moment genoss sie es daher vielleicht noch ein bisschen mehr als sonst, morgens die Gäste persönlich zu begrüßen und mit ihren beiden Servicekräften Ruth und Maggie in den Tag zu starten.

Routiniert verrichtete Ceecee die letzten Handgriffe Hausarbeit und eilte dann ins Bad, um noch einmal Frisur und Make-up zu überprüfen. Ihre braunen Haare, die sie wie üblich zusammengenommen trug, saßen perfekt, allein ihr Lippenstift hatte beim Frühstück ein bisschen gelitten. Aber das machte nichts. Schließlich hatte sie – ihrer stilvollen Mom und Bobbi Brown sei Dank – nur einen rosigen Nudeton aufgetragen, der genau zu ihrer natürlichen Lippenfarbe passte und diese einfach nur vorteilhaft unterstrich. Während sie das schnell in Ordnung brachte, überlegte sie, was sie außer dem Besuch beim Floristen heute sonst noch zu erledigen hatte.

Stimmt ja, sie musste daran denken, Cals Sachen zur Reinigung zu bringen. Den Wäschekorb hatte sie schon gestern Abend in den Kofferraum gestellt. Bei diesem Gedanken machte sie wieder einmal drei Kreuze, dass sie es sich mittlerweile problemlos leisten konnten, einen Bügelservice in Anspruch zu nehmen. Denn als Rechtsanwalt brauchte ihr Liebster nun einmal täglich ein frisches Hemd, manchmal sogar zwei. Also hatte Ceecee jahrelang in den sauren Apfel gebissen und sich jedes Wochenende eine Ladung Hemden vorgenommen. Hausarbeit machte ihr eigentlich überhaupt nichts aus, viele

Dinge tat sie sogar ausgesprochen gern, was für eine Gastronomin ein echter Vorteil war. Nur Bügeln verabscheute sie aus tiefstem Herzen. Deswegen genoss sie es auch nach beinahe zwei Jahren noch sehr, dass sie nun den Profis die nervigen Oberhemden überlassen konnte. Sie zwinkerte sich im Spiegel zu, legte den Lippenstift in ihre Make-up-Schublade zurück und machte sich auf den Weg zu ihrem Auto.

Mathilda, ihre geliebte Border-Terrier-Hündin, wartete neben der Haustür. Trotz ihrer fast 14 Jahre hüpfte sie geradezu unternehmungslustig zur Garage, nahm sich nur jeweils ein paar Sekunden Zeit, um besonders interessante Geruchsspuren zu untersuchen. Ceecee musste lächeln. Manchmal war es ihr geradezu peinlich, wie sehr sie die Hündin liebte. Aber Matty und sie hatten nun einmal schon eine halbe Ewigkeit miteinander verbracht. Außerdem hatte Cal ihr die Hündin nach ihrem ersten großen Streit geschenkt, zur Versöhnung, kurz vor ihrem 18. Geburtstag. Es war eine unheimlich romantische Geste von ihm gewesen – und sie konnte sich noch genau erinnern, wie überrascht und gerührt sie damals gewesen war. Schließlich hatte sie gewusst, dass er sich nicht besonders viel aus Hunden machte. Umso mehr hatte sie es ihm angerechnet, dass er ihr trotzdem diesen Wunsch erfüllt hatte. Rückblickend betrachtet würde sie sogar sagen, dass ihr in dem Augenblick, wo sie dieses winzige Häuflein Hund zum ersten Mal an sich gepresst und die beiliegende Karte mit dem Satz »Von einem, der dich immer lieben wird« gelesen hatte, aufgegangen war, dass Cal der Mann ihres Lebens sein musste. Dass er sich dann auch noch ein bisschen geziert hatte, bevor er zu seiner Großzügigkeit stehen und zugeben konnte, dass Mathilda natürlich sein Geschenk gewesen war, war einfach nur unheimlich süß gewesen!

Die Fahrt zum Café dauerte nicht lange, was sich auch durch die Zwischenstopps bei der Reinigung und Mathildas Hundesitterin – der netten Mrs. Hahn, die selbst zwei Hunde hatte und gegen ein kleines Entgelt auch gern auf Mathilda aufpasste – nicht änderte. Pünktlich um halb acht stand sie im *Lakeview*. Zu der Zeit herrschte erfahrungsgemäß im Sommer der größte Andrang an einheimischen Frühstücksgästen.

Ganz am Anfang hatte Ceecee noch jeden Morgen selbst das Café vorbereitet und geöffnet, mittlerweile tat sie das nur noch in Ausnahmefällen. Zum Glück konnte sie sich absolut auf ihr Team verlassen, eine Tatsache, für die sie jeden Tag aufs Neue große Dankbarkeit empfand. Und dank Liz' Einstieg machte es ihr noch mehr Spaß, ins *Lakeview* zu kommen – falls das überhaupt möglich war. Wirklich, dachte Cee und holte tief Luft, sie hatte ein unheimliches Glück im Leben!

Einziger kleiner Wermutstropfen im Moment war vielleicht der Umstand, dass ihr Schwiegervater die Hochzeit nicht mehr erleben würde. Sie hatte James Calvin McNamara II. immer sehr geschätzt und wusste, dass es ihm umgekehrt genauso gegangen war. Leider war er Ende letzten Jahres – nur wenige Monate, nachdem er aus Gesundheitsgründen die Kanzlei an seinen ältesten Sohn übergeben hatte – an einem Herzinfarkt verstorben. Cal hatte das hart getroffen, auch wenn er ihr gegenüber immer versucht hatte, sich stark zu geben und selbst in der Trauer für sie und besonders für seine Mom da zu sein.

Aber was hatte sie auch anderes erwartet? Liz hatte sie früher gern damit aufgezogen, dass sie Cal fast wie einen Superhelden sah. Natürlich hatte Ceecee das immer abgestritten, es war ja auch wirklich albern. Cal hatte durchaus die eine oder andere Schwäche. O ja, wenn sie da nur an seine verhängnisvolle Vorliebe für Softrock aus den 90ern dachte … Sie musste dringend daran denken, die Hochzeitsplaylist im Auge zu behalten! Aber im Großen und Ganzen war er ihrer Meinung nach tatsächlich ziemlich perfekt. Sie konnte sich einfach keinen besseren Ehemann und Vater ihrer Kinder vorstellen. Und davon würde sie sich auch nicht durch die aktuelle Durststrecke im Schlafzimmer abbringen lassen. Schließlich gab es noch so viel mehr, das sie und Cal miteinander teilten als schnöden Sex. Und an so einem herrlichen Sommertag wie heute sollte sie sich wirklich nicht durch trübsinnige Gedanken die Laune verderben lassen.

Betont schwungvoll stieß sie also die Tür auf und warf einen kurzen Blick in die Runde: Für einen Donnerstag im Juli war befriedigend viel los. Einige Stammgäste fehlten zwar, weil sie gerade auf Reisen waren, dafür würden später etliche Touristen auftauchen. Urlaub im idyllischen Northern Highland von Wisconsin wurde zum Glück immer beliebter – eine Tatsache, von der auch das *Lakeview* profitierte.

Während sie zur Küche ging und schon einmal dem einen oder anderen Gast winkte, kam Maggie auf sie zu und begrüßte sie mit einem heiteren: »Guten Morgen, Boss!« Bei jedem anderen Menschen hätte Ceecee das komisch gefunden, aber zu Maggie passte es irgendwie. Die Endvierzigerin mit den kurzen roten Haaren war ihre erfahrenste Kraft, obwohl sie seit ewigen Zeiten von einer Karriere als Schriftstellerin träumte. In ihrer Freizeit betrieb sie sogar ganz altmodisch einen Blog, auf dem sie täglich über das Leben in Greenwood County schrieb. Ceecee mochte die Landschaftsbeschreibungen, die kleinen Geschichten über Willow Springs und die Anekdoten über die Leute hier. Gleichzeitig hätte sie aber nicht zu sagen vermocht, ob die auch wirklich gut waren. Von Büchern verstand sie einfach nicht viel. Und einerseits hoffte sie, nicht so bald auf Maggie verzichten zu müssen, wollte ihr andererseits aber auch nicht die Erfüllung ihres Lebenstraums missgönnen. Also hatte sie sich irgendwann mit sich selbst auf den Kompromiss geeinigt, dass sie erst dann ernsthaft darüber nachdenken würde, wenn Maggies Bestsellerkarriere unmittelbar bevorstand. Bisher sah es so aus, als könnte sie sich noch ein bisschen entspannen.

»Guten Morgen, Maggie. Sieht aus, als hättet ihr den Laden im Griff, oder? Mit Jamie auch alles okay?«

Jamie war der junge Koch, der vor zwei Wochen angefangen hatte und der heute zum ersten Mal allein für die Frühstücksschicht eingeteilt worden war.

Maggie nickte zum Tresen hin und ging voraus, Ceecee folgte ihr. »Mit Jamie läuft es prima. Wirklich fix, der Junge. Nur Doug hat eine Bemerkung fallen lassen, was er denn mit dem Chichi auf seinem French Toast anfangen soll. Aber du kennst ja Doug.«

Natürlich, Ceecee kannte Doug Miller und wusste, wie er seine French Toasts am liebsten mochte. Schließlich frühstückte er jeden Tag hier, seit er seine Frau im letzten August bei einem Verkehrsunfall verloren hatte. Wochenlang hatten sie ihm verschiedene Varianten der goldgelb gebratenen Brotscheiben serviert, bis er schließlich ganz und gar zufrieden gewirkt hatte. Denn geäußert hätte er seine Wünsche nie so direkt. Doug war in Willow Springs als großer Schweiger bekannt.

Deswegen hakte sie erstaunt nach: »Chichi?« Was hatte Jamie Doug denn da bloß aufgetischt?

»Ja«, bestätigte Maggie, »ich war auch erstaunt, dass er so ein Wort benutzt. Ich hatte Jamie schon vorgewarnt und er war so klug, die Beeren wegzulassen. Aber er hat trotzdem die Brotscheiben zu Dreiecken geschnitten und für den Puderzucker eine Schablone benutzt. Ein Ahornblatt, glaube ich.«

»Hm«, sagte Ceecee, »vermutlich solltest du froh sein, dass er keine Herzschablone genommen hat, sonst würde Doug noch glauben, du wolltest ernsthaft mit ihm flirten.«

Maggie lachte. »Das stimmt. Schließlich ist es ziemlich naheliegend, dass ich meinen Allan für Doug verlasse.«

»Etwa nicht?«, mischte sich jetzt Ruth ein, die gerade einen Cappuccino zubereitete. Die Tresenkraft war altersmäßig genau zwischen Maggie und Ceecee, also Ende 30, und selbst durch die größten Katastrophen nicht aus der Ruhe zu bringen. »Welche Frau will schon einen harmlosen Highschool-Lehrer wie deinen Allan, wenn sie stattdessen einen animalischen Kerl wie Doug haben kann?« Sie grinste und wackelte anzüglich mit den sorgfältig gezupften Augenbrauen.

»Animalisch?«, fragte Maggie. »Willst du damit etwa andeuten, was ich denke, das du andeuten willst?«

Höchste Zeit sich einzumischen, fand Ceecee. Egal, wie entspannt die Atmosphäre im *Lakeview* war, es ging nicht an, dass sich ihre Angestellten in aller Öffentlichkeit über die sexuellen Fähigkeiten ihrer Gäste austauschten. Bevor Ruth sich also in Einzelheiten ergehen konnte – über die sie wahrscheinlich bestens informiert war, wie Ceecee die Tresenkraft kannte –, mahnte sie sanft: »Ladies, doch nicht hier.«

Dann drehte sie sich um, um die Auslage an süßem und salzigem Gebäck unter die Lupe zu nehmen. Dabei spürte sie förmlich, wie sich die Blicke ihrer beiden Angestellten in ihren Rücken bohrten. Sollten sie ruhig, schließlich kannten sie Ceecees Meinung zu allzu freizügigen Gesprächsthemen im *Lakeview* ganz genau.

Während sie die Lücke zwischen den Schokomuffins und den Buttermilch-Biskuits musterte und überlegte, ob die nächste Ladung Bananenbrot wohl schon in der Mache war, konnte sie hören, wie Ruth im wahrsten Sinne des Wortes Dampf abließ, wenn auch nur aus der Kaffeemaschine, ihrer heiß geliebten La Marzocco, und Maggie kommentarlos die Tür zur Küche aufstieß, um die nächste Portion Frühstück abzuholen.

Na bitte. Gefahr erkannt, Gefahr gebannt.

Mit einem zufriedenen Lächeln ging Ceecee in die Hocke und suchte unter dem Tresen nach ihrem Notizbuch. Liz und sie hatten entschieden, demnächst in ein brandneues Kassensystem zu investieren, das ihnen jederzeit ausspucken würde, was wann und wie oft genau bestellt worden war. Besonders Liz hatte dafür plädiert, und da sie ja in allen möglichen angesagten Restaurants gearbeitet hatte, zuletzt in San Francisco, kannte sie sich wirklich gut aus und hatte ihr genau die Vorteile schildern können. Aber bis das System stand, würde Ceecee ganz altmodisch wie jeden Morgen in ihrem Buch notieren, was zu diesem Zeitpunkt schon bestellt und verzehrt worden war. Es war immer gut, ein paar handfeste Zahlen zur Hand zu haben und nicht nur aufs Bauchgefühl zu vertrauen, wenn man sich an die Angebotsplanung machte. Diese Sorgfalt hatte ihr gerade in der stressigen Anfangszeit enorm geholfen.

Sie zog das rote Notizbuch hervor und suchte mit der anderen Hand nach dem Stift. Offenbar hatte Ruth geahnt, dass sie sich heute früh über ihre Chefin ärgern würde, denn der Kuli verbarg sich mal wieder tief hinter den Pappschachteln und Papiertüten, in denen sie ihre Spezialitäten verpackten, wenn ein Gast sie mitnehmen wollte. Während Ceecee an der hinteren Tresenverkleidung entlangtastete, fragte sie sich, ob Doug Miller wirklich so leidenschaftlich im Bett war, wie Ruth angedeutet hatte. Der Bauunternehmer ging zwar stramm auf die 60 zu und war damit bald fast doppelt so alt wie sie mit ihren 31 – doch sie musste zugeben, dass sie sich das durchaus vorstellen konnte. Irgendwie vermittelten Dougs wortkarge Art und seine muskulöse Figur tatsächlich unterschwellig etwas Animalisches. Bestimmt würde er nicht lange zögern, wenn er den richtigen Ersatz für seine Frau gefunden hatte, und sich einfach nehmen, was er wollte. Dieser Gedanke ließ überraschend plastische Bilder vor ihrem inneren Auge auftauchen, und ihr wurde unwillkürlich warm. *Wirklich,* dachte Ceecee erschrocken, *ich bin ja schlimmer als Maggie und Ruth! Und das nur, weil Cal und ich es gerade ein bisschen langsamer angehen lassen!*

Das würde sich nach der Hochzeit sofort ändern, das stand für sie unumstößlich fest, und auch Cal hatte es ihr so gut wie versprochen. Bis zur Trauung im Oktober waren es nur noch knapp drei Monate, eine Woche später fand der Ironman statt. Diese Trockenphase würde sie auch noch überstehen. Nach über fünfzehn Jahren Beziehung war das mit dem Sex sowieso …

Eine vertraute Stimme unterbrach ihre Gedanken. »Guten Morgen, Ruth, meine Schöne.«

Vertraut, samtweich, wie üblich mit diesem amüsierten Unterton, als wäre das Leben ein einziger großer Spaß. Ceecee fuhr hoch und stieß mit dem Kopf schmerzhaft gegen die scharfe Kante des Tresens. Sosehr das wehtat, es war irgendwie auch eine Erleichterung. Ausnahmsweise konnte sie ihn einmal mit all der Wut ansehen, die er gewohnheitsmäßig in ihr auslöste, und musste sich nicht zu einem Lächeln zwingen.

Sie richtete sich auf und kam neben Ruth zum Stehen. »Hi, Rob.«

»Ach, hallo, Cee, ich habe dich da unten gar nicht gesehen.« Einen Moment lang schaute er sie an, mit diesen funkelnden grünen Augen, und lächelte dieses sexy Lächeln, das in ganz Greenwood County für seine Strahlkraft berühmt war.

Rob Sawyer. Ihr Sandkastenfreund. Der beste Tierarzt weit und breit. Der unwidersprochen schönste Mann von Willow Springs. Und der größte Fehler ihres Lebens.

Ceecee fletschte innerlich die Zähne. Allein dass er sie immer noch wie früher mit dem Kürzel ihres Spitznamens ansprach, nervte sie bei jeder Begegnung aufs Neue. Warum konnte er sie nicht einfach »Ceecee« nennen, wie es fast alle in Willow Springs taten? Und wie er sich jetzt die dunkelblonden Haare aus dem klassisch markant geschnittenen Gesicht strich und Ruth ein albernes kleines Lachen hören ließ … Vermutlich hatte ihm vor weniger als einer Stunde die aktuelle Gespielin genau dieselben Strähnen zerwühlt, das musste sich doch Ruth auch denken! Sie warf ihrer Angestellten einen Seitenblick zu. Offenbar nicht. Ruth schaute so schwärmerisch drein, dass Ceecee sich schlagartig zusammenreißen konnte und sich pflichtbewusst daran erinnerte, dass sie zu jedem Gast gleichbleibend freundlich war.

Sie setzte ihr verbindlichstes Lächeln auf und flötete: »Was können wir denn heute für dich tun, Rob?«

Er achtete nicht auf sie, sondern sagte stattdessen zu Ruth: »Sei ein Schatz, Ruthie, und mach mir zwei Flat White zum Mitnehmen, ja? Und dann vielleicht noch«, er trat zwei Schritte zur Auslage, vermutlich, um Ruth einen Blick auf seinen durchtrainierten Oberkörper zu gönnen, »einen Schoko-Karamellmuffin? Und einen Vanilla Cupcake?«

Die Tresenkraft beeilte sich, seine Wünsche zu erfüllen. »Das ist aber nicht deine übliche Bestellung, Rob«, kommentierte sie und lachte schon wieder so albern. »Da wird sich jemand richtig freuen.«

Meine Güte, dachte Ceecee ungeduldig, ist denn wirklich niemand gegen diesen völlig übertriebenen Charme immun? Noch nicht einmal ihre bodenständige und abgeklärte Ruth? Die noch dazu glücklich verheiratet war und drei Kinder mit Jason hatte?

»Was soll ich sagen, Ruth, ich bin ein netter Mensch«, hier legte er eine Pause ein, und als er weitersprach, klang das unbekümmerte Lächeln auch in seiner Stimme mit, »und sie mag es nun einmal süß.«

Rob ließ sich auf den Sitz seines Kombis gleiten und beförderte die Pappschachtel mit dem *Lakeview*-Logo und den Tragecontainer mit den beiden Kaffees so hastig auf dem Beifahrersitz, als hätte er sich verbrannt. Dabei sollte er lieber vorsichtig sein. Seine ebenso temperamentvolle wie kompetente Sprechstundenhilfe Kirsty mochte es gar nicht, wenn ihr Frühstück nicht tadellos aussah. Und da Ruth zufällig einer ihrer engsten Freundinnen war, kannte seine Angestellte das Angebot aus dem *Lakeview* natürlich genau.

Kirsty hatte einen Sinn fürs Schöne, vielleicht weil sie selbst in bescheidenen Verhältnissen aufgewachsen war und deshalb jeden noch so kleinen Luxus inbrünstig zu schätzen wusste. Auch heute würde sie sich über das liebevoll verzierte Gebäck wahnsinnig freuen und noch netter zu ihren Patienten und den dazugehörigen Menschen sein als ohnehin schon.

Normalerweise brachte Rob das immer zum Lächeln. Aber heute war ihm ganz und gar nicht danach zumute. Wirklich, warum tat er sich das an? Warum ging er nur ins *Lakeview* und ertrug ihr künstliches Lächeln, ihre falsche Freundlichkeit, ihre ganze Verachtung?

Nun ja, er wusste genau, warum er das tat. Weil er nun einmal völlig hilflos war, wenn es um Cecilia Kaufman ging. Wie ein Drogensüchtiger auf der Suche nach dem nächsten Trip, selbst wenn er wusste, wie schlecht das für ihn war, zog es ihn immer wieder unwiderstehlich zu ihr hin.

Er lachte resigniert und schlug mit beiden Händen hart aufs Lenkrad. Jahrelang hatte er geglaubt, er hätte die Sache wenigstens einigermaßen im Griff, hatte sich mit immer neuen Frauen und jeder Menge unverbindlichem Sex abgelenkt. Er hatte dabei stets sorgfältig darauf geachtet, nie ein Herz zu brechen. Schließlich wusste er genau, wie furchtbar sich das anfühlte. Immer wieder hatte er versucht, ihr aus dem Weg zu gehen, sich eingeredet, ohne sie ein halbwegs normales Leben führen zu können. Und hatte doch jedes Mal, wenn sie mit ihrer Hündin in seiner Sprechstunde aufgetaucht war, genau das gleiche wilde Entzücken, genau die gleiche verzweifelte Hoffnung verspürt wie immer.

Aber damit war jetzt Schluss. Seit dem Tag, an dem er erfahren hatte, dass sie nun Nägel mit Köpfen machen wollte und sich mit James Calvin McNamara III. verlobt hatte, war er mit keiner anderen Frau zusammen gewesen. Er konnte es einfach nicht. Denn die Einsicht, dass seine wunderbare Cee – die einzige Frau, die er jemals geliebt hatte, jemals würde lieben können – kurz davor war, den größten Fehler ihres Lebens zu besiegeln und einen Mann zu heiraten, der sie nicht verdiente, der nicht sehen konnte, was für ein unverschämtes Glück er mit ihr hatte, war wie ein Schlag ins Gesicht gewesen. Es hatte ihn endlich zur Besinnung kommen lassen.

Nein, Cal war kein schlechter Kerl. Es war nicht so, dass er Cee betrog oder sie gar schlug, und ganz bestimmt konnte er ihr ein schönes Heim bieten, würde auch ein pflichtbewusster Ehemann und – bei dem Gedanken musste Rob schlucken – Vater ihrer Kinder sein. Aber er liebte sie nicht, zumindest nicht so, wie sie es verdiente. Vermutlich wäre er mit jeder anderen Frau, die ebenso präsentabel war wie Cee, ähnlich zufrieden gewesen. Wäre sie ihm in der Highschool nicht so entschlossen hinterhergerannt, hätte sie nicht so sehr an der Kleinmädchen-Illusion gehangen, ihre erste Liebe müsste auch ihre letzte sein, wären die beiden schon längst kein Paar mehr. Da war Rob sich komplett sicher. Als er erfahren hatte, dass sie den Hochzeitstermin in den Oktober gelegt hatten, damit Cal während der Flitterwochen auf Hawaii am Ironman teilnehmen konnte, hatte er nur gelacht. So schockiert und wütend er gewesen war, so wenig hatte ihn die Entscheidung gleichzeitig überrascht. Cal sah in erster Linie sich selbst, und Cee akzeptierte das, ohne mit der Wimper zu zucken. Weiß der Himmel, warum sie glaubte, diese lauwarme, tugendhafte Aufmerksamkeit wäre alles, was ihr zustand.

Wieder schlug er mit beiden Händen aufs Lenkrad. Es half nichts. Vielleicht war es endlich an der Zeit, sich mit der Situation abzufinden und auf seine Schwester Sally zu hören. Niemand sonst wusste, wie es um ihn stand. Jeder in Willow Springs dachte, er wäre dank der Scheidung seiner Eltern nun mal ein unverbesserlicher Womanizer, der sich niemals binden würde. Selbst sein Vater und seine andere Schwester Steph glaubten das. Allein Sally hatte kapiert, dass sein Herz schon lange vergeben war – und an wen. Leider wusste sie genauso gut wie er, wie stur Cee sein konnte, wenn es um ihre romantischen Vorstellungen ging, und hatte noch weniger Zuversicht als ihr großer Bruder, dass seine Sandkastenfreundin zur Vernunft kommen würde. Also setzte Sally ihm unerbittlich zu und versuchte immer wieder, ihn davon zu überzeugen, dass er endlich, endlich mit diesem sinnlosen Masochismus aufhören musste.

Er ließ den Wagen an. Ja, dachte er, vermutlich hatte sie recht. Egal, wie sehr er Willow Springs liebte, diesen einmalig schönen Ort mit seinen Wäldern und Seen inmitten des Northern Highland von Wisconsin, egal, wie viele Leute er schmerzlich vermissen würde, egal, wie lange er brauchen würde, um anderswo Fuß zu fassen. Denn auch Cee gehörte zu seiner Heimat, sie und Willow Springs waren für ihn fast so etwas wie eine Einheit. Konnte er keine gemeinsame Zukunft mit ihr haben, war ihm hier auch alles andere verdorben; er könnte es nicht ertragen, sie dauerhaft mit jemand anderem zu sehen, das war ihm in den letzten Monaten schmerzhaft klar geworden. Deswegen musste er nun die Konsequenzen ziehen. Unwillkürlich dachte er an Liz, seine beste Freundin, neben seiner Familie vermutlich der Mensch auf dieser Welt, den er am meisten mochte und vertraute. Liz war gerade erst wieder nach Hause zurückgekommen, um sich hier niederzulassen. Sie hatten endlos Pläne geschmiedet, was sie jetzt alles wieder gemeinsam machen könnten. Neulich hatte sie ihm sogar vorgeschlagen, vegane Hundeleckerlis exklusiv für seine Praxis zu entwickeln, und abgesehen davon, dass es ein äußerst witziges Gespräch gewesen war, hatte er sich dabei ertappt, dass er seitdem tatsächlich darüber nachdachte, was für einen Mehrwert er seinen Kundinnen und Kunden in Zukunft bieten konnte. Seine beste Freundin wieder so nah bei sich zu haben, machte also nicht nur jede Menge Spaß, sondern beflügelte ihn auch auf ganz praktische Weise. Wie würde er ihr seinen plötzlichen Aufbruch nur erklären können?

Doch dann straffte er die Schultern und fuhr los. Wirklich, versuchte er sich selbst zu überzeugen, er musste endlich Nägel mit Köpfen machen und die längst überfällige Entscheidung nicht mehr hinauszögern. Das brachte niemanden etwas.

Nein, es war Zeit, seine Heimat zu verlassen. Sonst könnte er für nichts mehr garantieren.

Kapitel 2

Ceecee stand mit einer Tasse in der Hand auf der Terrasse und ließ den Blick über den großzügigen Garten schweifen. Wie makellos der Rasen in der Morgensonne schon wieder aussah, obwohl ihre Eltern gerade einmal vor zwei Wochen hier ihr großes Sommerbarbecue veranstaltet hatten! Sie lächelte. Solange sie denken konnte, feierten ihre Eltern am dritten Samstag im Juli den Tag ihres Kennenlernens mit einer Grillparty. Jedes Jahr wurden es ein paar Gäste mehr, und da ihre Eltern mittlerweile seit 35 Jahren zusammen waren, waren diesmal an die zweihundert Leute gekommen.

Sie nahm einen Schluck von ihrem Kaffee und schloss genießerisch die Augen. Hmm, von ihrem Lieblingsgetränk würde sie wohl nie genug bekommen. Köstlich, diese Noten von Schokolade und Nuss im Aroma, diese leichte Säure, die sie ganz hinten im Rachen kitzelte. Sie hob das Gesicht in die Sonne, schloss die Augen und seufzte unwillkürlich.

Einen Moment später spürte sie mehr, als dass sie es hörte, wie ihre Mutter neben sie trat. Vielleicht war es ein Hauch von ihrem Lieblingsparfüm, das sie auch heute früh begleitete. Ohne diesen würzigen Duft konnte Ceecee sich ihre Mom kaum vorstellen.

»Viel los bei der Arbeit, Schatz? Dein Dad hat sich gestern schon beschwert, dass wir dich kaum noch zu Gesicht bekommen. Du warst seit dem Barbecue nicht hier.« Die Stimme ihrer Mutter klang sanft und kein bisschen vorwurfsvoll.

Ceecee öffnete die Augen und sah ihre Mom an. Genau wie ihre Tochter hatte auch Caroline eine Tasse Kaffee in der Hand, ein kleiner Vorgeschmack aufs Frühstück. Drinnen war ihr Vater nämlich noch damit beschäftigt, seine Spezial-Pancakes herzustellen. Da störte man ihn besser nicht.

»Ach, August, du weißt ja«, beantwortete sie die Frage ihrer Mom mit einem Schulterzucken. »Wir sind mitten in der Hochsaison, und gleichzeitig ist das Maisfestival und damit der Herbstauftakt beinahe schon in Sicht. Dazu kommt, dass wir uns dieses Jahr kaum vor Touristen retten können. Ich überlege ernsthaft, ob es wirklich so eine gute Idee war, Liz zur Partnerin zu machen. Seitdem wir ihren Mittagstisch anbieten, ist noch mehr los.«

Wie erwartet lachte ihre Mutter nur. Schließlich wusste sie genau, wie stolz Ceecee auf das *Lakeview* und dessen sehr großen Erfolg war. »Ich hätte nicht gedacht, dass Liz überhaupt noch für irgendwas anderes Zeit hat als für unseren Chief of Police. So, wie die beiden sich auf dem Barbecue angeschmachtet haben.«

»Ich weiß nicht recht, ob das was Ernstes ist«, winkte Ceecee ab. »Zuerst habe ich das ja geglaubt, Liz hörte sich total danach an. Aber jetzt redet sie überhaupt nicht mehr von ihm, er holt sie auch nicht ab oder so. Schade, ich finde, die beiden passen super zusammen.«

»Wart's erst mal ab, Schatz. Nicht bei jedem kann es so einfach laufen wie bei dir und Cal.«

Ceecee nickte. Das stimmte. Wer hatte schon das Glück, mit knapp 17 den absolut Richtigen für sich zu finden? »Cal lässt sich übrigens fürs Frühstück entschuldigen. In der Kanzlei ist wohl richtig viel los, und jetzt hat er noch einen ziemlich verzwickten Fall reinbekommen. Außerdem sind Dads Pancakes nicht ganz das Richtige für jemanden, der in gut zwei Monaten beim Ironman gut abschneiden will.« Sie grinste verschwörerisch, und ihre Mutter zwinkerte ihr zu.

»Verstehe. Deinem Dad erzählen wir aber nur was von dem verzwickten Fall, oder? Er würde sowieso nicht glauben, dass es irgendwelche ernsthaften Einwände gegen seine Pancakes geben kann.«

Ceecee nickte. Sie war in diesem Punkt ganz einer Meinung mit ihrem Dad. Aber wenn Cal es glücklich machte, auf die fluffig-buttrigen Kreationen mit Dads leckerem Beerenkompott zu verzichten, dann würde sie ihm nicht im Wege stehen. Sie grinste wieder und nahm einen Schluck aus ihrer Tasse. Zufrieden beobachtete sie Mathilda, die gerade ausgelassen über den Rasen hüpfte, auf der Jagd nach einem Schmetterling. Heute war wirklich ein wundervoller Tag.

»Aber ich muss schon sagen, die deWitt-Frauen haben ein Händchen für sexy Männer. Als ich noch an der Highschool war, fand ich immer, dass Jack Hansen ein bisschen aussieht wie Richard Gere. Er und Georgia sind einfach ein Traumpaar, von Anfang an.« Ihre Mutter seufzte und hielt inne. »Gott, ich hoffe nur, dass Jack sich von diesem schrecklichen Unfall erholt.

Ich verstehe immer noch nicht, wie das passieren konnte. Er ist doch nur ein paar Meter tief gefallen. Wie kann man dann solche Schäden davontragen?« Sie schüttelte den Kopf.

Ceecee konnte ihr nur zustimmen. Niemand in Willow Springs konnte es fassen, dass Jack Hansen, Liz' Onkel und Ziehvater, seit Monaten von einer Klinik in die nächste kam. Dabei hatte er nur versucht, eine verstopfte Regenrinne zu säubern, und war dabei unglücklich von der Leiter gestürzt.

»Dein Vater besucht ihn zwar ständig, und es war wirklich schön, ihn bei unserem Sommerbarbecue zu sehen …« Ihre Mom seufzte. »Aber ich weiß nicht, was Vince mit sich anstellt, wenn sein bester Freund an den Rollstuhl gefesselt bleibt.«

»Vermutlich fährt er dann mit dem Caddy so dicht an die Löcher, dass Jack nicht mal aussteigen muss.« Ceecees Vater Vince und Jack Hansen drehten seit Jahren fast jeden Sonntag ihre Runden über den Golfplatz von Greenwood County.

Caroline zog eine unglückliche Grimasse.

»Sorry, Mom, du hast völlig recht, ich sollte keine blöden Witze reißen. Liz meint, so eine Hirnblutung wäre nun mal kompliziert. Es gibt immer noch Hoffnung, dass er sich gründlich erholt.«

»Meinst du?« Ihre Mutter schaute sie an und gab sich sichtlich einen Ruck, um das Gespräch wieder in unbeschwerte Bahnen zu lenken. »Und Marlee deWitt und ihr frisch Angetrauter? Also, ich kann mir zwar nicht vorstellen, in ihrem Alter einen so jungen Mann zu heiraten, er ist doch bestimmt gut zwanzig Jahre jünger als sie und sie ist ja auch schon über 50 … und er sieht ziemlich blass und unscheinbar aus … aber so, wie der sich bewegt, ist dieser Schweizer bestimmt eine Granate im Bett.«

»Mom«, japste Ceecee und hätte beinahe ihren Kaffee verschüttet. Was hatten zurzeit nur alle? Warum mussten die Leute bloß permanent Andeutungen über Sex machen? Maggie und Ruth warfen sich immer noch übertrieben bedeutungsvolle Blicke zu, sobald Doug Miller das *Lakeview* betrat, und kicherten nur frech, wenn ihre Chefin sie dann streng ansah.

»Keine Sorge, Schatz«, meinte Caroline, die nun auch ein wenig anzüglich lächelte, »ich denke ganz bestimmt nicht über andere Männer nach. Du weißt doch, dein Vater und ich sind glücklich und verstehen uns wirklich großartig. In *jeder* Beziehung, wenn ich das so sagen darf.« Offenbar hatte sie die Empörung ihrer Tochter gründlich missverstanden.

Diesmal enthielt sich Ceecee vorsichtshalber jeden Kommentars. Sie wollte ihre Mutter nicht noch ermutigen. Denn das war nicht nötig, sie wusste genau, dass die Ehe ihrer Eltern so gut wie perfekt war; es war kein Klischee, wenn sie behaupteten, dass sie immer noch so verliebt waren wie am ersten Tag. Früher hatte sie sich sogar manchmal ein wenig ausgeschlossen gefühlt. Ihre Eltern standen sich so nahe, dass Ceecee gar nicht so selten geglaubt hatte, sie wäre irgendwie überflüssig, als wäre nicht genug Platz für sie. Klar, sie wusste, dass Mom und Dad sie über alles liebten und sie niemals freiwillig hergegeben hätten … und dennoch, sie war sich deswegen manchmal furchtbar einsam und unzulänglich vorgekommen.

Ceecee hatte sich das lange nicht eingestehen wollen und nie jemandem davon erzählt. Selbst Liz gegenüber hatte sie das in all den Jahren ihrer Freundschaft mit keinem Wort erwähnt. Denn schließlich hatte sie sich genau das auch für sich gewünscht. Ach was, gewünscht! Für sie war nie etwas anderes infrage gekommen als eine so romantische Liebe, wie ihre Eltern sie hatten. Spätestens dann würde sie dieses dumme Gefühl der Unzulänglichkeit vergessen und sich selbst als Teil einer so wundervollen Einheit fühlen. Deswegen war sie auch unendlich dankbar, dass Cal sich damals für sie entschieden hatte: Sie hatte schon bei ihrem ersten Date so eine Ahnung gehabt, dass er der einzig Richtige für sie war, und diese Überzeugung hatte sich immer mehr gefestigt. Daran würde sich auch nichts ändern, egal, wie sehr es sie manchmal stutzen ließ, dass Cal sich gerade so auf sein Training konzentrierte.

Ihre Mutter unterbrach ihre Gedanken. »Ich will jetzt nicht sagen, dass wir nicht auch die eine oder andere schwierige Phase hatten. Wenn ich nur an die Zeit denke, als Vince zum Geschäftsführer aufgestiegen ist und er quasi 16 Stunden am Tag gearbeitet hat …« Sie schüttelte sich und sah selbst dabei noch elegant aus. »Das war nicht einfach, als ich mich plötzlich um so vieles allein kümmern musste.«

Ceecee schaute ihre Mom überrascht an. Bisher hatte die nämlich immer nur total positiv und erfreut vom Erfolg ihres Mannes gesprochen. Sie konnte sich genau daran erinnern, wie oft sie ihren Freundinnen früher gegenüber erwähnt hatte, wie stolz sie auf ihn sei. Dass ihre Mom sich dank seiner Karriere vielleicht einsam gefühlt hatte oder überfordert, war Ceecee ganz neu.

»Aber wem erzähle ich das? Du und Cal seid lange genug zusammen, um zu wissen, dass es in jeder Beziehung Höhen und

Tiefen gibt. Seitdem Cal letztes Jahr die Kanzlei von seinem Vater übernehmen konnte, hat er ja auch weniger Zeit für dich als früher. Und dann hat er sich sportlich einiges vorgenommen …«

In Ceecees Überraschung mischte sich plötzlich ein weiteres Gefühl: Erleichterung. Auf irgendeine seltsame Art und Weise tat es ihr richtig gut, zu hören, dass selbst die Ehe ihrer Eltern Aufs und Abs gekannt hatte. Und die sachlichen Worte ihrer Mutter, als wäre es das Normalste der Welt, dass Cal gerade nicht so auf ihre Beziehung konzentriert war wie sonst, trösteten sie auch. Davon abgesehen, ermahnte sie sich, war es für Männer nun einmal noch ein größerer Schritt, zu heiraten, als für Frauen und sich so fürs Leben zu binden. Vermutlich war es da nur logisch, wenn Cal sich gleichzeitig beweisen musste, dass neben dem gesetzten Ehemann auch noch ein leistungsfähiger Sportler in ihm steckte.

Ihre Mutter nickte, als hätte sie ihre Gedanken gelesen. »Mir gefällt es an meinem zukünftigen Schwiegersohn, dass er so ehrgeizig ist und sich wieder und wieder neue Ziele steckt. Auch dass er jetzt darüber nachdenkt, ob er sich nicht politisch engagieren soll, zum Beispiel. Das spricht einfach für sein Verantwortungsbewusstsein. Und mir gibt es das Gefühl, dass er auch für dich immer richtig sorgen und gut auf eure Familie achtgeben wird, mein Schatz.«

Ceecee stiegen die Tränen in die Augen, so gerührt war sie. Von Anfang an hatten ihre Eltern ihre Liebe zu Cal unterstützt. Es war nicht ein einziges Mal ein »Ihr seid doch noch so jung« oder ähnlich unsinniger Satz gefallen. Besonders ihre Mom hatte ihn willkommen geheißen wie den sprichwörtlich verlorenen Sohn. Das rechnete sie ihr wirklich hoch an.

Trotzdem, so ganz konnte sie das nicht stehen lassen. »Wir leben nicht mehr im Mittelalter, Mom. Ich kann gut für mich selbst sorgen, das weißt du.«

»Natürlich, Schatz. Aber ich als Mutter will nun einmal die Gewissheit haben, dass meine Kleine gut versorgt ist. Und das gilt auch für unsere zukünftigen Enkelkinder.« Sie räusperte sich. »Wie sieht es denn aus mit den Hochzeitsvorbereitungen? Alles im Zeitplan?«

»Ja, ja«, bestätigte Ceecee hastig. Sie hatte wirklich keine Lust, heute über Amanda McNamara zu reden. Dabei lag nämlich immer in der Luft, ob sie nicht zu viel Verantwortung an sich riss, man aber nun einmal wegen ihrer Trauer um Cals Vater Verständnis für sie haben musste – und über dieses Thema hatte sie mit ihren Eltern in der Vergangenheit eindeutig genug diskutiert. »Das wollte ich ohnehin noch mit dir besprechen. Nächste Woche habe ich einen Termin für das Hochzeitskleid, diesmal in einem neuen Salon. Ich habe mich immer noch nicht entschieden, und langsam wird es richtig eilig. Kannst du am Mittwoch?«

»Donnerstag wäre mir lieber, Ceecee.«

»Donnerstag sind Mathilda und ich beim Tierarzt, ich muss sie mal durchchecken lassen.«

»Ach, bei Rob, ich verstehe, das ist wichtig. Ich versuche, den Mittwoch einzurichten, das bekomme ich schon hin.« Ihre Mom wies mit dem Kopf zu Mathilda, die mittlerweile die Jagd auf den Schmetterling aufgegeben hatte und sich dafür auf dem

Rasen wälzte. »Deine Süße soll ja noch ein bisschen länger so fröhlich sein, und Rob sorgt wirklich dafür, dass es ihr gut geht. Apropos, hast du schon gehört, dass er aus Willow Springs weggehen will?«

Ceecee drehte sich zu ihrer Mutter und starrte sie an. Nein, das hatte sie nicht. Und sie wusste auch nicht, was sie von dieser Nachricht halten sollte.

»Wirklich?«, brachte sie hervor. Sie musste erst einmal Luft holen. Die Überraschung – oder war es vielleicht sogar Erleichterung? – schnürte ihr die Kehle zu. Dann fuhr sie fort: »Kann ich mir kaum vorstellen. Ich meine, Rob hängt doch so an Willow Springs. Und die Praxis hat so viele Patienten, finanziell müsste es ihm eigentlich blendend gehen.«

»Genaueres weiß ich auch nicht. Und bisher hat er nie Anstalten gemacht, sich mit der richtigen Frau häuslich niederzulassen.« Ihre Mom lachte vielsagend. »Da ist es vielleicht ganz natürlich, dass er sich mal anderswo umschauen geht. Ich dachte nur, du wüsstest vielleicht besser Bescheid, wo ihr doch mal so dicke wart.«

»Das war in der Highschool, Mom! Ich sehe ihn eigentlich nur bei den Terminen von Mathilda oder wenn er ins *Lakeview* kommt. Aber das macht er nicht besonders oft.« Sein letzter Besuch im Café fiel ihr ein, sein zufriedenes Grinsen und seine anzügliche Bemerkung. Sie verkniff sich ein wenig damenhaftes Knurren. Ob irgendeine Frau dahintersteckte, zog er deshalb weg? Oder wollte er sich anderswo auf die Suche nach der Mutter seiner Kinder machen, wie ihre Mom meinte? Beides konnte sie sich irgendwie nicht vorstellen. Schließlich wusste sie so gut wie jeder andere Mensch in Greenwood County, dass Rob sich niemals für eine entscheiden könnte.

»Ach, ich war wohl einfach davon ausgegangen, dass ihr euch jetzt häufiger sehen würdet, wo Liz zurück ist. Georgia meint jedenfalls, Rob und Liz sind immer noch beste Freunde.«

Ihre Mutter redete weiter, aber Ceecee hörte ihr gar nicht mehr richtig zu, nippte stattdessen an ihrem mittlerweile eiskalten Kaffee. Es stimmte, Liz hatte in den ersten Wochen nach ihrer Rückkehr mehrmals versucht, ein gemeinsames Treffen von ihnen auszumachen, »die drei Musketiere wieder aufleben zu lassen«, wie sie es genannt hatte. Ceecee hatte permanent neue Ausreden erfinden müssen, aber irgendwann hatte Liz tatsächlich Ruhe gegeben. Nicht auszudenken, mit Rob irgendwo zu sitzen und über Stunden zu beobachten, wie sich ihm jedes weibliche Wesen zu Füßen warf! Nein, da hatte sie lieber ihre beste Freundin belogen, ganz egal, wie schwer ihr so etwas fiel.

Ihr wurde bewusst, dass ihre Mutter schwieg und sie erwartungsvoll ansah.

»Sorry, Mom, ich habe kurz nicht zugehört. Was wolltest du wissen?«

»Ich habe nie verstanden, warum du damals so Knall auf Fall nichts mehr mit ihm zu tun haben wolltest. Auf eurem Abschlussball wart ihr noch Prom King und Queen, und kaum einen Monat später habt ihr nicht mehr miteinander geredet.«

»Mom, ganz so war das damals ja nicht.«

Doch, leider ganz genau so, dachte sie mit schlechtem Gewissen. Und den Grund dafür wollte sie niemals verraten, es war peinlich und schlimm, zeigte sie im allerschlechtesten Licht. Sie hatte sich noch schlechter benommen als Rob.

»Ich glaube, es lag einfach daran, dass Liz fehlte. Ohne sie hatten wir beide nicht mehr besonders viele Gemeinsamkeiten.«

Oje, die nächste Lüge. Sie konnte nur hoffen, dass Caroline nicht weiter nachhakte.

»Hm«, machte ihre Mutter. Sie öffnete den Mund, um etwas zu sagen, war aber eine Sekunde zu spät dran. Vom Haus her erklang der erlösende Ruf.

»Frühstück, Ladies! Meine Pancakes und ich warten nur ungern.« Ihr Vater beugte sich aus dem Küchenfenster und winkte enthusiastisch mit dem Pfannenwender.

»Gott sei Dank«, sagte Ceecee, und dieser Stoßseufzer entsprach ganz und gar der Wahrheit. »Lass uns reingehen, ich habe wirklich richtig Hunger.« Und das stimmte. Warum sonst hatte ihr Magen in den letzten Minuten so ungut gegrummelt?

»Dass du es überhaupt noch wagst, dich hier blicken zu lassen.«

»Oh, ich dachte, ich wäre eingeladen?«, konterte Rob. Er machte Anstalten, sich umzudrehen.

»Jetzt sei nicht albern, du Idiot.« Steph funkelte ihn aus ihren grünen Augen an, die den seinen so ähnlich waren. Sie drehte sich um und stürmte den Flur hinunter Richtung Garten. Ihr blonder Pferdeschwanz wippte, und selbst ihr Rücken sah empört aus.

Rob musste grinsen. Typisch Steph, sie machte aus ihrem Herzen eben keine Mördergrube. Auch wenn er sich auf das kommende Gespräch nicht gerade freute – irgendwann musste es schließlich sein. Sein Vater hatte im Großen und Ganzen verständnisvoll darauf reagiert, dass Rob darüber nachdachte, seinen Anteil der Praxis zu verpachten und »erst mal« nach Madison zu gehen. Zwar war sein Dad auch nicht gerade glücklich darüber gewesen, im ersten Moment hatte er sogar richtig besorgt ausgesehen, dann aber hatte er genickt und es ihm abgekauft, dass er mit Anfang dreißig noch mehr von der Welt sehen wollte.

Seine kleine Schwester hingegen zeigte ganz und gar kein Verständnis. Das hätte Rob auch ziemlich überrascht. Steph war stolz auf das, was sie ihre »Prinzipien« nannte und alle anderen ihren Dickkopf.

Er folgte ihr durch das gemütliche, in Pastellfarben gestrichene Haus und achtete dabei darauf, über keins der Spielzeuge seiner vierjährigen Nichte zu stolpern. Obwohl Missy ein großzügiges Kinderzimmer ihr Eigen nannte, verteilten sich ihre Besitztümer immer quer durch alle Räume. Rob mochte diese lässige Atmosphäre bei seiner Schwester, auch wenn er eher der ordentliche Typ war und das manchmal sogar ein bisschen brenzlig werden konnte. Gerade kürzlich erst war er über Missys Lieblingsspielzeug gestolpert – einem Bagger, mit dem sie alle anderen Kids am Sandkasten locker in die Tasche stecken konnte – und hatte sich nur in letzter Sekunde abfangen können. Zum Glück war auch dem Bagger nichts passiert. Das hätte ihm seine Lieblingsnichte vermutlich nicht so schnell verziehen.

Er trat auf die Terrasse und musste kurz gegen die tiefstehende Sonne blinzeln. Es war zwar erst halb acht und noch ziemlich warm, aber jetzt, Mitte August, wurden die Tage bereits deutlich kürzer, und in einer guten Stunde wäre es dunkel. Normalerweise liebte Rob diese Sommerabende bei den Plattners, den entspannten Austausch mit seiner Schwester und ihrem Mann – aber normalerweise war Steph auch nicht sauer auf ihn. Er straffte die Schultern und spürte mehr, als er sah, wie Missy auf ihn zurannte.

»Onkel Rob, Onkel Rob, endlich bist du da!«, quietschte sie und warf sich voller Schwung gegen ihn. »Du musst dir unbedingt ansehen, was ich heute in der Tanzschule gelernt habe.«

»Gnade, Prinzessin Missy, Gnade«, flehte er und tat so, als müsse er zusammenbrechen. Missy kicherte entzückt, und Rob hob beide Hände. »Ich ergebe mich.« Liebevoll wuschelte er ihr durch die blonden Locken. »Ist es Prinzessin Missy recht, wenn ich zuerst den Rest der Familie begrüße?«

Missy nickte hoheitsvoll und trat einen Schritt beiseite. Rob winkte Aaron zu, der hinter dem Grill stand und offenbar den Inhalt des Anzündkamins begutachtete. Sein Schwager hob das Glas in seiner linken Hand – Gin Tonic, wie er Aaron kannte – und wackelte warnend mit den Augenbrauen. Rob nickte ihm nur kurz zu. Er konnte sich vorstellen, was seine temperamentvolle Schwester über seine Pläne erzählt hatte. Aaron hatte bestimmt alles versucht, nicht zusätzlich Öl ins Feuer zu gießen. Als äußerst kompetenter Geschäftsführer des *Pine Lake Inn* kannte er sich mit emotionalen Herausforderungen aus, auch im Leben von Steph und den Kindern war er der ruhende Pol.

Wobei Rob immer wieder dachte, dass Missy von ihrem Vater nicht nur die warmen braunen Augen, sondern auch die selbstbeherrschte Art geerbt hatte. Das konnte man bei ihr jetzt schon spüren, trotz ihrer heutigen Aufregung über die Ballettschule.

Rob stellte die beiden Flaschen mit dem Lieblingswein seiner Schwester auf den Tisch. Sie warf einen Blick darauf und verzog den Mund. Sonst brachte er immer nur eine Flasche zum Grillen mit, heute jedoch hatte er seine Schwester milde stimmen wollen.

Steph durchschaute dieses Manöver offenbar sofort. »Glaub bloß nicht, du könntest mit zwei lumpigen Flaschen Wein alle Wogen glätten«, schimpfte sie.

»Nein? Noch nicht mal mit einem perfekt gekühlten Rosé? Von deiner Lieblingsmarke Whispering Angel?«, fragte Rob.

»Spar dir das für deine Weiber auf. Ich bin nicht so leicht rumzukriegen.«

Rob hörte, wie Aaron sich hinter ihm räusperte. »Owen hast du leider gerade verpasst, Rob. Eigentlich sollte er so lange aufbleiben, bis du kommst. Aber er zahnt gerade mal wieder und ist kaum auszuhalten. Heute Nacht war er permanent wach und deswegen ziemlich müde. Also sind wir nur zu viert.« Noch bevor Rob sein Mitgefühl über Owens miese Laune ausdrücken konnte, trat Aaron an den farbenfroh gedeckten Tisch und lächelte seiner Frau zu. »Die Glut ist gleich so weit, Liebste, dann grille ich dir die Steaks schön medium, genau wie du sie magst. Missy sollte vorher gerade noch genug Zeit haben, ihrem Onkel den Schmetterling vorzumachen.«

Steph sah ihren Mann an, ihr Gesichtsausdruck wurde weich. »Danke dir, Baby.« Dann wandte sie sich ihrer Tochter zu und sagte sanft: »Du zeigst Onkel Rob deinen Schmetterling am besten auf dem Rasen, Honey. Und danach wascht euch bitte die Hände, das Essen ist gleich so weit.« Sie warf Rob einen scharfen Blick zu; bestimmt wollte sie ihm damit signalisieren, dass sie nur ihrer Familie zuliebe kurzfristig Ruhe gab.

Trotzdem begrüßte Rob die Atempause und ließ sich willig von Missy über den Rasen ziehen. Auch wenn seine Schwester und er sich oft und gern Wortgefechte lieferten und es für Außenstehende manchmal wie ein handfester Streit wirken musste, eine richtig ernsthafte Auseinandersetzung zwischen ihnen war selten. Aber diesmal war Steph wirklich sauer und verletzt, und er wollte ihnen beiden Freiraum geben, um sich etwas zu beruhigen.

Von all diesen Überlegungen abgesehen, brauchte er eigentlich nie einen besonderen Grund, um Zeit mit seiner Nichte zu verbringen. Er betete Missy an und liebte ihre Gesellschaft. Sie nicht mehr so oft sehen zu können, wie er wollte, war ein weiterer Grund, warum er Willow Springs schmerzlich vermissen würde. Gott, wie sehr er sich selbst eine Tochter wünschte! Aber bisher hatte er sich das nie ohne Cee vorstellen können und wollen. Doch es war an der Zeit, dass er diesen Traum endgültig aufgab – und deswegen musste er gehen. Vielleicht würde er dann eines Tages in der Lage sein, mit einer anderen Frau eine Familie zu gründen. Irgendwann.

Er verdrängte diese Gedanken, ging in die Hocke und konzentrierte sich ganz auf seine Nichte und ihre neuen Ballettkünste. Voller Zuneigung beobachtete er ihr ernsthaftes Gesicht, während sie ihre Füße zuerst sorgfältig in ein sehr weites V drehte und dann die Arme vor dem Körper hob, bevor sie langsam alles wieder ausstreckte. Es sah zwar ein bisschen wacklig aus, man konnte aber tatsächlich erkennen, warum es Schmetterling hieß. Rob hatte natürlich keine Ahnung, ob das alles auch korrekt war – er tanzte zwar unheimlich gern, verstand aber nicht das Geringste von klassischem Ballett. Dennoch musste er vor Rührung schlucken, denn es war Missy anzusehen, wie wichtig ihr das Ganze war. Und zum ersten Mal überhaupt konnte er einen Blick auf die Erwachsene werfen, die seine Nichte einmal sein würde. Er räusperte sich und applaudierte, als sie ihn ansah, gleichzeitig aufgeregt von der eigenen Leistung wie begeistert und hingerissen vom Tanz.

»Das kannst du wirklich ganz großartig, meine Süße! Aus dir wird bestimmt eine ganz, ganz tolle Ballerina, wenn du so weitermachst!«

Missy strahlte und wurde dann ein bisschen verlegen. Sie rannte auf ihn zu und warf sich in seine Arme. Gemeinsam kugelten sie ausgelassen über den Rasen. Als von der Terrasse der Ruf »Essen ist fertig!« erscholl, hätte Rob am liebsten genauso einen Flunsch gezogen wie seine Nichte. Gerade noch rechtzeitig erinnerte er sich daran, dass er hier der Erwachsene war – und außerdem einer mit einer sehr ungnädigen Schwester. Da sollte er wirklich nichts riskieren.

»Komm, wir waschen uns schnell die Hände, Prinzessin Missy«, sagte er deshalb. »Nicht, dass deine Mom böse auf mich wird.«

Seine Nichte warf ihm einen kurzen Blick zu, als wolle sie sagen, dass ihre Mutter ohnehin wütend war, Händewaschen hin oder her. Rob fühlte sich ungut ertappt – manchmal waren ihm Frauen ziemlich unheimlich. Selbst wenn sie erst vier Jahre alt waren.

Aber vielleicht überschätzte er die Weisheit des anderen Geschlechts auch ein wenig. Denn in der nächsten Sekunde hüpfte Missy los in Richtung Haus und rief ihm über die Schulter hinweg zu: »Ich esse zwei Steaks!«

Das Essen verlief zunächst weitgehend ereignislos, alle plauderten über dies und das und genossen die leckeren Grillereien. Rob berichtete von den ungewöhnlich vielen Hunden mit Zeckenbiss in seiner Praxis, offenbar gab es dieses Jahr eine richtige Plage. Missy verputzte zwar nur ein Steak, aber dafür gleich zwei Hotdogs und einen halben Burger. Währenddessen erzählte sie begeistert von ihren Ballettstunden. Aaron und Steph hatten sie zum Sommercamp der Tanzschule von Willow Springs angemeldet. »Und wenn es mir gefällt, dann darf ich im Herbst weitermachen«, verkündete Missy und sah dabei aus, als wäre das beschlossene Sache. Wie Rob seine Nichte kannte, war es das vermutlich auch. Schließlich hatte sie auch durchgesetzt, dass diesen Sommer ein kleiner Kater bei den Plattners eingezogen war. Katzenteenie Theo tauchte natürlich irgendwann auf der Terrasse auf und strich Steph schnurrend um die Beine, bis die sich erbarmte und für ihn auch einen Stuhl holte. Dort rollte er sich erstaunlich friedlich zusammen, die weißen Flecken an Flanke und Hals leuchteten hell in der hereinbrechenden Dunkelheit. Rob musste bei diesem Anblick immer wieder lächeln; es war schön, zu wissen, dass Missy und Owen, die nächste Generation, genau wie er und seine Schwestern mit Haustieren aufwachsen würden.

Aaron versorgte die menschlichen Gäste am Tisch nicht nur mit Steaks, Burgern und Hotdogs, er tischte auch sein spezielles Grillmaisbrot auf. Der süß-scharf-buttrige Geschmack, untermalt von der Rauchnote des Holzkohlenfeuers, war für Rob der Inbegriff des Sommers; zum Glück hatte sein Schwager eine mehr als großzügige Portion vorbereitet. Zwischendurch erzählte er die eine oder andere Anekdote von besonders anstrengenden Gästen. »Aber ich will mich nicht beklagen«, meinte Aaron schließlich. Mittlerweile saßen sie bereits beim Kaffee, und Rob konnte trotz der Dämmerung erkennen, dass seiner Nichte jeden Moment die Augen zuzufallen drohten. »Es tut gut, wenn das Haus voll ist. Im Allgemeinen gehen die Touristenzahlen in den USA ja zurück.«

»Ehrlich?«, fragte Rob. »Kann ich mir kaum vorstellen. Im Ort ist doch jeden Sommer mehr los. Und Liz konnte überhaupt erst aus San Francisco zurückkommen und bei Cee im Café einsteigen, weil wir hier ständig Zuwachs an Touristen haben. Merke ich selbst in meiner Praxis.« Er erwähnte nichts von seinem Eindruck, dass bestimmte weibliche Touristen manchmal hauptsächlich seinetwegen ein paar Tage nach Willow Springs kamen, ob nun mit oder ohne Haustier. Rob wusste um seinen Ruf als schönster Mann im Northern Highland von Wisconsin. Einbilden tat er sich jedoch nichts darauf, selbst wenn er zugeben musste, dass gutes Aussehen in manchen Situationen durchaus nützlich sein konnte. Aber hey – was zählte das schon? Die Frau, die er liebte, hatte nur Augen für einen anderen.

»Du hast völlig recht, wir hier in Willow Springs haben das dritte Jahr deutlich steigende Zahlen. Naturverbundener Aktivurlaub stemmt sich zum Glück gegen den allgemeinen Trend.« Aaron grinste schwach und griff nach seinem Handy, um die App für die raffinierte Gartenbeleuchtung zu aktivieren. Plötzlich erstrahlten etliche Lichterketten und Bodenlampen um sie herum und tauchten den Garten in ein stimmungsvolles Licht. »Ich musste meinen Eltern sogar letzte Woche beichten, dass wir dieses Jahr nicht zu Thanksgiving nach Chicago kommen können. Wir sind so dermaßen ausgebucht, da kann ich unmöglich weg.«

»Uh oh«, machte Rob, »das hat deiner Mutter bestimmt nicht gefallen.« Karen Plattner, Stephs Schwiegermutter, war für ihr großes Herz bekannt, aber auch für ihre entschiedenen Ansichten.

»Sie hat eben gern ihre Familie um sich«, mischte Steph sich ein. »Das soll ja auch anderen Leuten so gehen.« Ihr Tonfall war bissig. Während des Essens hatte sie standhaft geschwiegen, dennoch war ihre Wut beinahe mit Händen greifbar gewesen.

»Wie wahr, meine Liebste«, sagte Aaron. »Deswegen hast du sie ja sinnvollerweise eingeladen, Thanksgiving diesmal in Willow Springs zu verbringen.« Er stand auf. »Missy-Miss, Zeit fürs Bett.« Genau wie Rob hatte er gesehen, wie müde seine Tochter war. Und vermutlich hatte er längst durchschaut, dass seine Frau sich nur deswegen beherrschte, weil Missy am

Tisch saß, sie aber eine tickende Zeitbombe war. Die Explosion würde schlimmer werden, je länger sie abwarteten.

Missys Proteste waren mehr als halbherzig. Sie streichelte zuerst Theo, umarmte dann ihre Mutter und drückte Rob zu guter Letzt einen schläfrigen Kuss auf die Wange, bevor ihr Vater sie hochheben und ins Haus tragen durfte.

»Was soll dieser Unsinn?«, verschwendete Steph keine Zeit, sobald die Terrassentür hinter Mann und Tochter ins Schloss gefallen war. »Was willst du überhaupt in Madison? Und warum erfahre ich davon erst, als schon die halbe Stadt über deinen Plan redet?«

»Es ist doch noch gar nichts entschieden«, versuchte Rob seine Schwester zu beschwichtigen. Das stimmte, denn bisher hatten sie lediglich die Fühler ausgestreckt und ein, zwei Termine für Besichtigungen vereinbart. Trotzdem entsprach es nicht ganz der Wahrheit: Er selbst war sich sicher, dass für ihn nur dieser eine Weg blieb, wenn er irgendwann Frieden finden wollte. Die Vorstellung, Cee endgültig aus seiner Reichweite zu wissen, zuzusehen, wie sie mit Cal eine Familie gründete, war schlicht zu krass. »Und deswegen habe ich dir nichts erzählt. Keine Ahnung, wer sich da wieder was zusammengereimt hat und dabei zufällig mal recht hatte. Jedenfalls, wenn ich wirklich etwas festmache, bist du die Erste, die davon erfährt.« Er lächelte seine Schwester an. »Und warum Madison? Ich hatte einfach den Eindruck, dass Sally …«

Weiter kam er nicht. Seine Hoffnung, Steph durch die Erwähnung ihrer Zwillingsschwester milder zu stimmen, ging leider voll nach hinten los.

»Wie schön, Sal weiß natürlich auch schon Bescheid. Aber es ist vermutlich kein Wunder. Meine beiden emotional gestörten Geschwister glucken einfach gern zusammen.«

»Äh«, machte Rob. Emotional gestört? Sally und er?

»Sag bloß, es ist dir noch nicht aufgefallen, dass Sal um jeden auch nur halbwegs attraktiven Kerl einen riesigen Bogen macht.«

»Na ja, so direkt nicht, nein. Ich nehme an, dass sie in Madison schon was laufen hat. Sie erzählt nur nicht unbedingt davon.«

»Papperlapapp.« Steph griff so abrupt nach ihrem Weinglas, dass der Rosé über den Rand schwappte. »Sie meidet jeden Mann, und du zerrst dafür jede Frau ins Bett, die nicht bei drei auf den Bäumen ist.« Seine Schwester nahm einen großen Schluck Wein und deutete dann ärgerlich mit dem Glas auf ihn. »Nur weil ihr lieber verdrängt habt, was die Scheidung unserer Eltern bei euch angerichtet hat. Bindungsunfähig seid ihr, alle beide.«

»Ach ja?«, fragte Rob gedehnt. Langsam wurde auch er wütend, obwohl er sich fest vorgenommen hatte, vernünftig mit seiner Schwester zu reden. »Und das weißt du weshalb so genau, Frau Hobbypsychologin? Weil Sally mit 29 noch nicht auf heile Familie macht und das Hausmütterchen gibt? Sondern erst mal an ihren Job denkt?«

Seine Schwester schnappte nach Luft.

»Und bloß weil ich kein Kostverächter bin?«

»Kein *Kostverächter*? So nennst du das also?« Ihre Stimme drohte zu kippen. Sie hielt inne und musterte ihn. »Ist es das?

Hast du hier alle Kandidatinnen durch, nachdem du letztes Weihnachten sogar mit dieser Bitch Gabrielle Kershaw ins Bett gestiegen bist? Ja, glaub bloß nicht, ich wüsste das nicht, Bruderherz. Du findest in Willow Springs einfach keine Frau mehr, die du ficken …«

»Steph!« Aaron war von ihnen beiden unbemerkt auf die Terrasse getreten. Er sah seine Frau schockiert an.

»Lass nur, Aaron.« Rob winkte ab, auch wenn er zugeben musste, dass er selbst ebenfalls ziemlich überrascht war. Hauptsächlich deswegen, weil Steph von der Sache mit Gabrielle wusste. Das war wirklich dumm gewesen, das musste er zugeben – aber er hatte sich an diesem Abend besonders einsam gefühlt. »Meine kleine Schwester vergreift sich nun mal gern im Ton. Sie glaubt, sie würde so beweisen, dass sie recht hat.«

Sally schnaubte. Sie klappte den Mund auf und zu, als müsse sie erst ausprobieren, welche Beleidigungen sie als Nächstes über ihn ergießen sollte. Dann aber fing sie sich zu Robs Erstaunen schlagartig wieder. Er konnte richtig sehen, wie sie ruhig wurde. Sie musterte ihn langsam von oben bis unten. Ihm wurde ganz heiß unter ihrem Blick. »Okay, Rob, vielleicht stimmt das sogar. Aber lieber vergreife ich mich im Ton, als wie eine einzige große Wunde durch die Gegend zu laufen und es nicht einmal zu merken.« Sie stellte das Weinglas auf den Tisch, und Aaron trat zu ihr, legte ihr die Hände auf die Schultern. »Ich sage dir das nicht gern, Bruderherz, aber ich mache mir wirklich Sorgen um dich.« Sie griff nach der Hand ihres Mannes, und Rob musste sich zwingen, nicht den Blick abzuwenden vor dem Bild der liebevollen Harmonie, das die beiden abgaben. »Du hast immer alles getan, um Sally und mich abzuschirmen, wenn es bei Mom und Dad gerade nicht gut lief. Und heute weiß ich auch, dass Mom dich als Blitzableiter genutzt hat nach der Scheidung, selbst wenn ich das mit 11 noch nicht kapiert habe. Vielleicht fällt es dir deshalb so schwer, in Frauen mehr zu sehen als reine Sexobjekte.«

Er wollte sie unterbrechen, ihr sagen, dass das nicht stimmte.

Doch seine Schwester winkte ab. »Geschenkt, du musst dich nicht rechtfertigen, ich übertreibe jetzt, klar. Aber ich spüre, dass was mit dir nicht stimmt. Und egal, was dich umtreibt, Rob«, sie machte eine Pause, musterte ihn wieder mit diesem beunruhigend verständnisvollen Blick, »worüber du nie mit uns reden willst, wofür du all die belanglosen Affären in deinem Leben brauchst. Was es auch ist – eine Flucht nach Madison wird dir bestimmt nicht helfen.«

Kapitel 3

Chef? Chef? Hallo?«

Rob holte tief Luft und kam mit einem Schlag in die Wirklichkeit zurück, oder genauer, in das Pausenzimmer in seiner Tierarztpraxis.

Verlegen blickte er in das Gesicht seiner Assistentin Kirsty.

»Mann, Chef, du warst aber echt weit weg, oder? Mrs. Tillman ist hier, mit ihrer Katze. Ich habe sie schon in die 1 gesetzt.«

»Was Ernstes?«, erkundigte sich Rob. Er mochte die alte Dame und ihre freundliche, besonnene Art. Bei aller Lebenserfahrung hing Mrs. T. an jedem ihrer Haustiere, als wäre es eins ihrer zahlreichen Enkelkinder.

»Nein, nur zum Impfen, glaube ich. Ihre Katze macht jedenfalls ordentlich Radau. Mrs. T. ist dagegen ganz entspannt, kann also nichts Schlimmes sein.« Kirsty schüttelte ihren dunklen Pferdeschwanz und zuckte die Schultern. »Trotz der allgemeinen Aufregung.«

»Der allgemeinen Aufregung?«, hakte Rob nach.

Seine Sprechstundenhilfe musterte ihn prüfend. »Du weißt wirklich nicht, wovon ich rede, oder? Dabei dachte ich …« Sie schlug sich mit der flachen Hand auf die Stirn. »Du warst am Wochenende in deiner Hütte, oder?«

Rob nickte, er war tatsächlich oben am Dancing Cloud Lake gewesen. Das tat er oft, wenn er Zeit zum Nachdenken brauchte. Er liebte die ruhige Atmosphäre dort, beobachtete meist stundenlang nur, wie die treibenden Wolken sich in der Oberfläche des kleinen Sees spiegelten. Zum Glück war sein Dad immer dazu bereit, den Notdienst in der Praxis zu übernehmen, falls er selbst etwas Abstand brauchte. Das hatte Rob auch an diesem Wochenende dankbar angenommen.

Leider war die Zeit in seiner Hütte längst nicht so entspannend wie sonst gewesen. Das halbe Wochenende hatte er über die Auseinandersetzung mit Steph gegrübelt und war auch jetzt, am Montagmittag, immer noch nicht ganz durch damit. Hatte er seine Schwester wirklich als Hausmütterchen bezeichnet? Ziemlich heftig, musste er zugeben, und er hatte sich deswegen schon am Freitag so unbehaglich gefühlt, dass er so schnell wie möglich nach ihrem Streit aufgebrochen war. Das eigentlich Merkwürdige daran war, dass er es im Grunde völlig okay fand, dass sie sich auf ihre Familie konzentrierte. Schließlich war Owen noch kein Jahr alt und Missy gerade mal vier. Nein, wenn er schonungslos ehrlich zu sich selbst war, hatte er einfach nur irgendwas gesucht, um sie schön effizient zu verletzen. Und da er wusste, dass seine beiden Schwestern sich von ihrer Mutter ständige Predigten hatten anhören müssen, wie wichtig es für eine Frau sei, finanziell unabhängig zu bleiben, hatte er wohl zielsicher zugegriffen.

Rob zog eine Grimasse. Vermutlich lag ihre Mom heute noch Steph damit in den Ohren. Abigail Sawyer hatte während ihrer Ehe niemals eine Pause eingelegt, hatte genauso viele Stunden wie ihr Mann in der gemeinsamen Tierarztpraxis gearbeitet, manchmal sogar mehr. Als Kinder hatten sie das natürlich einfach so hingenommen, und eigentlich war es auch nicht weiter schlimm gewesen. Rob und seine Schwestern hatten sich nie vernachlässigt gefühlt, dafür hatte das perfekt ausgeklügelte System aus Großeltern, freundlichen Nachbarn und etlichen Babysittern gesorgt. Ihr Dad war außerdem ein ausgesprochener Familienmensch, scherzhaft sagte er auch heute noch gern, seine Kinder wären sein einziges und größtes Hobby. Die vielen Arbeitsstunden seiner Mutter ergaben mittlerweile aus fachlicher Sicht für Rob durchaus Sinn – Willow Springs würde gut und gerne mehr als eine Tierarztpraxis ernähren können. Trotzdem hatte er sich manchmal gefragt, ob es für seine Mom nicht auch eine Art Versicherung gewesen war. Vielleicht hatte sie von Anfang an nicht daran geglaubt, dass ihre Ehe mit seinem Vater halten würde? Und vielleicht hatte sein Dad das ebenso gespürt und deswegen so viel Zeit mit seinen Kindern verbracht?

»Dann kannst du es ja gar nicht wissen«, unterbrach Kirsty seine nicht gerade erbaulichen Gedanken. »Du …«

In diesem Moment ertönte ein lautes, durchdringendes Miauen, das in einem energischen Kreischen endete.

»Die Katze von Mrs. T. wird anscheinend ungeduldig«, meinte Kirsty, »und recht hat sie. Zimmer 1, Chef.« Sie drehte sich um und verließ ohne ein weiteres Wort den Raum.

Rob nickte, auch wenn Kirsty das gar nicht mehr sehen konnte. Es wurde wirklich Zeit, dass er sich wieder seinen Pflichten widmete und nicht länger hier rumsaß und Trübsal blies. Während er aufstand, beschloss er, sich bei seiner Schwester zu entschuldigen. Wurde ja langsam zur Gewohnheit, dachte er. Und was sie über seine und Sallys Bindungsunfähigkeit gesagt hatte? Das würde er einfach vergessen. Schließlich wusste sie nicht den Grund dafür – und er würde verdammt noch mal dafür sorgen, dass sie den niemals erfuhr. Denn er wollte gar nicht darüber nachdenken, was Steph in diesem Fall anstellen würde. Permanente bedeutsame Blicke sowie Sprüche über »für die wahre Liebe kämpfen« wären vermutlich das Mindeste, worauf er sich einstellen müsste. Doch das war ihm schon einmal gründlichst misslungen, und er hatte Jahre gebraucht, um mit Cees Abfuhr einigermaßen klarzukommen. Trotzdem hatte er sich immer irgendwo die Hoffnung auf ein Leben an ihrer Seite bewahrt. Aber jetzt, wo er endlich beschlossen hatte, vernünftig zu sein und sich nicht länger dieser Illusion hinzugeben, würde er – nein, er musste! – bei seiner Entscheidung bleiben.

Mit dem Gefühl, einen wichtigen Schritt weitergekommen zu sein, trat er in das Behandlungszimmer.

Zwei intelligente Augenpaare schauten ihn an. Das war aber auch die einzige Gemeinsamkeit zwischen Frau und Tier. Mrs. Tillman lächelte ihm freundlich zu, ihre Katze dagegen ließ aus dem Korb heraus einen weiteren lang gezogenen Protestlaut ertönen. Er war kaum noch als Miauen zu identifizieren, die Missbilligung des Tieres angesichts der Situation war glasklar.

»Rob, mein Lieber! Meine Daisy hier ist ein bisschen ungeduldig.« Sie tätschelte den Katzentransporter, bevor sie ihm die Hand hinstreckte. »Verständlich, ich hasse es auch, wenn ich zu diesen dummen Routineuntersuchungen bei Dr. Olson muss.«

»Dann ist bei Ihrer Daisy also alles in Ordnung? Und bei Ihnen und Ihrem Mann auch, Mrs. T.?« Rob ging um den Behandlungstisch herum, um die Verschlüsse des Katzentransporters zu lösen.

»Daisy ist wieder verschmust wie eh und je, nachdem ihr letztes Baby ausgezogen ist.« Die alte Dame streckte eine knotige Hand aus, um ihre Katze beruhigend am Hals zu kraulen.

Man sah Mrs. Tillman deutlich an, dass ihr großer Garten eins ihrer liebsten Hobbys war: ihre Hand war tief gebräunt und schwielig, die Fingernägel waren kurz. Auch die Haut auf ihren Wangen war von Falten durchzogen, doch trotz ihrer gut 80 Jahre wirkte sie bemerkenswert fit. Rob dachte jedes Mal, wie sehr er darauf hoffte, seine Eltern wären in den nächsten fünfzehn, zwanzig Jahren ähnlich gesund und gut drauf.

»Meinem Ben fehlen die Kleinen zwar ein wenig, aber ich glaube, er ist genauso froh wie ich, dass Daisy wieder Zeit für uns hat.« Sie grinste verschmitzt. »Albern, nicht wahr? Sich darüber zu freuen, dass dein Haustier wieder Zeit für dich hat?« Mrs. Tillman schien keine Antwort auf diese Frage zu erwarten, denn sie schüttelte den Kopf. »Und was hältst du von dieser unglaublichen Sache mit Liz und dem jungen Polizisten?«

Ceecee bog mit einem Seufzer der Erleichterung auf die Zufahrt zu Mrs. Hahns Haus ein. Jetzt nur noch schnell ihre Hündin Mathilda von der netten Hundesitterin abholen und dann konnte sie endlich nach Hause fahren und versuchen, sich irgendwie zu entspannen.

Die letzten beiden Tage waren wirklich ein Albtraum gewesen und umso schlimmer, weil sie überhaupt nicht damit gerechnet hatte. Stattdessen hatte sie eifrig Pläne für ein paar freie Tage geschmiedet, denn Cal war am Samstagmittag aufgebrochen, um an einem großen Juristenkongress in Chicago teilzunehmen. Der begann zwar erst heute, aber ihr Verlobter wollte wie üblich den Sonntag dafür nutzen, sich einzurichten und auf seinen Vortrag morgen einzustimmen. Das machte er seit Jahren so, diesmal hatte er sogar zwei Maschinen früher als sonst genommen. Ceecee hatte zwar ein bisschen den Kopf geschüttelt, weil er wieder so unglaublich früh hatte fahren wollen. Dabei hatten sie doch nun wirklich alle Hände voll zu tun! Aber ihr Liebster bereitete sich auf wichtige Sachen nun einmal gern gründlich vor. Sie hatte sich dann damit getröstet, dass sie so ungestört noch einige Sachen für die Hochzeit würde erledigen können. Besonders zu denken gab ihr, dass sie immer noch kein passendes Kleid hatte. Allmählich fragte sie sich sogar, ob sie zu unrealistische Erwartungen hatte, denn bisher hatte keins der vielen Modelle sie wirklich überzeugen können. Jedenfalls hatte sie zusammen mit ihrer Mom ein paar weiter entfernte Brautsalons abklappern wollen, und auch sonst stand noch einiges auf ihrer Liste. Die Zeit wurde gefährlich knapp, fand sie.

Doch dann war alles anders gekommen, und wahrscheinlich würde das auch im Laufe der Woche noch so bleiben. So schnell würde das mit dem Brautkleidkaufen jedenfalls nicht klappen. Ceecee seufzte wieder, während sie parkte und nach ihrer Handtasche griff.

Angefangen hatte es mit diesem Anruf am Sonntagvormittag, dass Liz im Krankenhaus von Greenwood County lag. Ceecee war natürlich Hals über Kopf aufgebrochen, um sich persönlich zu vergewissern, wie es ihrer besten Freundin ging. Sie hatte dafür sogar Matty allein zu Hause gelassen und war völlig außer Atem in das kleine County-Hospital gestürmt.

Liz hatte in dem Krankenhausbett fast so blass ausgesehen wie ihre auffällig weißblonden Haare. Ceecee war das Herz buchstäblich in die Hose gerutscht, bis ihr aufgefallen war, dass ihre Geschäftspartnerin und beste Freundin gleichzeitig so gelöst und glücklich lächelte wie seit Wochen nicht. Der offensichtliche Grund dafür hatte an ihrem Bett gesessen und Händchen gehalten: Joe Mariani, Chief of Police von Willow Springs und seines Zeichens waschechter New Yorker. Persönlich stand Ceecee zwar nicht auf den glutäugigen dunkelhaarigen Typ Mann, musste aber zugeben, dass Joe der heißeste Ordnungshüter war, den Greenwood County jemals besessen hatte. Unerklärlicherweise hatte ihr der Anblick der beiden einen Stich versetzt, selbst wenn sie sich wirklich für Liz freute – und für Joe auch, der war nämlich ein total netter Kerl. Lag das daran, dass Liz nicht wie abgesprochen ein paar Tage das *Lakeview* allein übernehmen würde, damit Ceecee auf Brautkleid-Jagd gehen konnte? Nein, sagte sie sich energisch, das war nicht der Grund. So eine schlechte Freundin war sie nicht. Vermutlich fehlte ihr Cal einfach, hatte sie sich zu beruhigen versucht. Doch ein kleines unbehagliches Gefühl war geblieben, während sie Liz umarmt und Joe die Hand geschüttelt hatte.

Er war aufgestanden mit der Bemerkung, dass er mal nachschauen würde, ob es hier irgendwo ordentlichen Kaffee gab. Den könnten sie sicherlich jetzt alle gebrauchen.

»Ist er nicht wunderbar?«, hatte Liz gefragt, sobald sich die Tür hinter ihm geschlossen hatte. Dass die Frage rein rhetorisch gemeint war, hatte Ceecee mühelos am seligen Lächeln ihrer Freundin erkennen können. »Er wollte uns nur etwas Zeit geben, damit ich dir schnell alles erzählen kann, bevor meine Familie hier einfällt.«

Sie hatte sofort ihren Bericht begonnen, und Ceecee kaum glauben können, was sie in den nächsten paar Minuten gehört hatte.

»Wally hat euch im *Lakeview* festgesetzt? Wir reden wirklich von Wally Jones, der dir in der Highschool immer hinterhergedackelt ist? Und der seit Jahren eigentlich nie was anderes zu tun hat, als zu kiffen? Wenn er nicht gerade überteuerte Angelruten an Touristen vertickt? Und dann überfällt er dich ausgerechnet in unserem Café? Mit einem Gewehr? Und du hast ihm dann das Gewehr entrissen und damit Joe und diesen jungen Polizisten – wie heißt er noch gleich? – ach ja, Kaminski. Also du hast Joe und Kaminski das Leben gerettet?«

Liz hatte die Achseln gezuckt. »Das behaupten jedenfalls alle. Ich kann mich daran gar nicht erinnern, ich hatte wohl einen Blackout. Ich weiß nur noch, wie ein Schuss fiel und Joes Blut auf die Marzocco gespritzt ist. Da bin ich wohl ausgerastet.«

Ceecee war zusammengefahren und hatte beunruhigt nachgehakt: »Joe sah gar nicht verletzt aus. Ist mit ihm alles in Ordnung?«

Liz hatte bloß abgewinkt. »Nur ein Streifschuss zum Glück, nicht auszudenken ...« Sie hatte sich unterbrochen, ihre grünen Augen waren plötzlich nachdenklich geworden. »Moment mal, Blut auf der Espressomaschine. Heißt das jetzt ...?« Sie hatte eine Pause gemacht und Ceecee alarmiert angesehen.

»Heißt das jetzt, wir brauchen einen Tatortreiniger oder so was?«, hatte diese den Satz ihrer Freundin vollendet. »Und überhaupt, müssen die Cops nicht erst mal Spuren sichern? Wie lange dauert so was? Müssen wir das *Lakeview* jetzt vielleicht wochenlang schließen? Während der Saison?«

Joe hatte ihre Fragen nur zum Teil beantworten können, als er ein paar Minuten später mit drei Milchkaffee aus der Krankenhauscafeteria wieder aufgetaucht war. Wenigstens die Spurensicherung hatte er schon beauftragt, und die wären seiner Vermutung nach schnell durch. Schließlich handelte es sich nicht um Mord, und ausreichend Zeugen – die meisten von ihnen sogar Cops – waren auch vorhanden. Natürlich würden die Kollegen selbst unter diesen Umständen nicht schlampig arbeiten, doch er nahm an, dass sie das *Lakeview* im Laufe des Nachmittags freigeben könnten. Wie es mit einem Tatortreiniger aussah, wusste Joe nicht, er konnte ihnen nur bestätigen, dass sie einen brauchten. »Ist euch aus hygienischen Gründen sowieso lieber, oder?«, hatte er gefragt und damit Ceecees Gefühle exakt auf den Punkt gebracht. Nur wo kriegte man so was bitte schön her?

Erstaunlicherweise hatte es sich als komplett unkompliziert herausgestellt. Es gab nur wenige Verbrechen in Greenwood County, mehr oder weniger blutige Unfälle waren aber gar nicht so selten. Und wer Unfallorte reinigen durfte, der hatte meist auch die Lizenz für Tatortreinigung. Eine kurze Onlinesuche und ein schneller Anruf bei einer Reinigungsfirma im Nachbarort hatten also genügt, und zwei Leute waren noch am Sonntagabend durchs *Lakeview* gewirbelt. Ceecee und Liz hatten erleichtert aufgeatmet, denn das hieß doch wohl, dass sie ab Montag wieder einen normalen Betrieb laufen lassen konnten.

Womit Ceecee allerdings ganz und gar nicht gerechnet hatte, als sie heute früh zusammen mit Ruth und Maggie das blitzblank gewienerte Café betreten hatte, war ihre schlagartige Gänsehaut gewesen. Täuschte sie sich, oder konnte man da vorn an der Wand noch den Schatten von ein paar Blutflecken entdecken? Und dieser seltsame Geruch, den sie trotz Jamies fleißiger Arbeit in der Küche wahrzunehmen glaubte … irgendwie metallisch – oder vielleicht eher süßlich-säuerlich? Auf alle Fälle ekelerregend. Aus den skeptischen Gesichtern ihrer Servicekräfte hatte sie schließen können, dass es den beiden ganz genauso ging. Kurzerhand hatten sie drei gemeinsam entschieden, noch nicht wieder zu öffnen, sondern dem *Lakeview* einen neuen Anstrich zu verpassen. Nur Koch Jamie hatte zuerst protestiert – wohin sollte er jetzt mit den ganzen Backwaren, die er vorbereitet hatte?

Trotz ihrer Anspannung konnte Ceecee sich ein Lächeln nicht verkneifen, während sie jetzt auf die dunkelgrüne Haustür von Mrs. Hahn zuging. Die Cops, das Seniorenheim und die Gemeindeverwaltung hatten sich sehr über die ofenfrischen Muffins, Cupcakes und Buns gefreut, die sie kurz danach kostenlos geliefert bekamen. Wenn sie nicht alles täuschte, würde das dem *Lakeview* in nächster Zeit sicherlich den einen oder anderen neuen Gast bescheren. Und es hatte richtig Spaß gemacht, ein paar Stunden mit Jamie, Ruth und Maggie beim Streichen und Umräumen zu verbringen. Zum Glück war die La Marzocco die ganze Zeit über gelaufen, sodass sie sich immer wieder problemlos mit Kaffee hatten stärken können, und Jamie hatte klugerweise auch noch ein paar von seinen leckeren Buttermilch-Blueberry-Muffins für sie gerettet. Das Facelift mit den frischen Farben, das sie dem Gastraum verpasst hatten, war ziemlich gut gelungen, da waren sie sich alle einig. Zu ihrer großen Freude hatte ihnen das auch Liz bestätigen können, als sie eben auf dem Weg vom Krankenhaus nach Hause kurz vorbeigeschaut hatte. Sie war zwar noch ein bisschen blass und abgeschlagen, wirkte ansonsten aber erstaunlich munter dafür, dass sie vor wenigen Tagen einen Drogendealer zur Strecke gebracht hatte.

Trotzdem, ihr Lächeln wurde unwillkürlich müde – so etwas wie die letzten Tage wollte Ceecee nicht so schnell wieder erleben. Sie fühlte sich gleichzeitig aufgedreht und völlig erschöpft, komplett neben der Spur, wenn sie ehrlich war. Und das lag beileibe nicht nur an dem ganzen hektischen Organisieren und der Sorge um ihre beste Freundin. Nein, sie war sich immer noch nicht sicher, warum sie sich gestern beim Anblick von Joe und Liz so unbehaglich gefühlt hatte. Irgendwie ging ihr das total nach, egal, wie sehr sie versucht hatte, sich abzulenken.

Sie klingelte an Mrs. Hahns Haustür und hörte, wie Matty und Mrs. Hahns eigene Hunde Rocky und Finn fröhlich anschlugen.

»Cecilia, meine Liebe, wie geht es Ihnen? Und was ist mit Liz?« Mrs. Hahn musterte sie aus warmen braunen Augen. Ihre kurzen Dreadlocks mit den grauen Strähnen schienen ihr förmlich zu Berge zu stehen. Heute früh war Mrs. Hahn noch ihr übliches entspanntes Selbst gewesen, offenbar hatte sie erst danach von der Schießerei im *Lakeview* gehört.

Während Ceecee sich bemühte, die wohlmeinenden Fragen der Hundesitterin ebenso rasch wie freundlich zu beantworten, spürte sie, wie sie immer ungeduldiger wurde. Sie rief sich selbst zur Ordnung. Normalerweise liebte sie den kurzen Austausch darüber, wie Matty sich den Tag über mit ihren Hundekumpels angestellt hatte. Und natürlich war es mehr als verständlich, dass Mrs. Hahn alles über den Überfall auf Liz wissen wollte. Bloß war heute nichts natürlich und normal, und sie wollte einfach nur noch nach Hause und es sich mit Matty auf dem Sofa gemütlich machen.

Nach einer gefühlten Ewigkeit – vermutlich waren es nicht mehr als zehn Minuten – konnte Ceecee sich endlich loseisen und sich zusammen mit ihrer Border-Terrier-Dame auf dem Weg zu ihrem Wagen machen. Leise fluchend kramte sie in ihrer Handtasche auf der Suche nach den Schlüsseln. Wieder tauchten vor ihrem inneren Auge Liz und Joe auf, wieder spürte sie diesen jähen scharfen Stich. Was war nur los mit ihr? Sie freute sich doch darüber, dass die beiden diesen furchtbaren Unfall heil überstanden hatten, sie freute sich für ihre Freundin und den Cop, weil sie so glücklich ausgesehen hatten, sie war nur …

Neidisch.

Ja, genau das war es. Sie war neidisch auf das Glück, das die zwei ausgestrahlt hatten. Furchtbar, furchtbar neidisch.

Und während Ceecee mit der Frage kämpfte, warum sie jetzt, wo sie in wenigen Wochen die Liebe ihres Lebens heiraten sollte, auf das Glück eines anderen Paares so neidisch war, dass es ihr fast die Luft zum Atmen nahm, spürte sie kaum, wie ihr Mathildas Leine aus den Fingern glitt. Hinterher hätte sie nicht mehr zu sagen gewusst, ob sie bewusst mitbekommen hatte, wie ihre Hündin – stolze Erbin Generationen geschickter Jagdhunde – laut bellend die Abfahrt runterstürmte. Erst das Hupen und das laute Kreischen der Autobremsen auf der Straße rissen sie aus ihrer Benommenheit. Sie drehte sich um.

Und sah, wie Matty durch die Luft geschleudert wurde und neben dem Asphalt landete. Der dumpfe Knall hallte ihr in den Ohren wider.

»Mathilda? MATTY!«

Kapitel 4

Mit einem Seufzer der Erleichterung klickte Rob sein Handy aus. Zwar hatte Liz heute früh schon auf seine hastig getippte Nachricht mit einem *Geht mir gut, ENTSPANN DICH* und einem Kuss-Emoji geantwortet, aber am liebsten wäre er trotzdem sofort ins Krankenhaus gefahren. Nur der Patientenansturm nach Mrs. Tillman und ihrer Katze hatte ihn davon abgehalten. Er hatte tatsächlich bis eben kaum eine Minute Zeit gehabt, um Liz anzurufen. Jetzt war es schon deutlich nach Praxisschluss und das Wartezimmer glücklicherweise endlich leer.

Seine beste Freundin hatte am Telefon tatsächlich so geklungen, als ginge es ihr gut. Offenbar war sie sogar schon entlassen worden und wurde jetzt zu Hause hingebungsvoll gepflegt. Rob konnte sich denken, von wem. Er grinste. Gott sei Dank, Liz war nach dem Zerwürfnis mit Joe Mariani total unglücklich gewesen. Doch anscheinend hatte ihr Chief of Police jetzt endlich alles richtig gemacht und irgendeinen Weg gefunden, Liz davon zu überzeugen, es ernsthaft mit ihm zu versuchen.

»Wurde auch wirklich Zeit, Mariani«, murmelte er und ließ das Handy auf den vollgestapelten Schreibtisch gleiten. Er dachte daran, wie Joe letzte Woche mit seiner kleinen Katze hier gewesen war, um ihn über Liz auszuhorchen, und ihm selbst dabei herausgerutscht war, dass er Cee liebte. Im Nachhinein hatte er sich gefragt, ob er vielleicht darauf hoffte, Joe würde es Liz und die es dann Cee verraten. Falls ja, hatte ihn sein Unterbewusstsein enttäuscht. Bisher deutete nichts darauf hin, dass Joe geplaudert hatte. Aber vielleicht machte er das ja noch? Nur ob Liz ihm das überhaupt glaubte? Und was sollte das dann bringen?

Geistesabwesend zog er den Arztkittel aus, warf ihn auf den Stuhl hinter sich und dehnte und reckte sich. Mann, nach einem so hektischen Arbeitstag fühlte er sich definitiv älter als 31. Er hielt sich zwar mit Joggen und Rudern fit, aber vielleicht sollte er mal dem Ratschlag von Liz folgen und mit ihr gemeinsam zum Yoga gehen. Angeblich sorgte es für Entspannung und Beweglichkeit, und das konnte nie schaden. Allerdings hatte Liz bestimmt gerade etwas anderes zu tun, und er musste auch noch ein bisschen arbeiten.

Er ließ sich auf den Bürostuhl fallen und griff nach dem ersten Papierstapel. Sein Dad hatte wie üblich ganze Arbeit geleistet und den aufgeräumten Schreibtisch nach nur zwei Tagen in das reinste Chaos verwandelt. Es war Rob wirklich ein Rätsel, wie sein Dad bei dem ganzen Durcheinander überhaupt den Überblick bewahrte. Doch der behauptete gern, er bräuchte nun einmal ein gewisses kreatives Umfeld. Rob schüttelte den Kopf – offenbar gehörte er selbst dann zu den eher unkreativen Tierärzten dieser Welt. Aber damit kam er klar.

»Ist noch was, Chef?« Kirsty steckte den Kopf ins Büro und schaute ihn fragend an. »Vorn habe ich alles klargemacht, ich würde dann jetzt gerne gehen, ja?« Selbst seine energiegeladene Assistentin sah nach dem heutigen Tag ein wenig müde aus; ihre dunklen Augen strahlten nicht ganz so wie sonst.

Rob machte eine auffordernde Handbewegung. »Geht klar, ich bleibe auch nicht mehr lange. Muss nur noch Klarschiff machen und ein paar Sachen nachbestellen.« Er deutete vage mit dem Papierstapel auf den Computer vor sich. »Bis morgen, Kirsty.«

»Bis morgen, Chef.« Ihre Schritte verklangen den Flur herunter, und Rob senkte den Kopf, in der Gewissheit, gleich allein zu sein, um sich dem Papierkram zu widmen. Er täuschte sich: Statt des Klapperns der Praxistür ertönte die Türglocke, und irgendjemand hämmerte gegen die Tür. Rob verkniff sich das genervte Stöhnen und stand auf.

Auf dem Flur kam ihm Kirsty entgegen. »Soll ich sie abwimmeln? Die Praxis in Ashbell hat heute Notdienst.«

»Lieber nicht, Kirsty. Das sind fast 30 Meilen, und irgendwie hört es sich ziemlich dringend an.«

Das Läuten hatte die ganze Zeit nicht aufgehört.

»Es hört sich immer dringend an«, kommentierte Kirsty, drehte sich dennoch um und ging zum Eingang. Rob hatte trotz ihrer Bemerkung nichts anderes erwartet. Hätte er seine Fachangestellte gebeten, einen offensichtlichen Notfall nach Feierabend wegzuschicken, obwohl sie gerade noch in der Praxis waren, wäre sie bestimmt die Erste gewesen, die protestiert hätte.

Hinter dem dicken Milchglas der Praxistür konnte Rob einen großen und breiten Schatten ausmachen. Er fragte sich, wer von seinen Patienten wohl so dringend seine Hilfe brauchte. Spontan fiel ihm niemand ein, der gerade auf der Kippe stand, aber das musste nichts heißen. Vielleicht auch irgendein Tourist mit seinem Hund. Der Sommer neigte sich zwar langsam dem Ende zu, Mitte August war trotzdem immer noch jede Menge los.

Als die Tür aufging, fiel sein Blick daher wenig überraschend auf einen bulligen Typen mit Basecap, auf dem das auffällige blau-gelbe Logo der Milwaukee Brewers prangte. *Bei denen sieht es diese Saison ja ausnahmsweise gar nicht so schlecht aus,* dachte Rob noch ziemlich zusammenhanglos, bevor der bullige Typ beiseitetrat.

Hinter ihm erschien Cee – eine völlig aufgelöste, zitternde Cee. Ihre Haare waren zerzaust, ihre weiße Bluse war völlig zerknittert. In ihren Armen hielt sie ein zappelndes honigbraunschwarzes Bündel. Auf ihren Wangen schimmerten Tränen, doch als sie ihn sah, leuchteten ihre Augen auf. »Oh, Rob, Rob, du bist da, was für ein Glück, was für ein Glück.« Sie holte tief und halb schluchzend Luft. »Matty, sie war so still, die halbe Fahrt lang, aber dann wirkte sie auf einmal ganz panisch, sie hat immer wieder gefiept und ständig versucht aufzustehen. Dabei ist ihr Bein … Ich glaube, ihr Bein ist gebrochen, es ist ganz schief und schwillt so schrecklich an. Und ich, ich habe die Leine losgelassen, sie ist einfach auf die Straße gerannt, das macht sie doch sonst nie, einfach so, ich habe keine Ahnung, ich weiß nicht. Ich weiß nicht, wie das passieren …« Wieder schwieg sie einen Moment, holte nur hektisch Luft. Dann trat sie auf ihn zu.

Rob vergaß seine sonst übliche eiserne Zurückhaltung in ihrer Gegenwart. Ohne sich um Kirsty oder den unbekannten

Touristen zu kümmern, kam er ihr entgegen und schlang ihr den Arm um die Schultern. »Still, Cee, jetzt bist du ja da. Matty ist eine echte Kämpferin, ganz bestimmt. Du wirst sehen, sie schafft das.«

Cee schaute ihn an, und sein Herz schlug schneller. »Ja, Rob, bitte. Bitte, rette meine Matty.«

Ceecee starrte auf die Wanduhr im Warteraum. Quälend langsam schob sich der Zeiger voran. Zwanzig nach acht. Neben ihr saß Mitch, »Mitch aus Milwaukee«, wie er sich ihr schließlich vorgestellt hatte, irgendwann nachdem er zum gefühlt hundertsten Mal beteuert hatte, dass er wirklich nicht wusste, wie der Unfall mit ihrer Hündin hatte passieren können. Mittlerweile schien er sich aber wieder ganz gut von dem Schock erholt zu haben. Ein Seitenblick bestätigte ihr, dass er sein Handy in der Hand hielt und irgendwas darauf spielte. Candy Crush, wenn sie nicht alles täuschte.

Sie wandte den Blick ab. Immerhin hatte er den Anstand besessen, sie nicht nur herzufahren, sondern Kirsty auch gleich seine Kreditkarte unter die Nase zu halten und ihr zu versichern, dass er alle Kosten der OP übernehmen würde. Da durfte sie ihm ein bisschen harmlosen Zeitvertreib nicht übel nehmen.

Tat sie aber.

Mitch schien ihren Blick gespürt zu haben. Er räusperte sich und ließ das Handy wieder in die Hosentasche gleiten. »Dauert ganz schön lange, oder?«, sagte er. »Die sind jetzt bestimmt schon über zwei Stunden da drin. Ob das was zu sagen hat?«

Ceecee zuckte mit den Achseln.

»Es ist nur ...«, druckste er rum. »Heut ist unser letzter Abend hier, und Sue und die Kinder warten natürlich auf mich. Wir hatten noch was Besonderes geplant, wissen Sie.« Er nahm die dunkelblaue Basecap ab und knetete sie mit den Händen.

Sie ahnte, was als Nächstes kommen würde.

»Meinen Sie«, wieder räusperte er sich, »also würd's Ihnen vielleicht was ausmachen, wenn ich gehe? Ich lass Sie nur ungern allein, aber so richtig nützlich machen kann ich mich hier nicht, was?«

Ceecee konnte sich nicht zu einer Antwort aufraffen, also schwieg sie einfach.

Mitch aus Milwaukee deutete ihr Schweigen prompt als Zustimmung. »Also, okay, ja, wenn es Sie wirklich nicht stört, dann mach ich mich vielleicht besser auf den Weg. Ihr Freund fährt Sie ja wohl bestimmt nach Hause, oder?«

Sie hob den Blick und starrte ihn an.

»Den Tierarzt, meine ich. Sie kennen ihn doch gut, nicht wahr, Lady?«

»Ja, sehr gut«, bestätigte sie. Ihre eigene Stimme kam ihr fremd vor. »Wir sind zusammen zur Schule gegangen.«

»Ach, na ja, dann geht wohl alles in Ordnung, denke ich. Meine Kreditkartennummer hab ich der Sprechstundenhilfe ja schon gegeben.« Er stand auf und setzte sich die Basecap schwungvoll wieder auf den Kopf. »Und hier, nur für den Fall der Fälle ...« Mitch aus Milwaukee zog seine Geldbörse hervor und drückte ihr seine Visitenkarte und einen Geldschein in die Hand. »Nur falls noch irgendwas ist. Und dann können Sie zur Not später auch 'n Uber nehmen oder so.«

Sie stopfte sich Schein und Visitenkarte in die Jeanstasche, ohne sie genauer anzuschauen. »Ja, danke.« Das war alles, was sie herausbrachte. Wirklich, konnte dieser Mitch aus Milwaukee nicht endlich die Klappe halten und tatsächlich gehen?

»Ich könnte auch noch jemanden für Sie anrufen, also, ja, wenn Sie nicht allein sein wollen. Solange bleibe ich dann doch noch hier.«

»Mitch«, sagte sie fest. Sie wusste selbst nicht, woher sie die Kraft nahm, aber wenn sie jetzt nicht eingriff, würde der Typ morgen noch hier sitzen und besorgte Belanglosigkeiten von sich geben. Und das konnte sie plötzlich nicht eine Sekunde länger ertragen. »Vielen Dank, dass Sie mich hergefahren haben und für Mattys OP bezahlen. Das war ausgesprochen zuvorkommend, und ich bin Ihnen sehr dankbar. Aber jetzt gehen Sie. Bitte.«

»Ich wollte ja nur …«, setzte Mitch an und schüttelte den Kopf, offenbar doch ein bisschen beleidigt. Dann aber schien er zu begreifen, dass seine Anwesenheit tatsächlich völlig überflüssig, vielleicht sogar ein wenig lästig war. Er konnte sich einen kleinen Seufzer der Erleichterung nicht verkneifen. »Also okay, ja, dann alles Gute für Sie und Ihren Hund.«

Ceecee nickte ihm kurz zum Abschied zu und registrierte kaum noch, wie er eilig die Praxis verließ. Stattdessen heftete sie den Blick wieder auf die Uhr an der Wand. Ihr Gespräch mit Mitch hatte keine fünf Minuten gedauert. Ob sie ihn beim

Wort hätte nehmen und ihn irgendjemand anrufen lassen sollen? Ihre Mom vielleicht? Sie überlegte, wo sie eigentlich ihre eigene Handtasche samt Handy gelassen hatte. Vermutlich im Straßengraben, stellte sie merkwürdig teilnahmslos fest, vor dem Haus von Mrs. Hahn. Ihr Hausschlüssel und ihr Portemonnaie waren auch drin. Aber das machte nichts. Das Einzige, was im Moment zählte, war Matty und dass sie nebenan im OP-Zimmer der Tierarztpraxis um ihr Leben rang. Auch wenn Rob nichts gesagt hatte, wusste sie selbst, wie gefährlich eine so lange Narkose für einen älteren Hund war. Allein das konnte ihren Liebling umbringen, ganz abgesehen von dem gebrochenen Bein und den anderen Verletzungen, die Mathilda vielleicht davongetragen hatte. Wieder kämpfte sie gegen Tränen an, aber sie hatte beschlossen, keine einzige mehr zu vergießen, bis sie wusste, wie es ihrer Süßen ging. Für ihren Hund musste sie jetzt stark sein.

Rob würde das irgendwie hinkriegen, versuchte sie sich selbst zu überzeugen. Er hatte doch schon zu ihrer Schulzeit ganze Tage damit verbracht, Tiere wieder aufzupäppeln, war sogar wochenlang nachts aufgestanden, wenn einer seiner Schützlinge seine Hilfe brauchte. Insgeheim hatte sie ihn immer für seine selbstlose Hingabe bewundert – und nie verstanden, warum er sich ihr gegenüber später so verhalten hatte wie der letzte Schuft. Okay, sie hatte sich kein bisschen besser aufgeführt, im Gegenteil, aber …

Irgendwo in der Praxis ging eine Tür auf, dann eine andere. Ceecee fuhr zusammen und lauschte angestrengt. Robs Angestellte erschien in der Tür. Zu Ceecees Erleichterung sah man

Kirsty nicht an, dass sie eben noch bei einer OP assistiert hatte. Sie trug ganz normale, makellos saubere Freizeitkleidung, Ringelshirt und Jeansrock.

»Ceecee?« Kirsty schaute sich im Wartezimmer um und runzelte die Stirn. »Du bist allein? Wo ist denn dieser Typ, der Tourist aus Milwaukee?«

»Ich habe ihn weggeschickt.«

»Verstehe«, sagte Kirsty und sah tatsächlich so aus, als könne sie das nachvollziehen. »Vermutlich besser so. Und die Formalien hatten wir zum Glück schon erledigt, zahlen tut er in jedem Fall. Komm mit, ich bringe dich zum Doc.«

Ceecee sprang auf. »Dann hat Matty es geschafft?« Atemlos wartete sie auf eine Antwort.

Kirsty lächelte kurz. »Hat sie, ja. Aber wie es genau mit ihr ausschaut, sagt dir besser der Doc persönlich.«

Das war doch wohl ein schlechtes Zeichen, vermutete sie angstvoll, während sie Kirsty durch den Flur mit den hellen, fröhlichen Farben folgte. Sie konnte sich gut daran erinnern, wie die Praxis ausgesehen hatte, als sie allein von Robs Vater geführt worden war. Flur und Behandlungszimmer waren in pflegeleichten, gedeckten Tönen gestrichen gewesen, was jedem Besuch einen etwas deprimierenden Beigeschmack von Krankenhaus verliehen hatte. Aber Rob hatte vor ein paar Jahren gründlich renoviert, und seitdem hatte Ceecee oft gedacht, dass den tierischen Patienten in diesem bunten Räumen eigentlich nichts Schlimmes passieren konnte. Natürlich wusste sie genau, dass das Unsinn war, dennoch hatte sie dieser zugegebenermaßen etwas alberne Gedanke immer beflügelt, wenn Matty doch einmal krank und sie mit ihr nicht bloß zum Check-up hier gewesen war.

Dieses Mal jedoch hatte sie dieser tröstliche Kinderglaube gnadenlos im Stich gelassen, und sie traute sich nicht, den Blick zu heben, als Kirsty erst vor einem Behandlungszimmer stehen blieb und dann beiseitetrat.

»Cee«, hörte sie Robs Stimme. Sie klang warm, unendlich vertraut. Und mitfühlend, so verdammt mitfühlend! Ceecee hielt den Atem an. Würde er ihr jetzt gleich sagen, dass Matty zwar die OP überlebt hatte, die Nacht aber vermutlich nicht überstehen würde?

Stattdessen meinte Rob nur ruhig: »Kirsty, du kannst jetzt gern gehen. Du hast dir den Feierabend wirklich verdient. Wir sehen uns morgen.«

»Danke, Chef. Bis morgen dann.« Ceecee spürte kaum, wie Kirsty kurz ihre Schulter tätschelte. »Bye, Ceecee. Alles Gute für dich und Matty.« Kirsty verschwand den Flur runter, und Ceecee sagte sich, dass sie jetzt endlich, endlich der Wahrheit ins Auge sehen musste. Sie holte tief Luft. Und sah auf.

Rob stand neben dem Tisch und hatte eine Hand auf ein Hundekörbchen gelegt, das auf dem Untersuchungstisch stand. Es hatte hohe Seiten, aber Ceecee konnte trotzdem Mattys honigfarbenes Fell mit den lustigen schwarzen Flecken erkennen. Ihre Hündin lag auf der linken Seite. Ihr Brustkorb hob und senkte sich, und am rechten Hinterlauf trug sie eine Bandage. Vorsichtig trat Ceecee näher, hob eine Hand … und wagte es dann doch nicht, Matty anzufassen.

Rob trat um den Tisch herum, dicht neben sie. Er berührte

sie nicht, aber sie konnte seine Wärme spüren. Fast hatte sie vergessen, wie gut sich seine Nähe anfühlen konnte. Nein, wenn sie ehrlich war, hatte sie alles getan, um diese Erinnerung zu verdrängen.

Sie hob den Blick und sah ihn an. Er sah ernst und müde aus, wie damals, wenn er die halbe Nacht einen kranken Vogel bewacht hatte. Doch er lächelte.

»Wie ich gesagt habe, Cee, deine Mathilda ist eine echte Kämpferin. Es war verdammt knapp, zuerst war ich mir nicht sicher, ob wir es wieder hinkriegen. So eine geschlossene Fraktur mit Einblutung ist immer richtig heikel. Aber wir konnten die innere Blutung rechtzeitig stoppen und den gebrochenen Lauf ausrichten und mit Platten stabilisieren. Wahrscheinlich humpelt sie nur von jetzt an ein bisschen. Sonst konnte ich nichts Gravierendes finden. Zur Sicherheit würde ich sie aber gern heute Nacht hierbehalten.« Er machte eine Pause. »Wenn es dir recht ist.«

Ceecee musste schlucken. Und einmal ganz kurz und vorsichtig mit dem Zeigefinger Mattys Kopf streicheln. Aber dann brachen sich die mühsam zurückgehaltenen Tränen mit aller Macht Bahn. »O Rob«, brachte sie schluchzend hervor, »ich dachte … ich dachte … Matty wäre tot.« Sie drehte sich zu ihm um, suchte instinktiv Halt und Trost in seiner Nähe, vergrub das Gesicht an seiner Schulter, krallte die Hände in den weichen Stoff seines T-Shirts.

Er sagte nichts, hielt sie nur sanft und hörte einfach zu, wie sie all ihren Schuldgefühlen freien Lauf ließ. Wie sie sich über Cal aufgeregt hatte, weil er mal wieder so irre früh zu diesem blöden Kongress wollte; wie sie die Leine einfach losgelassen hatte, weil sie neidisch auf ihre beste Freundin war; wie sie sich über Mitch aus Milwaukee geärgert hatte, obwohl der vermutlich nur helfen wollte; wie sie in den vergangenen Stunden dem lieben Gott, Allah, Buddha und sonstigen Himmelsmächten versprochen hatte, nie wieder über Pfarrer Sutton und seine langen Predigten zu schimpfen, wenn sie dafür nur Mathilda zur Seite standen.

»Aber«, sie traute sich wieder aus der Deckung seines T-Shirts, vermutlich weil sie sich selbst so albern vorkam, und sah ihn durch den Tränenschleier an, »die Himmelsmächte hätten das ohne dich nie so gut hingekriegt. Du hast meine Matty gerettet, Rob.«

Er sagte nichts, schaute sie nur ernst an. Seinen grünen Augen hatten einen merkwürdigen Glanz, fast so, als könne auch er nur mühsam Tränen zurückhalten. Sie musste daran denken, wie sehr er früher immer getrauert hatte, wenn einer seiner tierischen Schützlinge es nicht geschafft hatte. Eine mächtige Mischung aus Emotionen stieg in ihr auf, Verständnis, Dankbarkeit, Sehnsucht und Scham. Weil sie zugelassen hatte, dass ein einziger Fehler damals ihre Freundschaft zerstört hatte. Weil sie sich trotz alledem auf ihn verlassen konnte, wenn es hart auf hart kam. Ihr Herz schlug schneller. Sie flüchtete sich in das einfachste und akzeptabelste dieser Gefühle. »Und ich danke, danke, danke dir, Rob. Danke!« Sie schlang die Arme um ihn, zog ihn dicht an sich heran, spürte seinen warmen Atem, wie er über ihre tränenfeuchten Wangen strich.

»Cee, ich …«

»Nein, Rob, sei nicht so bescheiden.« Sie drehte den Kopf, sah ihn an und lächelte. Seine Augen hatten immer noch diesen besonderen Glanz, aber sein Gesicht war nicht mehr ernst. Auch er lächelte jetzt. Es war nicht dieses geübte Verführerlächeln, das sie so sehr verabscheute. Sein Lächeln war beinahe zaghaft zu nennen und doch so unendlich viel verheißungsvoller als alle, die sie in den letzten Jahren von ihm gesehen hatte.

Sie holte tief Luft, wurde sich plötzlich überdeutlich dem sanften Druck seiner Finger auf ihrem Rücken bewusst. Er ließ eine Hand langsam, ganz langsam in Richtung ihres Pos gleiten, zog sie einen Millimeter näher zu sich heran.

Hinterher hätte sie nicht mehr zu sagen gewusst, wie sie den Mut gefunden hatte, den nächsten Schritt zu tun. Vielleicht war es auch kein Mut gewesen, sondern schierer, dummer Leichtsinn. Auch das wusste sie nicht. Sie wusste nur, dass in diesem Moment sonst nichts mehr zählte, dass sie ihn mehr wollte als alles andere auf der Welt. Und so überbrückte sie die letzte Distanz zwischen ihnen und küsste ihn.

Kapitel 5

Rob nahm es den Atem, als er ihre weichen Lippen auf den seinen fühlte. Einen Herzschlag lang erstarrte er, traute sich nicht zu bewegen, vor lauter Angst, es wäre wieder nur ein Traum, und er würde daraus erwachen mit dem dumpfen Gefühl der Hoffnungslosigkeit und der Erkenntnis, dass er ihr niemals, niemals würde so nahe sein können, wie er sich das wünschte.

Doch dann seufzte sie und öffnete für ihn die Lippen. Nackte Gier gewann die Oberhand. Er zog sie dichter an sich heran – falls das überhaupt noch möglich war – und drängte die Zunge in ihren Mund. Sie schmeckte unvergleichlich, nach Liebe, Sehnsucht und Kaffee, und er kostete diesen Geschmack ganz und gar aus, ließ sich davon berauschen und nahm ihren Duft und ihr Aroma hungrig in sich auf. Mit beiden Händen griff er in ihr Haar, löste den strengen Pferdeschwanz, den sie heute trug, und vergrub die Finger tief darin. Während er die weichen Strähnen zusammenraffte, erlaubte er sich ein triumphierendes Lächeln. Wie lange hatte er auf diesen Moment gewartet und gehofft, kaum noch gewagt, überhaupt daran zu denken! Doch jetzt lag sie in seinen Armen, fühlte sich noch besser an, als er es in Erinnerung hatte, und erwiderte seinen Kuss mit einer Hingabe, die keinen Zweifel ließ. Auch sie wollte ihn! Der Gedanke nahm ihm die letzte Sorge, den letzten Skrupel, weil sie sich eigentlich für einen anderen entschieden hatte. In diesem Raum gab es nur sie beide, nur das Hier und Jetzt. Er ließ ihre Lippen frei und hauchte Schmetterlingsküsse über ihre Wange, spürte das Salz ihrer Tränen und biss ihr dann kurz und heftig ins Ohrläppchen. Sie schnappte nach Luft, stöhnte kehlig und suchte wieder seinen Mund.

Diesmal war sie es, die den Kuss vertiefte und das Tempo bestimmte. Er lachte gegen ihre Lippen und überließ ihr willig das Kommando. Sie nahm sich, was sie begehrte, und Rob machte sich nur zu gern zu ihrer Beute. Ihr Hunger stand dem seinen in nichts nach, rhythmisch stieß sie die Zunge in seinen Mund, plünderte und eroberte ihn. Er fühlte ihre Zähne an seinen Lippen, ihre Hände an seinem Hals und stand lichterloh in Flammen. Das Blut pulsierte im atemlosen Takt ihrer Zunge durch seine Adern, süß wie Honig, perlend wie Champagner, glühend heiß wie Lava. Wenn sie so weitermachte, würde er nicht lange durchhalten; schon jetzt presste seine Erektion sich hart und beinahe schmerzhaft gegen seine Hose. Doch er hatte zu lange auf sie gewartet, um nun alles für eine hastige Befriedigung aufs Spiel zu setzen, um vorschnell die Beherrschung zu verlieren. Er würde die Geduld bewahren und das hier herauszögern, bis sie es war, die jegliche Kontrolle über sich verlor, bis sie ihn anflehte und bettelte, sie zu nehmen. Zum ersten Mal in seinem Leben war Rob froh darüber, dass er so viel Erfahrung damit hatte, Frauen um den Verstand zu bringen. Cee würde nicht wissen, wie ihr geschah.

Spielerisch ließ er die rechte Hand am Bund ihrer Jeans entlanggleiten und griff unter ihr Shirt, streichelte, neckte und liebkoste ihre unendlich zarte Haut, bis die Bewegungen ihrer Zunge sachter wurden, träger, genießerischer. Aufreizend langsam streichelte er die Rundung ihrer Hüfte, erkundete ihren weichen Bauch und ließ dann den Mittelfinger in ihren Bauchnabel gleiten, ahmte das Stoßen ihrer Zunge nach. Wieder stöhnte sie kehlig auf und drängte ihn gegen den Behandlungstisch, krallte die Finger in seine Schultern. Er legte die linke Hand auf ihren Busen, ertastete eine ihrer aufgerichteten Brustwarzen durch den Stoff und begann auch dort seinen verführerischen Tanz. Ceecee löste ihre Lippen von seinen und schrie leise auf. Er nutzte die Freiheit, um den Mund auf ihren anderen Nippel zu senken und ihn durch den Stoff hindurch zu reizen, zu saugen, zu beißen.

Ihre Bewegungen wurden unkontrollierter, fahriger, und er ahnte, dass er sich vielleicht Zeit lassen wollte, sie das aber auf keinen Fall zulassen würde. Wie als Antwort vergrub sie die Finger in seinem Haar, zog ihn zu sich und presste die Lippen auf seinen Mund. Er küsste sie tief und hungrig, dann trat er einen Schritt zurück, dirigierte sie vom Behandlungstisch weg und wollte sie in Richtung Schreibtisch führen. Aber so leicht machte sie es ihm nicht, und so taumelten und stolperten sie ineinander verschlungen durch den Raum. Er landete mit dem Rücken an der Wand, und sie drückte sich an ihn, küsste ihn kurz, ließ die Zunge über seine Lippen schnellen, entzog sich ihm, nur um ihn von Neuem zu locken und seine Begierde anzufachen. Nun war er es, der stöhnte und wie ein Blinder nach ihr griff. Sie wich ihm aus, bevor sie eine Hand in sein Haar wühlte und die andere auf seine Erektion legte. Sein Schwanz zuckte unter ihrer Berührung, und sie drückte zu.

Fast schockiert schlug er die Augen auf. Was auch immer er sich vorgestellt hatte, wenn er von Cee in seinen Armen geträumt hatte – niemals hätte er gedacht, dass sie so sein könnte, so fordernd, so gierig wie er. Sie schaute ihn an, die blauen Augen vor Leidenschaft verhangen, die Lippen von seinen Küssen gerötet, die braunen Haare zerwühlt. Nie war sie ihm so schön erschienen wie in diesem Augenblick, und nie hatte er sich so sehr wie ein Mann gefühlt wie jetzt, als er sie doch zum Schreibtisch stieß, sie auf die Tischkante drückte und vor ihr in die Knie ging. Noch waren sie beide vollständig angezogen, aber Cee schien das plötzlich genauso sehr zu stören wie ihn. Er wartete nur, bis sie ihm das T-Shirt über den Kopf gezogen hatte, bevor er zu ihrem Gürtel griff und ihre Jeans öffnete. Sie schleuderte die Sandalen von sich und stand noch einmal kurz auf, um Jeans und Höschen auszuziehen. Dann spreizte sie die Beine weit für ihn, wollte ihn zu sich hochziehen.

Rob nahm den würzigen Duft ihrer Erregung war, konnte erkennen, wie feucht sie war, wie bereit für ihn. Und auch wenn alles in ihm danach schrie, sie ganz zu besitzen, sie endgültig zu der Seinen zu machen, ihr Cal aus Hirn und Herz zu vögeln, hielt er inne. War das hier richtig? Würde sie es nicht bereuen, sobald sie sich beruhigt hatte, sie sich nicht mehr in einer emotionalen Ausnahmesituation befand, die der Unfall ihres geliebten Hundes in ihr ausgelöst hatte? Er schüttelte den Kopf, versuchte die lästigen Gedanken beiseitezuschieben, beugte sich vor und legte die Hände auf ihre Schenkel, rieb mit den Daumen über die empfindsame Haut dort, öffnete den Mund, um von ihr zu kosten.

Fast wäre es ihm gelungen, die unbequeme Stimme des Gewissens auszublenden, ihr die Erlösung zu schenken, die sie beide so dringend brauchten, da hörte er ihre Stimme. Diesmal war es kein Stöhnen und auch kein Schreien, diesmal flüsterte sie seinen Namen. »Rob«. Und dann: »Rob, bitte.«

Ihr raues Wispern traf ihn mitten ins Herz, durchbrach den Bann der Gier und Lust. Was tat er hier nur? Hatte er nicht schon einmal versucht, sie durch Sex gefügig zu machen, sie davon zu überzeugen, dass Cal die falsche Wahl für sie war? Schon damals war es gründlich schiefgegangen, er hatte sie nur weit weg von sich getrieben, direkt in Cals Bett. Von irgendwoher flog ihm der dunkel lockende Gedanke zu, dass er kein kleiner Junge mehr war, dass er es diesmal richtig anstellen würde und sie danach auf keinen Fall in die Arme ihres schlappschwänzigen Verlobten zurückkehren konnte, wenn er erst einmal mit ihr fertig wäre …

Rob holte tief Luft. Nein, er war kein kleiner Junge mehr. Er war ein erwachsener Mann, der wusste, was richtig war – und was falsch. Hier ging es nicht um irgendein Abenteuer, um wilden Sex und schnelle Erlösung.

Hier ging es um Cee, die Frau, die er liebte. Er kannte sie gut genug, um zu ahnen, dass sie sich morgen nicht mehr im Spiegel würde ansehen können, wenn sie jetzt miteinander schliefen. Das würde er nicht zulassen. Sie sollte nicht glauben, sie müsse sich seinetwegen für irgendwas schämen. Nicht noch einmal.

Und so traf Rob die vielleicht härteste Entscheidung seines Lebens. Er richtete sich auf und sagte: »Nein.«

»Asiatisch, sagen Sie?« Liz setzte sich gerade hin. Ihre grünen Augen funkelten, sie wirkte interessiert bis in die Spitzen ihrer weißblonden Locken. »Wie spannend! Hatten Sie da an eine bestimmte Region gedacht, Mrs. Irving? Oder sollen wir in Richtung Fusion Food überlegen?«

Ceecee hingegen lehnte sich im Sessel zurück. Ideen für Vor- und Hauptspeisen waren Liz' Metier, und sie konnte an der Haltung ihrer besten Freundin sofort sehen, dass deren Begeisterung nicht geheuchelt war, sondern sie sich tatsächlich wahnsinnig darauf freute, sich für die anstehende Hochzeit von Mrs. Irving und Pfarrer Sutton ein Büfett mit jeder Menge exotischer Leckereien auszudenken. Wirklich, Liz war als Köchin in Frisco Verschwendung gewesen, beim Kundenkontakt hier in Willow Springs blühte sie erst richtig auf. Ceecee klopfte sich innerlich wieder einmal auf die Schulter, weil sie im Frühjahr sofort die Chance genutzt hatte, Liz eine Partnerschaft im *Lakeview* anzubieten. Wenn ihre Freundin erst einmal richtig in Fahrt war, konnte Ceecee selbst sich auf eine längere Pause einstellen.

Sie nutzte diese Pause nun, um sich genauer umzusehen. Was auch immer sie von der Einrichtung der Verlobten eines Pfarrers erwartet hatte, das hier hätte bestimmt nicht ihren Vorstellungen entsprochen. Sie hatte sich das Grinsen verkneifen müssen, als Mrs. Irving sie in ihren »Salon« gebeten hatte, doch beim Eintreten war ihr bewusst geworden, dass »Boudoir« vielleicht sogar die treffendere Bezeichnung gewesen wäre. Sie fühlte sich, als wäre sie mitten in die Kulisse einer britischen Gangsterkomödie aus den wilden zwanziger Jahren geraten, komplett mit zierlichen Möbeln, stilvoller Art-déco-Tapete mit grafischen Mustern und üppigen Vorhängen. Es hätte sie nicht im Geringsten gewundert, wenn Mrs. Irving mit schwungvoller Geste von irgendwoher eine Zigarettenspitze gezaubert hätte. Ihr Blick wanderte zum Kamin. Auf dem Sims stand ein Bild, natürlich in einem hochglanzpolierten Rahmen aus dunklem Klavierlack. Zu ihrem Erstaunen war das Porträtfoto nicht in Schwarz-Weiß, sondern in Farbe, und es zeigte – natürlich – Pfarrer Sutton, was sie prompt an ihren Schwur erinnerte, nie mehr über seine langen Predigten zu schimpfen. Und in wessen Praxis sie diesen Schwur getan hatte.

Ceecee verkniff sich gerade noch rechtzeitig ein Stöhnen. Wem machte sie eigentlich etwas vor? Das war doch wirklich komplett sinnlos, wie sie mittlerweile nur allzu genau wusste. Sie konnte noch so eifrig versuchen, sich mit Gedanken über Liz, Mrs. Irvings Einrichtung oder auch Zigarettenspitzen abzulenken, schon der kleinste Anstoß lockte die Erinnerungen hervor – und sei er auch noch so harmlos wie ein Foto von ihrem lächelnden Gemeindepfarrer. Wobei »hervorlocken« eindeutig übertrieben war, denn im Grunde waren die Bilder an jenen Abend vor einer Woche nie weit weg, immer auf der Lauer, sobald sie auch nur einen Augenblick zur Ruhe kam. Und auch nach stundenlangem Grübeln über die Ereignisse konnte sie immer noch nicht sagen, was sie eigentlich am schlimmsten fand: ihr eigenes schamloses Verhalten an diesem Montag – beinahe hätte sie Cal nur wenige Wochen vor ihrer Hochzeit betrogen! – oder die Stunden und Tage danach. Sie wusste ja noch nicht einmal, warum sie sich in der Tierarztpraxis so dermaßen hatte hinreißen lassen. Und ausgerechnet mit Rob!

Okay, die Sache mit Matty war natürlich echt schlimm gewesen. So ein Schock konnte einen schon einmal den Kopf verlieren lassen. Dazu kam, dass ihr dieser ganze Sexverzicht wohl doch mehr zusetzte, als sie das bisher geglaubt hatte. Selbst jetzt erschien es ihr, als hätte irgendjemand den Geist aus der Flasche gelassen, denn in der letzten Woche hatte sie mehr an Sex gedacht als im ganzen Jahr davor. Langsam wurde es echt grenzwertig. Wie auf Kommando spürte sie schon wieder dieses unheilvolle begierige Pochen in ihrem Schoß.

Unwillkürlich schlug sie die Beine übereinander und zupfte den Rock ihres schwarzen Seidenkleides mit den weißen Tupfen zurecht. Sie hatte es extra angezogen, um sich wie eine richtige Dame zu fühlen, die keinen einzigen Gedanken an niedere Gelüste verschwendete. Aber weder Kleid noch Beine übereinanderschlagen halfen.

Kurz hatte sie daran gedacht, Cal nach seiner Rückkehr aus Chicago nach allen Regeln der Kunst zu verführen. Das hätte bestimmt jeden Gedanken an Robs Lippen auf ihrem Mund, seine Hände auf ihrem Körper vertrieben. Doch das war ihr schrecklich rücksichtslos vorgekommen, schließlich wusste sie genau, wie wichtig ihrem Verlobten ein gutes Abschneiden beim Ironman war. Sie selbst war sich zwar nicht so ganz sicher, ob diese Abstinenz wirklich notwendig war, aber Cal sah das anders. Er war so überzeugt davon, dass allein das genaue Einhalten seines Trainingsplans ihm eine Chance auf ein gutes Abschneiden verschaffte, dass er vermutlich völlig am Boden zerstört wäre, wenn er den Rat seines Trainers missachtete und mit ihr schlief.

Also hatte sie zunächst alles getan, um ihre wild sprudelnden Hormone zu ignorieren, bevor sie dann letzte Nacht den Vibrator aus der hintersten Ecke ihres Kleiderschranks gezogen hatte. Liz hatte ihn ihr zum 25. Geburtstag geschenkt, als sie selbst in einer ausgesprochen experimentierfreudigen Phase gewesen war. Ceecee wusste gar nicht, warum sie das grellpinke Teil überhaupt aufbewahrt hatte, vermutlich, weil es ihr immer zu peinlich gewesen war, es zu entsorgen und so zu riskieren, dass es irgendjemand in ihrem Mülleimer fand. Nicht auszudenken, wenn bei der Leerung was schiefging, das Ding der Entsorgungscrew vor die Füße fiel und – an dieser Stelle hatte Ceecees Fantasie stets eindeutig Überstunden gemacht – ausgerechnet dann Mrs. Tillman, ihre Mom oder Pfarrer Sutton vorbeikamen und mit einem Blick erkannten, um was es sich dabei handeln musste. Oder wer es dort entsorgt hatte.

Nun ja, wie dem auch sei, der Einsatz des Vibrators gestern Abend war nicht gerade ein uneingeschränkter Erfolg gewesen. Fast schon schockiert hatte Ceecee feststellen müssen, mit welch rasender Geschwindigkeit sie das Teil zu einem gewaltigen Orgasmus bringen konnte. Noch schrecklicher aber war, dass sie dabei Robs Gesicht vor sich gesehen hatte. Und dann erst ihre Träume heute Nacht … jugendfrei waren die garantiert nicht gewesen. Heute früh hatte sie deshalb den Vibrator trotz aller Bedenken in mehrere Lagen Packpapier eingewickelt und ihn im Mülleimer vom *Lakeview* entsorgt. Noch mal wollte sie so eine unruhige Nacht nicht mitmachen.

Sie räusperte sich.

»Ach, meine liebe Cecilia, Sie haben ja gar keinen Tee mehr«, rief Mrs. Irving. »Wie nachlässig von mir, bitte entschuldigen Sie.«

Ceecee wollte schon ablehnen, stellte aber fest, dass sie geradezu ausgedörrt war. Dankbar sah sie Mrs. Irving an und stellte dabei wieder einmal fest, wie hübsch die Verlobte des Pfarrers war. Mit ihrem brünetten Bob, den klaren grauen Augen und der zierlichen Figur sah man ihr die fast 60 Jahre tatsächlich kaum an. Kein Wunder, dass Pfarrer Sutton seine Jugendliebe nie vergessen hatte und nach dem Tod ihres Mannes erst viel zu schüchtern gewesen war, um ihr seine Gefühle zu gestehen. Aber das war ja nun zum Glück vorbei, und Mrs. Irving wirkte seit der Verlobung noch hübscher und altersloser als ohnehin schon.

Ceecee lachte und sagte: »Nein, nein, Mrs. Irving. Ihr Lady-Grey-Tee ist einfach so lecker, da vergesse ich glatt, dass ich am liebsten Kaffee trinke. Eine weitere Tasse wäre wirklich schön.«

Mrs. Irving lachte ebenfalls und griff nach der Teekanne. Auch die sah mit ihrem Bakelitgriff und ihrer reduzierten Form aus, als hätte sie jemand aus den Zwanzigern hergebeamt. »Unter einer Bedingung, Cecilia, Liz.« Sie sah zwischen ihnen beiden hin und her. »Sie nennen mich endlich Amy.«

»Für Lady Grey tue ich alles, Mrs. … Amy.«

Neben ihr nickte Liz bekräftigend.

»Auch ein bisschen Geduld haben? Die Kanne ist leer, ich muss erst frischen machen.« Ohne eine Antwort abzuwarten, verschwand Amy Irving aus dem Raum.

»Ist was los mit dir?«, meinte Liz leise, sobald sie allein waren.

»Nö. Wieso?« Ceecee gab sich Mühe, möglichst unbefangen zu klingen, obwohl weiß Gott wie viel mit ihr los war. Aber Liz von dieser Sache mit Rob zu erzählen, das war völlig unmöglich. Denn dann hätte sie nicht nur von letzter Woche berichten müssen, sondern noch von viel, viel mehr. Und Ceecee ertrug den Gedanken nicht, ihrer besten Freundin gestehen zu müssen, dass sie schon so lange nicht mehr ganz ehrlich zu ihr war.

»Du bist so unruhig. Außerdem hörst du gar nicht richtig zu, das kann ich förmlich spüren. Geht es Matty wieder schlechter?«

Ceecee atmete innerlich auf. Hier war die perfekte Ausrede. »Matty hält sich tapfer. Aber ich mache mir trotzdem noch ganz schön Sorgen um sie.« Ihr Gewissen revoltierte, als ihre Freundin sie mitfühlend anschaute und ihre Hand tröstend drückte.

»Musst du denn gleich nach Hause oder hast du noch ein bisschen Zeit?«, fragte Liz dann. »Ich will dir etwas Wichtiges sagen.«

»Ach? Du hast es dir mit Joe nicht noch mal anders überlegt, oder?« Ceecee schaute Liz prüfend an.

Einer der wenigen Lichtblicke letzte Woche war Joes Idee gewesen, für Liz und sich eine Überraschungshochzeit zu organisieren, die schon Ende der Woche stattfinden sollte. Ceecee selbst war zwar froh, dass sie sich Zeit für die Planung ihrer eigenen Hochzeit nehmen konnte, damit am Tag der Tage dann auch wirklich alles perfekt war, dennoch hatte sie Joes Plan unglaublich romantisch gefunden, genau das Richtige für ihre spontane Freundin. Um ganz sicher zu gehen, hatte sie allerdings erst zugestimmt, mitzumachen, als auch Liz' Ziehmutter Georgia Hansen begeistert ihr Einverständnis signalisiert hatte – schließlich wusste sie selbst genau, wie nervig es sein konnte, wenn sich irgendjemand in alle Details einmischte. Wenn Georgia aber mitmachte, war Ceecee sich absolut sicher, dass alles im Sinne von Liz ablief.

»Was? Wie kommst du denn darauf? Nein, der Kerl wird mich die nächsten fünfzig Jahre oder so nicht mehr los.« Liz lachte, ihre grünen Augen funkelten glücklich. Nicht nur ihre Augen, das Glück schien ihr aus jeder Pore zu strömen. »Es geht um was anderes, und das will ich …« Sie unterbrach sich, weil in diesem Moment Amy Irving wieder ins Zimmer kam. Ceecee konnte ihrer Freundin nur noch schnell zunicken, um ihr zu signalisieren, dass sie nach dem Termin noch Zeit für sie hatte.

Ihre Gastgeberin schenkte frischen Tee nach, und sie und Liz begannen über die Vor- und Nachteile von koreanischem Bibimbap gegenüber indonesischem Rendang für das Hochzeitsbüfett zu diskutieren. Ceecee griff nach ihrer Tasse und lehnte sich wieder im Sessel zurück. Was Liz wohl mit ihr besprechen wollte? Es hatte sich zum Glück nicht so angehört, als ginge es um Joes Überraschung. Er freute sich so sehr darauf, seine Freundin am Samstag vor den Augen seiner Familie zum Altar zu führen; es wäre wirklich schade, wenn ihm dabei ein Strich durch die Rechnung gemacht würde. Ob Liz ihr vielleicht sagen wollte, dass sie schwanger war? Seit einiger Zeit hatte sie da so einen Verdacht. Aber bisher hatte ihre Freundin kein Wort darüber verloren, und auch von anderer Seite hatte Ceecee keine Gerüchte gehört. Normalerweise blieb in Willow Springs nichts lange geheim. Sie hatte wirklich Glück, dass sie letzten Montag offenbar niemand gesehen hatte, wie Rob sie ziemlich derangiert bei ihrem Auto abgesetzt hatte.

Genervt verzog sie den Mund. Sie war schon wieder beim alten Thema, und dann auch noch bei dem Detail, das sie am allermeisten beschäftigte. Denn nach seiner abrupten Zurückweisung – als sie hilflos vor Begehren halb nackt auf der Schreibtischkante gesessen und nur drauf gewartet hatte, dass er sie endlich, endlich nehmen würde – hatte er sich wie der perfekte Gentleman aufgeführt und darauf bestanden, sie zu ihrem Auto zu fahren. Das stand ja immer noch auf der Einfahrt von Mrs. Hahn. Ihre Einwände, dass Mitch aus Milwaukee ihr Taxigeld gegeben hatte oder sie auch Georgia Hansen bitten konnte, hatte er nur mit einem sanften »Willst du wirklich, dass dich irgendjemand so sieht?« aus dem Weg geräumt. Sie hätte ihn am liebsten geschlagen, laut geschrien oder auch mit dem Fuß aufgestampft vor lauter Wut und Scham. In letzter Sekunde hatte sie sich zum Glück daran erinnert, dass sie aus dieser unendlich peinlichen Situation vielleicht noch mit ein bisschen Würde hervorgehen konnte, wenn er glaubte, sie wäre mindestens so beherrscht und ungerührt wie er. Also hatte sie nur mit den Schultern gezuckt und ihn gefragt, ob er seinem Vater nicht

Bescheid sagen wolle, dass sie eine postoperative Patientin in der Praxis hätten, auf die er vielleicht ein Auge haben sollte. Sie wusste beim besten Willen nicht, wie sie auf »postoperativ« gekommen war, geschweige denn, wie sie diesen Zungenbrecher auch noch so lässig über die Lippen bekommen hatte.

Zum Glück hatte Rob sie beim Wort genommen und war verschwunden, um seinem Dad Bescheid zu geben. Natürlich hatte das nicht lange gedauert, denn Richard Sawyer wohnte direkt über der Praxis, genau wie Rob. Aber es hatte gereicht, um wenigstens ein paar der offensichtlichsten Spuren zu beseitigen, die die vergangenen Minuten bei ihr hinterlassen hatten. Leider konnte sie nichts gegen die leicht geschwollenen Lippen und ihre geröteten Wangen tun, aber Haare und Kleidung hatte sie etwas in Ordnung bringen können.

Auch Rob waren ihre Bemühungen aufgefallen. Jedenfalls deutete sie sein schiefes Grinsen so, als er wenige Minuten später mit dem Autoschlüssel in der Hand wiedergekommen war. Er hatte sie angesehen, als wollte er noch etwas sagen, sich dann aber auf ein knappes »Nach dir« beschränkt und Richtung Garage gedeutet.

Klar, hatte sie gedacht, bei seiner Erfahrung weiß er bestimmt, wann er bei Frauen besser die Klappe hält. Das hatte sie sich auch am nächsten Tag gesagt, als sie Matty abgeholt und nur Kirsty angetroffen hatte, die ihr Medikamente und Behandlungsplan gegeben und genau erklärt hatte, worauf sie bei ihrem Hund in den nächsten Tagen achten musste. Ceecee hatte sich gefragt, ob Rob wohl mit Absicht nicht da war, und falls ja, was er damit bezweckte. Aber entweder war es wirklich reiner Zufall gewesen, weil es ihm so oder so egal war – oder er hatte einfach keine Lust auf emotionale Komplikationen. Schließlich wusste jeder in Willow Springs, wie viel Wert er auf Unverbindlichkeit legte. Die kleine rebellische Stimme, die von irgendwoher flüsterte, dass sie es gewesen war, die ihn zuerst geküsst hatte und nicht umgekehrt, und dass er ihr vielleicht einfach netterweise die erneute Begegnung mit ihm hatte ersparen wollen, hatte sie so gut es ging ignoriert.

Nur leider erwies sich diese Stimme als äußerst hartnäckig, ebenso wie das schlechte Gewissen, das sie kaum schlafen ließ. Oder der Gedanke an Rob, wie er sie angesehen hatte, als sie die Hand auf seine Erektion gelegt hatte. Und wie es sich angefühlt hatte, das zu tun, so frei, so verrucht und so mutig. Ein weiteres Mal musste sie die Beine übereinanderschlagen, denn da war schon wieder dieses Ziehen und Pochen in ihrem Unterleib. Es war wirklich zum Verrücktwerden!

Nein, beschloss Ceecee, es half nichts. Rücksicht hin, Rücksicht her, sie brauchte ihn einfach jetzt. Wüsste er Bescheid, würde er das sicherlich ganz genauso sehen. Heute Nacht musste sie wirklich dafür sorgen, dass Cal seinen Trainingsplan endlich Trainingsplan sein ließ!

Kapitel 6

Ups«, sagte Rob und fing das halb leere Proseccoglas auf, das die Frau neben ihm mit etwas mehr Schwung als nötig auf dem Tisch abstellen wollte. Ein bisschen von der Flüssigkeit spritzte auf die weiße Tischdecke, und er griff nach einer Serviette und breitete sie über die Lache.

Seine Sitznachbarin beachtete ihn nicht weiter. »Ich wünschte wirklich, er würde das endlich lassen«, sagte sie empört und schüttelte den Kopf.

Unauffällig schaute Rob sich im Garten der Tillmans um. Alles sah nach einer ganz normalen Hochzeitsparty aus. Die Tische waren festlich gedeckt, und das Kristall glitzerte im Licht der späten Nachmittagssonne. Auch der Blumenschmuck war nicht von schlechten Eltern, soweit er das beurteilen konnte. Weiter hinten hatte Rob zusammen mit Joe und seinen Brüdern gestern sogar noch eine kleine Tanzfläche aufgebaut, um den Rasen zu schonen. Das war Joes Idee gewesen, vermutlich, weil er noch nicht wusste, dass seine Braut mit zwei linken Füßen gesegnet war. Aber der Rest der Gäste würde von diesem Angebot bestimmt später am Abend reichlich Gebrauch machen.

Wirklich Wahnsinn, was Joe Mariani und Georgia Hansen da in knapp zwei Wochen auf die Beine gestellt hatten! Okay, bei

Georgia wunderte ihn das eigentlich nicht besonders, schließlich kannte er sie von Kindesbeinen an und hatte schon oft erlebt, wie ungeheuer tüchtig und effizient sie war. Die Geburtstagsfeiern, die sie für Liz organisiert hatte, waren immer der unerreichte Maßstab für die sämtlichen anderen Mütter der Nachbarschaft gewesen. Und ihr Chief of Police hatte für das Ganze offenbar genau die richtige Motivation gehabt. Am Haupttisch saß Joe jetzt mit seiner Braut, und Rob musste unwillkürlich lächeln, als er Liz' glückliches Gesicht sah. Seine beste Freundin sah an ihrem Hochzeitstag genauso strahlend und selig aus, wie er sich das erhofft hatte. Er war wirklich froh, dass Joe sich ein Herz gefasst hatte und Manns genug gewesen war, das Richtige zu tun und Liz zu sagen, wie sehr er sie liebte. Zwar hätte Rob nicht gedacht, dass er sofort Nägel mit Köpfen machen und eine Überraschungshochzeit organisieren würde, aber Rob musste zugeben, dass das einfach perfekt zur spontanen Liz passte. Vermutlich fand sie es unheimlich romantisch.

Er zwang sich, nicht zu der Seite des Tisches zu schauen, wo Cee als Trauzeugin bestimmt so tat, als wäre zwischen ihr und Cal alles in Ordnung. Er versuchte sich immer noch einzureden, dass er an dem Abend vor knapp zwei Wochen genau richtig gehandelt hatte. Moralisch gesehen stimmte das ja auch. Doch trotz seiner Bemühungen fühlte er sich wie der allergrößte Idiot auf Erden, zumal er kaum noch an etwas anderes denken konnte als an diese Minuten in seiner Praxis. Ständig hatte er die Bilder von Cee vor Augen, wie sie ihn angesehen hatte, als er zwischen ihren Beinen gekniet hatte, aber auch ihre fassungslose Enttäuschung nur Sekunden später. Oder er hörte im Geiste ihr Stöhnen und wie sie seinen Namen geflüstert hatte. Tagsüber konnte er sich wenigstens mit seinem Job ablenken, denn es war immer noch ziemlich viel los in der Praxis. Nachts jedoch war er hilflos seinen Erinnerungen ausgeliefert. Er hatte immer geglaubt, er wäre mit sämtlichen Spielarten sexueller Begierde vertraut, aber das hier … das war etwas völlig anderes. Ihn um den Schlaf bringen, das konnte nur Cee.

Er stieß die Luft aus und versuchte, sich wieder wie ein einigermaßen normaler Mensch zu verhalten und nicht wie ein liebeskranker Trottel. Also, wen hatte seine Nachbarin nun gemeint?

Er schaute sich weiter um. Sein Blick fiel auf einen der zahlreichen anwesenden Marianis. Dieser hier hatte raspelkurze dunkle Haare und honigbraune Augen, wirkte aber – ähnlich wie der Rest der Familie – wie ein waschechter Italiener, der auch auf einem Marktplatz in Sienna nicht weiter aufgefallen wäre. Chuck, wenn Rob sich richtig erinnerte. Er hatte das Gesicht zu einer merkwürdigen Grimasse verzogen und bewegte ruckartig den schief gelegten Kopf, als würde er auf irgendetwas deuten. Sobald er Robs Blicke bemerkte, setzte er ein betont harmloses Grinsen auf und prostete ihm mit seinem Proseccoglas zu. Er wirkte allerdings nicht so, als wäre es ihm besonders peinlich, ertappt worden zu sein.

Rob wandte sich zu seiner Nachbarin um. Sie war klein und zierlich, aber das ärmellose, orangefarbene Kleid brachte gleichzeitig hervorragend zur Geltung, wie durchtrainiert ihr Körper war. Die fast schwarzen Haare hatte sie zu einem strengen Bob geschnitten, was ihre hohen Wangenknochen und die vollen

Lippen betonte. Er schätzte sie vielleicht auf Mitte 20. Ziemlich attraktiv, wie er zugeben musste. Trotzdem glaubte er nicht, dass Joe sie deshalb mit den Worten »Und das ist meine kleine Cousine Donna, bei der musst du vorsichtig sein, Sawyer« vorgestellt hatte. Aber weil sie noch nicht einmal bei der Vorspeise waren, hatte er noch keine Gelegenheit gehabt, der Warnung auf den Grund zu gehen.

»Was bitte soll Chuck lassen?«, fragte er und grinste sie an.

Sie grinste zurück, und auf ihrer rechten Wange erschien ein Grübchen. In Gedanken korrigierte er von »ziemlich attraktiv« auf »ziemlich wow« und stellte gleichzeitig fest, dass ihn das kein bisschen beeindruckte. Vor nicht allzu langer Zeit hätte Donna seinen Jagdinstinkt garantiert geweckt. Doch das war, bevor Ceecee beschlossen hatte, ihren größten Fehler endgültig zu zementieren. Und bevor er sie in seinen Armen gehalten hatte.

»O je, mein großer Bruder ist wirklich alles andere als subtil, findest du nicht?« Unvermittelt war sie zum Du übergegangen. »Offenbar findet er dich ziemlich hinreißend.«

Rob runzelte die Stirn. »Ich wusste gar nicht … also, ich dachte … Ist Chuck nicht mit Frau und Kindern hier?« Er räusperte sich. »Jetzt nicht, dass das heute noch was zu bedeuten hat.«

Donna warf den Kopf in den Nacken und lachte. »Lass das Chuck bloß nicht hören. Mein großer Bruder ist da ein bisschen altmodisch. Er hat nichts gegen Schwule, bestimmt nicht, aber selbst für einen gehalten werden? Um Himmels willen, es gibt eindeutig Grenzen.« Schlagartig wurde sie wieder ernst, auch wenn sie immer noch ziemlich amüsiert wirkte. »Nein, er ist nur verzweifelt, weil ich gerade wieder Single bin. Er hatte wohl die Hoffnung, ich würde mich mit meinem letzten Ex endlich niederlassen und ihn vom Bruder zum Onkel machen. Wobei es mir wirklich ein Rätsel ist, warum er geglaubt hat, mit Scott wäre es was Ernstes.«

»So ein Loser?«, kommentierte Rob milde.

»Ach nein, Scott ist okay, das war gar nicht das Thema. Aber karrieretechnisch geht es bei mir gerade richtig ab, und ich habe nun mal meine Prioritäten. Der arme Scott fühlte sich wohl ein bisschen vernachlässigt. Deshalb haben wir uns drauf geeinigt, dass wir in Freundschaft auseinandergehen. Scott hat sich auch schnell getröstet, wie ich gehört habe, ich muss mir also keine Sorgen machen. Nur Chuck ist davon überzeugt, dass ich einen großen Fehler begangen habe, weil ich mir einen angehenden Staatsanwalt durch die Lappen gehen lasse.«

Rob lachte. »Keine Ahnung, ob ich dann den strengen Kriterien von Chuck entspreche. Schließlich bin ich nur Tierarzt in Wisconsin und kein Anwalt in New York.«

»Das ginge in Ordnung, denke ich. Ich bin ja schon 27, da kann sich ein verzweifelter großer Bruder keine allzu hohen Ansprüche mehr leisten.« Sie zuckte mit den Schultern und zwinkerte ihm zu. »Das mit Scott hat ihn wirklich getroffen. Der arme Chuck, er kann nicht ganz bei sich sein. Sonst wäre ihm sicherlich aufgefallen, dass du sowieso nicht auf dem Markt bist.«

Rob fühlte sich, als hätte ihm jemand einen Eimer kaltes Wasser über den Kopf gegossen. Woher wusste sie von seinen Gefühlen für Cee? Oder spielte sie nur auf seinen Ruf als Womanizer an? Früher hätte ihm das nichts ausgemacht, aber nun war es ihm irgendwie peinlich.

Er spürte, wie sie ihn beobachtete, auf seine Reaktion wartete, und versuchte, das Ganze ins Lächerliche zu ziehen. »Offenbar unterschätzt er den Charme seiner kleinen Schwester.« Autsch, das plumpe Kompliment war als Tarnung sogar noch schlimmer als Chucks Zuprosten.

Donna sagte nichts, zog nur eine Augenbraue hoch und schaute ihn abwartend an.

Er gab sich geschlagen. »Okay. Ich nehme an, Joe hat geplaudert?« Im selben Moment fiel ihm auf, dass er vermutlich auf den ältesten Trick der Welt hereingefallen war. Mit der Frage hatte er praktisch schon zugegeben, dass es etwas zu wissen gab.

Netterweise ließ sich Donna nichts anmerken. »Nein, Joe kann man seine Geheimnisse ohne Bedenken anvertrauen. Der hält dicht.«

Jetzt war es an Rob, die Augenbrauen hochzuziehen.

Um ihren Mundwinkel zuckte es. »Weiß ich aus eigener Erfahrung, glaub mir. Aber wenn ich sehe, dass sich zwei Leute entweder abwechselnd anstarren oder so tun, als wäre der andere Luft, und die beiden dann auch noch im passenden Alter sind, so ungefähr die schönsten Personen weit und breit und die weibliche Hälfte darüber hinaus einen Verlobten im Schlepptau hat, mache ich mir halt so meine Gedanken.« Sie schaute ihn treuherzig an, aber er wurde das Gefühl nicht los, dass sie gerade unheimlich Spaß hatte. In ihren Augen glitzerte es verdächtig. Trotzdem konnte er ihr nicht böse sein, wie er zu seiner Überraschung feststellte.

»Sorry, Berufskrankheit. Noch so ein Punkt, an dem Chuck verzweifelt. Er meint, ich solle meine unweibliche Neugier«, sie rollte mit den Augen, »doch bitte im Büro lassen.«

»Ja, ja.« Rob machte eine wegwerfende Handbewegung und kam auf das Wesentliche zu sprechen. »Sie starrt mich an?«

Donna schaute ihn an und lächelte ganz leicht. In diesem Moment verstand er, was Joe gemeint hatte. Meine Güte, diese Frau war wirklich brandgefährlich. Keine Ahnung, wie sie das fertigbrachte, aber wenn sie so weitermachte, würde sie zum Dessert vermutlich alle seine Geheimnisse kennen.

»Wow, dich hat es ja wirklich schlimm erwischt«, sagt sie. »Falls du ein offenes Ohr brauchst ... Also, ich kann genauso gut dichthalten wie Joe.«

Und Rob wurde klar, dass ein offenes Ohr exakt das war, was er wollte und brauchte. Er warf nur kurz einen Blick zur Seite – er war zu lange diskret gewesen, um diese grundlegende Vorsichtsmaßnahme außer Acht zu lassen – und stellte fest, dass er an einem Tisch mit lauter Leuten aus New York saß und niemand aus Willow Springs in der Nähe war. Dann öffnete er den Mund und begann zu erzählen. Wie schlimm die Scheidung seiner Eltern gewesen war und wie er den schier endlosen Rosenkrieg nur mithilfe von Liz und Cee überstanden hatte. Wie sich seine Gefühle für Cee langsam geändert hatten, bis er verstanden hatte, dass er sie liebte und immer lieben würde. Wie er erst abgewartet hatte, um sich ganz sicher zu sein, und wie dann Cal auf der Bildfläche erschienen war. Er erzählte ihr, was er alles unternommen hatte, um die beiden zu trennen, und wie er hatte einsehen müssen, dass seine romantische Freundin sich völlig in die Idee verrannt hatte, Cal wäre die Liebe ihres Lebens, obwohl dessen Begeisterung für sie von Anfang an eher lauwarm als brandheiß gewesen war. Er gestand ihr sogar das Allerschlimmste, was er jemals getan hatte, und wie es zum Ende seiner Freundschaft mit Cee geführt hatte. Er sprach von seinem Ärger, seiner Verzweiflung, und wie er irgendwann entdeckt hatte, dass Sex mit anderen Frauen den Schmerz nicht nur betäuben konnte, wenigstens kurzfristig, sondern auch die perfekte Tarnung war, weil es alle in Willow Springs davon überzeugte, er hätte die Scheidung seiner Eltern einfach nicht verkraftet und würde sich niemals binden. Von da an hatte er zum Glück seine Ruhe gehabt; niemand machte in seiner Gegenwart mehr Bemerkungen darüber, warum er noch nicht die Richtige gefunden hatte. Er redete und redete, und ja, Donna kannte zum Dessert fast alle seine Geheimnisse. Nur das, was letzte Woche passiert war, verschwieg er, denn das war nicht allein seine Sache.

Es tat unheimlich gut. Noch nie hatte er mit jemandem so ausführlich über seine Gefühle für Cee gesprochen, weil ja so gut wie niemand davon wusste. Bei Joe hatte er lediglich kurz verraten, dass er sie liebte, aber bei ihrem Gespräch in seiner Praxis war noch nicht einmal ihr Name gefallen. Und wenn er mit Sally redete, wurde sie immer sofort ärgerlich und schimpfte über Cee. Natürlich war es schön, dass sie so seine Partei ergriff, doch im Grunde wollte sie ihn immer nur davon überzeugen, wie schlecht das Ganze für ihn war und wie dumm. Dass er sich keine Hoffnungen machen sollte und Cee niemals für ihn frei wäre.

Donna hingegen hörte einfach nur zu, stellte vielleicht mal eine Frage, und es fiel ihm leicht, zu sagen, warum er Cee so wundervoll fand. Weil sie immer nur das Beste in anderen Leuten sah. Weil sie sich für ihre Mitmenschen einsetzte – »sie sieht einfach, wenn es jemandem schlecht geht, und hilft dann, aber ganz unauffällig und zurückhaltend, verstehst du?« –, und wie sehr er gleichzeitig ihren Ehrgeiz und ihren Geschäftssinn bewunderte. Wie sie früher halbe Nächte durchdiskutiert hatten und er immer das Gefühl gehabt hatte, sie hätten die gleichen Ziele und Wünsche: eine Beziehung, die alles überdauerte, eine Familie, ein gutes Leben hier in Willow Springs mit vielen Kindern und jeder Menge Haustieren.

»Hm«, machte Donna, als er dann doch irgendwann schwieg. Mittlerweile waren sie schon beim Kaffee, und er fühlte sich ganz erschöpft. Aber auf eine angenehme Weise, wie er feststellte. Mann, Frauen und ihre emotionale Intelligenz waren echt der Wahnsinn!

Er lehnte sich in seinem Stuhl zurück, nahm einen Schluck Espresso und genoss dessen feine, aromatische Bitterkeit. Vom Rest des Essens hatte er kaum etwas mitbekommen, er war zu sehr mit Reden beschäftigt gewesen.

»Hm?« wiederholte er fragend.

»Also, ich kann nur sagen, was immer du da vor Kurzem angestellt hast, um deiner Cee kalte Füße zu verschaffen, was die Hochzeit mit diesem Cal angeht«, Rob gab einen Laut von sich, und sie hob entschuldigend beide Hände, »hey, du musst es mir nicht verraten, aber da war doch was, oder? Schließlich kann ich mir kaum vorstellen, dass ihr euch beide jahrelang so aufgeführt habt wie jetzt, und in einem Kaff wie diesem hätte nie jemand eins und eins zusammengezählt, oder? Auf keinen

Fall.« Sie ließ die Hände wieder sinken und lächelte ihn verschmitzt an. »Jedenfalls, was auch immer es war, du warst wirklich verdammt erfolgreich. Sie lässt dich kaum aus den Augen. Wenn du meinen Rat willst, mach genau da weiter. Denn mit ihrem Cal ist sie aktuell ziemlich unzufrieden.«

Rob hob den Blick und schaute zum ersten Mal an diesem Abend Cee ganz direkt an. Tatsächlich, sie wandte sich zwar blitzschnell ab, aber er konnte noch erkennen, dass sie ihn und Donna beobachtet hatte. Sie drehte sich zu Cal um, legte ihm eine Hand auf den Arm und sagte lächelnd etwas zu ihm. Doch ihre Schultern waren verkrampft, und Rob entging nicht, dass ihr Mund kurz schmal wurde, bevor sie mit Cal sprach. Hatte Donna recht? Gab es wirklich noch eine Chance? Sein Herz klopfte unwillkürlich schneller.

»Davon abgesehen wirkt es fast so, als würde ich deinetwegen noch eine Atempause bekommen, bevor Chuck mir die nächste Gardinenpredigt zum Thema ›Du wirst auch nicht jünger, und die guten Kerle warten nicht‹ hält. Allein das ist viel wert, denn ich hab schon befürchtet, dass er sich demnächst Unterstützung von *nonna* Francesca holt.« Sie schüttelte sich dezent. »Und unsere *nonna* auf dem Kriegspfad … Sie macht wirklich *jedem* Klischee einer italienischen Großmutter alle Ehre. Ein Pitbull ist das reinste Schoßhündchen dagegen.« Sie stand auf und hielt ihm die Hand hin. »Komm, ich tu dir noch einen Gefallen. Und mir auch.«

Jetzt tanzte er auch noch mit ihr! Reichte es nicht, dass die beiden den ganzen Nachmittag ununterbrochen geredet und miteinander getuschelt hatten? Ceecee hatte genau beobachtet, wie gut die zwei sich unterhalten hatten, wie Robs Gesicht geleuchtet hatte, als würde er dieser unglaublich aparten Cousine von Joe etwas besonders Schönes und Intimes erzählen. Sie trug ein flammend orangerotes Kleid, und ihre Oberarme sahen darin mindestens so durchtrainiert und wohlgeformt aus wie die von Michelle Obama zu ihren besten Zeiten. Ihr strenger Bob saß so perfekt, als hätte ihn kurz vor der Party ein New Yorker Starfriseur in Form gebracht. Neben ihr kam Ceecee sich in ihrem hellblauen Sommerkleid und mit dem hohen Pferdeschwanz geradezu unscheinbar vor. Sie fletschte innerlich die Zähne, weil Rob ihr jetzt die Hand an die Taille legte, bevor sie eine besonders schwungvolle Drehung miteinander machten. Wirklich, musste er so offensichtlich flirten? Und das auf der Hochzeit ihrer besten Freundin?

Ceecee wusste selbst, was für ein Quatsch das war. Denn wozu bitte waren Hochzeiten normalerweise da, wenn nicht zum Feiern, Flirten und Tanzen? Genau das würde sie deswegen jetzt auch tun. Sie hatte genug vom Stillsitzen und Zuschauen, wie andere Leute sich amüsierten!

Sie wollte sich zu Cal umdrehen und verspürte einen Anflug von Ärger, als ihr Blick dabei auf seinen noch nicht abgeräumten Dessertteller fiel. Er hatte die Früchte gegessen, aber das köstliche italienische Rosmarin-Ricotta-Eis stehen gelassen. Als hätte sie noch eine Erinnerung daran gebraucht, wie er sie sanft, aber auch ein wenig ungeduldig zurückgewiesen hatte, als sie endlich dieses dämliche Sexverbot beenden wollte. Obwohl sie sich wirklich alle Mühe gegeben hatte, ihm möglichst überzeugend vorzuführen, worauf er in der Zwischenzeit alles verzichtete. Sie hatte jetzt zwar nicht gerade in Strapse oder etwas ähnlich Albernes investiert, aber sie hatte stundenlang gepeelt, gecremt und Härchen an allen unmöglichen und möglichen Stellen entfernt, bevor sie ihre liebste Spitzenunterwäsche angezogen hatte. Schließlich hatte sie sogar reichlich von Cals Lieblingsparfüm Chanel N°5 aufgetragen, das er ihr jedes Jahr zum Geburtstag schenkte und das sie für besondere Gelegenheiten reservierte. Selbst das hatte nichts genützt.

Und nun war auch der Platz neben ihr leer. Merkwürdig, sie hatte gar nicht bemerkt, wie Cal aufgestanden war. Sie schaute auf und sah ihren Verlobten ein paar Meter weiter im Gespräch mit George Leadbetter und dem Bürgermeister. Vermutlich war er also mal wieder damit beschäftigt, auszuloten, wie es mit seinen politischen Ambitionen stand. Er fing ihren Blick auf und zwinkerte ihr kurz lächelnd zu, bevor er sich wieder auf die beiden Männer konzentrierte.

Ein Glück, offenbar erwartete er nicht, dass sie ihm zur Seite eilte. Eigentlich mochte sie ja seinen Ehrgeiz und sein Bedürfnis, sich für wichtige Belange einzusetzen, aber seine öffentlich vorgetragenen Ansichten fand sie oft etwas zu extrem. So war das zwar in der Politik, die Leute mochten klare Ansagen und durchaus auch provokante Lösungen. Sie hatte selbst wieder und wieder erlebt, wie die Stimmung kochte, wenn er sich mit einer schlagkräftigen These zu einem echten oder auch nur vermeintlichen politischen Missstand vorwagte. Trotzdem hatte sie heute Abend überhaupt keine Lust, bei einer erhitzten Diskussion danebenzustehen und an den richtigen Stellen begeistert zu nicken. Ganz egoistisch wäre es ihr wirklich lieber, er würde sich jetzt etwas mehr um sie kümmern.

Gerade wollte sie aufstehen, um ihn zum Tanzen aufzufordern – ein bisschen harmlose Bewegung musste doch nun wirklich mit seinem Trainingsplan zu vereinbaren sein! –, da ließ sich Liz neben ihr auf den Stuhl fallen.

»Puh, hätte ich geahnt, dass Joe so ein begeisterter Tänzer ist, hätte ich mir das mit dem Ja-Wort vielleicht noch mal anders überlegt.« Sie griff nach einem unbenutzten Wasserglas, füllte es bis obenhin und trank es in einem Zug leer. »Ich konnte ja schon in der Highschool nie mit dir und Rob mithalten, was das anging.«

»Stimmt«, sagte Ceecee und bemühte sich, auf den übermütigen Tonfall ihrer Freundin einzugehen, obwohl ihr vor Wut und Enttäuschung beinah schwindlig war. Es gelang ihr nur schlecht. »Du hättest es dir dreimal überlegen sollen, ob du einen Mann heiratest, dessen halbe Familie immerhin den Takt halten kann. Streut das nicht furchtbar Salz in deine Wunden? Schließlich hast du es doch im Kindergarten kaum abwarten können, die große Karriere als Primaballerina zu starten.« Sie merkte selbst, wie platt und gequält ihr Witz klang.

Liz schien das nicht weiter zu stören, sie lachte nur. »Ja, ja, bis ich die Sache mit meinen linken Füßen entdeckt habe, ich weiß. Rob erwähnt das schließlich genauso gern wie du.« Sie nickte zur Tanzfläche hin. »Bloß wenn ich mir Joes Cousine Donna so ansehe, würde ich das nicht unbedingt nur als ›Takt halten‹

bezeichnen. Sie und Rob sehen fantastisch zusammen aus, findest du nicht?«

»Hm, hm«, machte Ceecee. Sie schob ihre leere Espressotasse beiseite und zog Cals Dessertteller zu sich heran. Das Eis war fast ganz geschmolzen, und vorhin war kurz eine Wespe auf dem Teller gelandet, aber sie brauchte dringend irgendeine Beschäftigung für Mund und Hände.

»Joe hat mir erzählt, dass Donna gerade ihre Ausbildung in Quantico mit Auszeichnung hinter sich hat. Jetzt überlegt sie wohl, ob sie als Special Agent zum FBI geht oder lieber beim NYDP bleiben soll. Joe meint, sie hätte ein Angebot vom FBI-Büro in Madison. Irre, oder? Ich wusste gar nicht, dass das FBI in Wisconsin auch noch irgendwo anders als in Milwaukee sitzt, du etwa?« Liz schenkte sich noch einmal Wasser ein. »Und wenn ich nicht wüsste, dass die beiden sich heute erst kennengelernt haben, würde ich mich langsam ernsthaft fragen, ob Donna vielleicht was damit zu tun hat, dass Rob nach Madison gehen will.«

Ceecee verschluckte sich an ihrem Eis. Stimmte ja, ihre Mutter hatte von Robs Plänen gesprochen. Aber in der Zwischenzeit hatte es niemand mehr erwähnt, und sie hatte geglaubt, es wäre nur ein dummes Gerücht gewesen. Doch Liz klang nun, als wäre der Umzug beschlossene Sache. »Rob will tatsächlich nach Madison gehen? Aber, aber … er kann doch gar nicht weg.« Sie versuchte sich zu fassen, legte den Löffel auf den Teller und hustete, bevor sie weitersprach. »Hast du nicht gesagt, er würde Patenonkel bei deinem Baby?« Liz hatte ihr nach dem Termin bei Amy Irving tatsächlich gestanden, dass sie schwanger war. »Außerdem, ich meine, was wird dann aus der Praxis?«

»Daran hängt es wohl, wenn ich Rob richtig verstanden habe. Er meinte jedenfalls, es wäre noch gar nicht richtig entschieden, und er würde in jedem Fall seinen Pflichten als Patenonkel nachkommen. Er hat mir gleich angeboten, bei Missy eine entsprechende Referenz einzuholen, der Kindskopf.« Liz grinste. Ceecees Verwirrung schien ihr nicht weiter aufzufallen. »Aber wie gesagt, nach heute Abend könnte ich mir vorstellen, dass er einen ernsthaften Grund hat, hier die Zelte abzubrechen und in Madison neu anzufangen.«

»Weil Donna nichts von seinen zahlreichen Weibern erfahren soll?« Okay, jetzt war ihr Tonfall endgültig außer Kontrolle geraten, sie klang wie eine waschechte Bitch. Das konnte selbst Liz in all ihrer Glückseligkeit nicht mehr ignorieren.

Ihre Freundin schaute sie an und schüttelte den Kopf. Ceecee spürte, wie ihr eine verräterische Röte ins Gesicht stieg. Nur gut, dass man das in der rasch voranschreitenden Dämmerung nicht so genau erkennen konnte.

»Ceecee, jetzt bist du wirklich unfair, finde ich. Rob hat verdammt viele Affären gehabt, ja. Aber wenn du mich fragst, ist das vorbei. Seit ich hier bin, war er nicht ein einziges Mal in weiblicher Begleitung, während er früher *immer* jemanden dabeihatte. Ich glaube, er will mit der Vergangenheit abschließen und sich endlich die Richtige suchen.« Sie nickte, wie um ihre Worte zu bekräftigen. »Wäre nur schön, wenn er …«

Weiter kam sie nicht. Ihre frischgebackene Schwiegermutter war hinter ihr aufgetaucht und legte ihr eine Hand auf die

Schulter. »Tut mir leid, wenn ich störe, aber kommst du bitte mal, Liz?«

Liz nickte Ceecee zu, lächelte sie entschuldigend an und sprang auf.

Ceecee warf die Serviette auf den Tisch und griff nach ihrem Grappaglas, um es in einem Zug zu leeren. Unter normalen Umständen mied sie diesen italienischen Tresterschnaps wie die Pest, aber jetzt brauchte sie etwas, um den Kopf klar zu kriegen, sonst würde sie noch platzen. Irgendwer schaltete die elektrische Beleuchtung an, und auf einmal erstrahlte der Garten im romantischen Licht. Sie schaute zu der Stelle, wo Cal eben noch gestanden hatte. Er war verschwunden. Dafür hatte sie jetzt einen wunderbaren Blick auf die Tanzfläche, wo Donna gerade die Hand an Robs Hals legte. Lächelnd schaute er auf sie herab – sie war ja auch so eine kleine zierliche Frau, dachte Ceecee bissig – und zog sie noch etwas näher an sich heran.

In ihren Ohren begann es zu dröhnen, und sie stand auf.

Plötzlich war ihr alles zu viel: der bittere Geschmack vom Schnaps auf ihrer Zunge, das Gelächter der anderen Hochzeitsgäste, der romantische Jazzklassiker *I Only Have Eyes for You,* der gerade aus den Lautsprechern erklang. Den Plan, Cal zu suchen und ihn auf die Tanzfläche zu zerren, verwarf sie. Sie wollte nur noch weg, raus aus dem Garten. Entschlossen griff sie nach Jäckchen und Handtasche, zwängte sich an den Feiernden vorbei, antwortete nur kurz und lächelnd, wenn sie jemand ansprach, um sich nichts anmerken zu lassen.

Als sie das Gartentor passiert hatte und auf der Straße stand, atmete sie auf. Sie hätte es keine Sekunde länger ausgehalten.

Unschlüssig schaute sie nach rechts und links. Was jetzt? Ob sie einfach behaupten sollte, sie hätte Kopfschmerzen bekommen, und nach Hause fahren? Aber abgesehen von der Tatsache, dass sie eigentlich so gut wie nie Kopfschmerzen hatte und das halb Willow Springs wusste, wollte sie das ihrer besten Freundin auf ihrer Hochzeit bestimmt nicht antun. Und selbst wenn Cal sich heute und in den letzten Tagen nicht unbedingt wie der perfekte Verlobte verhalten hatte, er hatte so ein Verhalten auch nicht verdient.

Sie beschloss, bis zur Kirche zu gehen. Das war nicht weit, und sie konnte sich dort im Pfarrgarten auf eine der weiß gestrichenen Holzbänke setzen und ein wenig beruhigen. Zum Glück war es noch warm, mit ihrem hellen Sommerjäckchen würde sie nicht frieren.

Sie wandte sich nach rechts und versuchte beim Gehen, das Gefühlswirrwarr in ihrem Inneren einigermaßen zu sortieren.

Okay, zuerst einmal: Sie war ziemlich wütend auf Cal. Wenn sie ganz ehrlich zu sich war, hatte sie nur wenig Verständnis dafür, dass er alles dem großen Ziel Ironman auf Hawaii unterordnete – und das auch von ihr erwartete. Als er mit dem Training angefangen hatte, war alles in Ordnung gewesen; ihm hatte das richtig gutgetan, das stand außer Frage. Er wirkte ausgeglichener und zufriedener, hatte die Trauer um seinen Vater besser verwunden. Und ihr hatte seine neue Fitness ebenfalls gut gefallen. Seine Idee, die Hochzeitsreise nach Hawaii zu machen, damit sie dort nach dem Wettbewerb auf dieser tollen Insel gemeinsam richtig entspannen konnten, war ihr wie die sprichwörtlichen zwei Fliegen mit einer Klappe vorgekommen.

Doch seit einiger Zeit fühlte sie sich durch seinen ausufernden Trainingsplan vernachlässigt, er hatte neben der Arbeit in der Kanzlei kaum noch Zeit für sie beide. Übernächstes Wochenende stand zum Beispiel wieder ein Trainingswochenende an, bei irgendeiner Koryphäe in Milwaukee, wie er stolz erzählt hatte. Sie hingegen musste sich bei den stressigen Hochzeitsvorbereitungen noch ständig mit seiner Mutter abgeben, die sich in alles einmischte! Gerade erst gestern war Amanda zu Besuch gewesen und hatte stundenlang alle möglichen Katastrophenszenarien entworfen: Wie es aussehen würde, wenn die Floristin nicht die einzig perfekten Nelken für den Blumenschmuck besorgen würde und der dann nicht so grandios wirkte, wie sie es versprochen hatte, ob Ceecee wirklich George Leadbetter beim Hochzeitsessen an denselben Tisch setzen wollte wie ihren Großvater, obwohl die beiden sich immer aufführten wie alberne Schuljungs, wenn sie ausnahmsweise Zeit hatten, miteinander zu reden, wie das Wetter wohl werden würde und was um Himmels willen sie bloß tun sollten, wenn es wahlweise schneite oder die Sonne wie im Hochsommer vom Himmel brannte, oder ob es tatsächlich so eine gute Idee war, bei den Gastgeschenken ganz auf Tradition zu setzen und sie eher bescheiden zu halten, weil das manche Leute ja auch für geizig halten könnten. Nur mit Mühe hatte Ceecee die Beherrschung bewahrt und danach aus lauter Verzweiflung den Hauswirtschaftsraum neu organisiert, um sich wenigstens ein bisschen abzureagieren. Seltsamerweise hatte Amanda sich viel besser im Griff, wenn ihr Sohn dabei war, ihm gegenüber ließ sie diesen völlig überzogenen Befürchtungen und Anklagen nie freien Lauf. Vermutlich glaubte Cal auch deswegen, er müsse sich um die Hochzeit nicht weiter kümmern, weil seine Mutter und sie alles schon regeln würden. Im Grunde stimmte das ja auch, und sie wusste es sehr zu schätzen, dass er ihren Entscheidungen vertraute. Trotzdem, wäre ein gelegentliches Anpacken wirklich zu viel verlangt? In letzter Zeit machte er es sich gern ein bisschen zu bequem!

Tja, und das Sexverbot tat langsam sein Übriges. Es ging nicht nur darum, dass sie nicht mehr miteinander schliefen, auch andere Zärtlichkeiten kamen viel zu selten vor. Wann hatte Cal sie eigentlich das letzte Mal richtig in den Arm genommen, sich gemeinsam mit ihr über etwas gefreut? Das war … Moment, ja, das war gewesen, als Liz und sie bei seinem Kollegen den Partnervertrag fürs *Lakeview* unterschrieben hatten, also Ende Mai. Jetzt hatten sie Ende August. War das wirklich möglich? Sie schüttelte den Kopf. Kein Wunder, wenn sie ihre Freundin um ihr offensichtliches Glück beneidete und sich fragte, ob bei ihr selbst und Cal wohl alles in Ordnung war.

Nach dieser schonungslosen Analyse fühlte Ceecee sich seltsamerweise ein bisschen besser. Vor ihr zeichneten sich die Umrisse der Kirche gegen den Sternenhimmel ab, und sie beschleunigte ihre Schritte. Bald schon stand sie im Pfarrgarten vor einer Bank und ließ sich mit einem Seufzer der Erleichterung darauf nieder.

Nur entschuldigte Cals Verhalten und ihre Wut darüber leider nicht, warum sie die ganze Zeit die wüstesten Sexfantasien hatte – und dann ausgerechnet mit Rob Sawyer in der Hauptrolle! Klar, er sah verdammt gut aus, und sie war ihm unglaublich dankbar, weil er Matty das Leben gerettet hatte. *Und* er konnte einfach fantastisch küssen. Aber das war ja nun nicht unbedingt etwas Neues, das wusste sie seit Ewigkeiten. Es gab also eigentlich gar keinen Grund, sich seinetwegen besonders aufzuregen. Trotzdem, wenn sie nur daran dachte, wie er diese Donna eben angelächelt hatte und seine Augen diesen warmen Glanz bekommen hatten, als sie vorhin miteinander gesprochen hatten, schnürte es ihr die Kehle zu.

Liz irrte sich, ganz klar. Nein, Rob war bestimmt nicht auf der Suche nach der Richtigen. Während sie hier saß und ein schlechtes Gewissen hatte, weil sie seit zwei Wochen der Gedanke an Sex mit ihm nicht in Ruhe ließ, hatte er eindeutig schon wieder die Nächste am Haken. Vermutlich hatte er die ganze Episode in seiner Praxis längst vergessen, als unwichtig abgetan, genauso wie er es später bei dieser Donna machen würde. Und sie sollte das besser auch tun. Es war wirklich dumm, ein paar Küssen eine solche Bedeutung beizumessen, zuzulassen, dass sie deswegen darüber nachdachte, ob in ihrer Beziehung zu Cal noch alles in Ordnung war. Sie holte tief Luft. Bestimmt hatte sie einfach nur kalte Füße. Das war schließlich nur normal, oder? Sie horchte in sich hinein.

Nein, besonders normal fühlte sich das nicht an. Sie konnte sich nicht erinnern, wann sie das letzte Mal so aufgewühlt und ratlos gewesen war. Dabei war doch alles für sie so klar vorgezeichnet, und ihr Leben mit Cal würde ganz so werden, wie es in den letzten Jahren gewesen war: ruhig, geborgen, sicher, einfach schön. Sie hatten so viel zusammen erreicht, wie zum Beispiel ihr wunderbares gemeinsames Haus, das sie in den letzten Jahren nach ihren Vorstellungen umgebaut hatten, seine Erfolge in der Kanzlei, ihr Café, das wuchs und gedieh. Darauf konnte sie doch wirklich stolz sein. Nur vielleicht – nein bestimmt! – würde alles noch ein bisschen wundervoller werden, wenn sie dann Kinder hätten und endlich eine richtige Familie wären.

Eins jedenfalls stand fest: Sie würde es nicht erlauben, dass sie für ein Abenteuer mit Rob in einem leichtsinnigen Moment alles riskierte, was sie sich für ihre Zukunft erträumte. Nicht noch einmal. Sie erhob sich und richtete sich kerzengerade auf. Jetzt wusste sie, was sie zu tun hatte.

Kapitel 7

Rob rührte erneut seinen eigentlich schon leeren Flat White um. Es war das zweite Mal in den vergangenen zehn Tagen, dass er der letzte Gast im *Lakeview* war, das zweite Mal überhaupt in all den Jahren, seit es Ceecees Café gab. Bisher war er immer nur kurz geblieben, meistens hatte er sogar bloß Kaffee to go geholt. Bei allem Bedürfnis, Cee regelmäßig zu sehen, hatte er es doch nie ausgehalten, länger in ihrer Nähe zu sein, in dem Bewusstsein, dass sie für ihn unerreichbar war. Er kannte seine Grenzen.

Doch das Gespräch mit Donna hatte ihm die Augen geöffnet. Eigentlich war es ganz einfach: Er konnte nach Madison gehen und versuchen, Cee zu vergessen. Oder er konnte noch einmal alles auf eine Karte setzen, seine dämlichen Skrupel zur Seite schieben und nichts unversucht lassen, sie für sich zu gewinnen. Betrachtete er die Dinge so, lag es auf der Hand, was er jetzt tun sollte. Was hatte er schließlich zu verlieren? Und wenn er dabei zu unlauteren Mitteln griff, wen störte das schon? Heiligte der Zweck nicht die Mittel? Zumal er besser nicht aus den Augen verlieren sollte, um was es hier ging. Denn auch Cee empfand etwas für ihn, das hatte Donna ihm ganz klargemacht.

Okay, der Beinah-Sex in der Tierarztpraxis war vielleicht

noch der emotionalen Ausnahmesituation zuzuschreiben gewesen. Rob hatte schon die abgefahrensten Reaktionen von Tierbesitzerinnen und -besitzern erlebt, wenn es für ihre Lieblinge hart auf hart kam. Da war die Sache mit Shekinah Schultz gewesen, die sie nur mit Mühe davon hatten abhalten können, den OP-Saal mit irgendwelchen geheimnisvollen Kräutermischungen auszuräuchern, um das Leid der vorhergehenden Patienten zu beseitigen und die Ahnen milde zu stimmen. Rob war sich nicht sicher gewesen, ob es dabei um Shekinahs Vorfahren oder um die von ihrem Schäferhundrüden Beefy gegangen war; was er jedoch wusste, war, dass er in seinem OP-Saal ganz bestimmt keine Asche – und sei sie auch noch so spirituell und beruhigend – hatte herumfliegen lassen wollen. Zum Glück hatte Beefy auch so den Eingriff überlebt, schließlich hatten sie ihm nur eine Glasscherbe aus der Pfote entfernen müssen. Oder der Tag, an dem der Trainer des Cheerleaderteams an der Greewnwood High ein Rad geschlagen hatte und dann auf den Untersuchungstisch gesprungen war, um seiner Erleichterung darüber Ausdruck zu verleihen, dass sein Kater Pompom wegen einer gut zu behandelnden Ohrenentzündung im Kreis lief und nicht etwa wegen eines Hirntumors. Der Kater hatte das Verhalten seines Herrchens bemerkenswert gefasst hingenommen, und Rob hatte sich im Nachhinein gefragt, ob Pompom solche Anwandlungen wohl gewohnt war. Leidenschaftliche Umarmungen kamen dagegen gar nicht mal so selten vor, auch wenn er sonst natürlich nie darauf eingegangen war.

Aber Cees Verhalten auf der Hochzeit, wie sie Donna und ihn irgendwann mit Blicken beinahe erdolcht hatte, war ganz eindeutig nicht mehr Mattys Unfall zuzuschreiben gewesen, das stand fest. Es war die reine, pure Eifersucht gewesen.

Natürlich, Rob war nicht so dumm, Eifersucht mit Liebe zu verwechseln. Sie konnte auch allein aus verletzter Eitelkeit resultieren, aus übertriebenen Besitzansprüchen oder Unsicherheit. Dennoch war Eifersucht bei seinen Affären für ihn stets das Signal gewesen, sich möglichst freundlich und schnell zurückzuziehen, bevor es zu unangenehmen emotionalen Komplikationen kam. Sicher war sicher. Bei Cee hingegen würde er es als Zeichen werten, dass er jetzt nicht aufgeben sollte, noch nicht aufgeben durfte.

Schließlich hatte er noch etwas auf Liz' Hochzeit verstanden: Selbst wenn er jetzt nach Madison ginge, wäre das Ganze für ihn noch lange nicht erledigt. Er konnte Cee nicht so einfach einem Mann überlassen, der sie gar nicht verdient hatte, dem es nichts zu bedeuten schien, ob sie bei ihm war oder nicht. Irgendwann nach Einbruch der Dämmerung war sie eine halbe Stunde verschwunden gewesen, und er hatte Höllenqualen ausgestanden bei dem Gedanken, ihr könne etwas passiert sein. Cal hingegen war so damit beschäftigt gewesen, sich unter die einflussreichen Leute von Greenwood County zu mischen, dass er ihre Abwesenheit nicht einmal bemerkt zu haben schien. So hatte Rob jedenfalls seinen erstaunten Gesichtsausdruck gedeutet, als Cee ihn bei ihrer Rückkehr demonstrativ liebevoll begrüßt hatte.

Er lehnte sich zurück und schaute zum Tresen. Cee hatte ihm bei seiner Ankunft vor einer guten halben Stunde nur einen genervten Blick zugeworfen, sich in die Küche verzogen und war bisher nicht wieder aufgetaucht. Keine Ahnung, was sie so hartnäckig da hinten trieb. Sollte sie doch. Er hatte einen Plan, wie er sie endlich dazu bringen würde, mit ihm zu reden. Zur Not auch einen Plan B oder sogar C, obwohl er hoffte, dass es nicht so weit kommen musste.

Die Bedienung Maggie war schon vor fünf Minuten aufgebrochen, nachdem sie die Tische in Ordnung gebracht hatte. Ihre dezenten Hinweise, ob er nicht vielleicht auch gehen wolle, hatte er nur mit einem unbekümmerten Lachen kommentiert, und irgendwann hatte sie das einfach akzeptiert. Ruth räumte noch hinter der Theke auf. Seiner Berechnung nach waren bloß noch sie und Cee im *Lakeview*, der Koch war schon vor einer halben Stunde verschwunden und Liz hatte heute dienstfrei, wie er vorher recherchiert hatte. So wie er seine Freundin verstanden hatte, planten sie und Cee trotz ihrer Schwangerschaft nach wie vor eine Ausweitung auf Abendbetrieb, auch wenn sie sich damit bis in den Spätherbst Zeit lassen wollten. An diesem Mittwoch war also wie üblich um kurz vor 19 Uhr Schluss. Jetzt war es genau 18:57 Uhr, und Rob beobachtete mit einem interessierten Lächeln, wie Ruth sich den Weg zu seinem Tisch bahnte.

»Rob, ich würde jetzt als Letztes die Kaffeemaschine putzen wollen. Wenn du also noch was willst …«

Sie erwiderte sein Lächeln kokett, und er ließ zur Antwort sein Grübchen aufscheinen, bevor er aufsprang. »Ruthie, meine Liebe, was würde ich nur ohne dich tun? Als hättest du geahnt, dass ich nach diesem anstrengenden Tag noch einen zweiten von deinen köstlichen Flat Whites brauche.« Er griff galant nach seinem Becher und folgte der Servicekraft zum Tresen, wo er sich scheinbar entspannt auf einen Barhocker fallen ließ.

»Nicht to go?«, fragte Ruth verwundert.

»Ach, nein, nein, ich trinke den noch schnell hier, mach dir keine Umstände, bitte.«

Kurz sah sie so aus, als würde sie ihm gleich erklären, dass es viel mehr Umstände machte, wenn er hierbliebe. Doch wie er gehofft hatte, zuckte sie nur mit den Schultern, bestand allerdings darauf, dass er schon einmal bezahlte, bevor sie ihm die in der Tat köstliche Kaffeespezialität in einem Porzellanbecher zubereitete. Dann begann sie die beeindruckende Maschine mit dem kantigen Schriftzug »La Marzocco« zu putzen. Ihre Handgriffe waren konzentriert und schnell, sie würde erwartungsgemäß nicht lange brauchen, bis sie fertig war. Super, im Moment lief wirklich alles genau so, wie er sich das vorgestellt hatte. Demnächst würde sie Feierabend machen, und Cee müsste endlich aus der Küche kommen. Und dann würde er schon dafür sorgen, dass sie lange genug blieb, um einige Dinge zwischen ihnen zu klären. Vorerst aber trank er im Schneckentempo seinen Flat White und unterhielt sich nebenher ein bisschen mit Ruth. Er mochte die Servicekraft und ihren respektlosen Sinn für Humor. Gerade machte sie einen Witz über den neuesten politischen Skandal in Washington, da schwang die Tür zum Küchenbereich auf.

»Ruth, mit wem redest du denn da?«, erklang Cees Stimme. »Ist etwa noch jemand«, sie machte ein paar Schritte in den Gastraum und verstummte kurz, als sie ihn sah, bevor sie sich zusammenriss und ein schwaches »hier?« hinzusetzte.

Rob lächelte sie strahlend an. »Ruth war so großzügig, mir einen letzten Kaffee zu machen, bevor sie die Maschine ausgestellt hat. Wir haben uns so nett unterhalten, da habe ich ganz die Zeit vergessen.« Er wandte sich an Ruth. »Aber ich glaube, du bist jetzt fertig und willst bestimmt gern nach Hause, nicht wahr, Ruthie?«

Ruth schaute ihn prüfend an, bevor sie ihrer Chefin einen Blick zuwarf. Um ihren Mundwinkel zuckte es, als sie sich wieder zu Rob umdrehte. Er konnte ihr genau ansehen, dass sie gerade zwei und zwei zusammenzählte und daraus fünf machte. Einen Moment lang starrte sie ihn noch ausdruckslos an, bevor sie ihm zuzwinkerte. Aha, noch jemand, der nicht viel von Cal als Ehemann für Ceecee hielt – oder vielleicht wollte sie ihrer Chefin auch nur ein bisschen unverbindlichen Spaß gönnen, bevor sie vor den Altar trat. Wie dem auch sei, er würde sich merken, dass er in der Servicekraft eine Verbündete hatte.

»Wäre wirklich toll, Ceecee, wenn ich jetzt gehen darf. Jace und ich wollten heute die sturmfreie Bude nutzen, wo die Kids doch bei meinen Schwiegereltern sind. Ich bin auch so gut wie durch. Du müsstest dich nur kurz noch um die Lappen kümmern und natürlich Robs Geschirr abräumen. Bezahlt hat er schon.«

Cee konnte gar nicht anders, als gute Miene zum bösen Spiel zu machen, wenn sie sich nicht eine totale Blöße geben wollte. Eine solche Bitte ihrer Servicekraft hätte sie auch unter normalen Umständen nicht abgelehnt. Das wusste Ruth selbstverständlich, denn gefühlt keine zehn Sekunden später war sie zur Tür raus.

»Ich frage mich ja, ob sie wirklich mit ihrem Jason verabredet ist.« Cee drehte sich zu ihm um und sah ihn an. Im Gegensatz zu ihrer Angestellten lächelte sie ihm nicht freundlich zu; wenn ihre blauen Augen blitzten, dann vor Empörung. Selbst ihre Haare sahen aus, als ständen sie unter Spannung. Die Haarsträhnen, die sich aus ihrem strengen Dutt gelöst hatten, wehten um ihr Gesicht. Der Ärger stand ihr außerordentlich gut, und Rob registrierte ohne Überraschung, wie sein Körper hungrig auf diesen Anblick reagierte. »Oder ob du sie nicht irgendwie überzeugt hast, so schnell wie möglich zu verschwinden.«

Kurz überlegte er, so zu tun, als wüsste er nicht, wovon sie redete. Doch sie hätte ihm bestimmt nicht geglaubt. »Musste ich gar nicht. Ruth findet den Gedanken offenbar nicht besonders schlimm, mit mir ein bisschen Zeit allein zu verbringen.«

Ihre Antwort war ein bloßes Schnaufen. Sie ging hinter den Tresen und griff nach dem Putzlappen, den Ruth neben die Kaffeemaschine hatte fallen lassen. Während sie zum Waschbecken ging und den Lappen ausspülte, schwiegen sie beide. Rob nahm einen Schluck von seinem Flat White und wartete darauf, was sie als Nächstes tun würde. Es gefiel ihm, dass sie ihn nicht mehr mit der gleichmütigen Freundlichkeit behandelte, die sie bis vor Kurzem ihm gegenüber immer an den Tag gelegt hatte. Selbst Ärger war besser als die glatte Fassade der letzten Jahre.

Cee wrang den Lappen aus und warf ihn in einen bereitstehenden Eimer. »Was willst du hier, Rob?«

Dich, hätte er am liebsten geantwortet. *Und ich will genau da weitermachen, wo wir in meiner Praxis aufgehört haben. Kurz bevor ich in einem Anfall von geistiger Übernachtung den Gentleman geben musste.* Aber ganz so brutal direkt war er wohl besser nicht. Welche vernünftige Frau ließ sich schon gern in die Ecke treiben? Nein, in dieser Situation sollte er lieber behutsam vorgehen.

Er stellte den weißen Porzellanbecher auf dem Tresen ab. »Meinst du nicht, wir hätten noch was zu bereden? Über das, was da neulich zwischen uns passiert ist?« Seine Stimme klang wie immer, wie er zu seiner Erleichterung feststellte. Gut so. Aus irgendeinem Grund war es ihm wichtig, dass sie nicht wusste, wie groß die Macht war, die sie über ihn hatte.

»Ich wüsste wirklich nicht, was es zu bereden gibt, Rob. Ich war ein wenig«, sie machte eine kaum merkliche Pause, »durcheinander wegen Mathilda und ihrem Unfall, und du, du hast dir genommen, was ich angeboten habe.«

»Durcheinander, ja? Wegen Matty?« Er grinste spöttisch, rein um sie zu provozieren. Auf alle Fälle wollte er verhindern, dass sie sich wieder hinter die höfliche Fassade zurückzog. »Und ich bin derjenige, der einfach so zugegriffen hat? Eine sehr bequeme Erklärung, meine liebe Cee, findest du nicht?«

»Ach ja? Wäre es dir lieber, wenn ich sagen würde, ich hätte deiner magnetischen Anziehungskraft nicht länger widerstehen können? Hast du nicht immer *behauptet*, wie wichtig dir Ehrlichkeit ist?«

Er überlegte eine Sekunde lang, was es mit ihrer merkwürdigen Betonung von »behaupten« auf sich hatte, wischte es dann jedoch beiseite. Denn Ehrlichkeit war ihm wichtig, das wusste jeder, der ihn kannte. Die einzige Sache, bei der er nicht ganz offen und ehrlich war, waren seine Gefühle für sie.

Er stand auf und trat hinter den Tresen, auf sie zu.

Sie war allerdings noch nicht fertig. »Aber wenn *ich* jetzt mal ehrlich bin, dann frage ich mich, warum du eigentlich über ein paar Küsse reden willst. Das ist für dich doch nur Routine, oder, Rob? Schließlich konnten wir alle auf Liz' Hochzeit sehen, dass du schon die nächste Kandidatin am Start hast. Sag mir, hast du sie gleich noch an dem Abend gefickt? Oder habt ihr damit bis zum Sonntag gewartet?«

Er konnte sehen, wie sie vor sich selbst erschrak. Bestimmt benutzte sie solche Worte für Sex sonst nie, sondern immer nur romantische Umschreibungen. Sein Schwanz zuckte, und sein Herz schlug schneller bei dem Gedanken, dass sie genauso aufgewühlt und unsicher war wie er. Doch jetzt durfte er nicht die Beherrschung verlieren, wenn er nicht wieder alles kaputt machen wollte. Es setzte ein amüsiertes Lächeln auf, machte noch einen Schritt auf sie zu. »Aber, aber, Cee, unterschätzt du dich da nicht ein wenig?« Er streckte die Hand nach ihrem Oberarm aus, berührte sie allerdings nicht. »Wie könnte ich eine andere Frau auch nur ansehen, wenn ich doch die ganze Zeit an dich denke? Wie es wäre, wenn ich dich wieder berühre, dich wieder in meinen Armen halte?«

Ceecee holte zitternd Luft. Sie senkte den Blick, wagte es nicht, Rob anzusehen, aus lauter Angst, was er in ihren Augen lesen könnte.

In den letzten zehn Tagen hatte sie aktiv daran gearbeitet, mehr Zeit mit Cal zu verbringen, war sogar zweimal zu ihm in die Kanzlei gefahren, um mit ihm gemeinsam zu Mittag zu essen. Er hatte nichts dazu gesagt, trotzdem hatte sie den Eindruck gehabt, dass er diese spontanen Besuche genossen hatte. Tatsächlich hatte er sogar regelrecht zerknirscht ausgesehen, als er sie an sein anstehendes Trainingswochenende in Milwaukee erinnert hatte, und sie hatte ihn spontan umarmt, weil er diese Trennung offenbar genauso schlimm fand wie sie. »Zum Maisfestival bin ich ja wieder da und helfe euch dann beim Aufbau«, hatte er in ihr Haar gemurmelt. Sie war ganz gerührt gewesen, weil er sogar daran gedacht hatte.

Zum alljährlichen Maisfestival Mitte September war sie schon als Kind gern gegangen, und deswegen war es ihr eine besondere Ehre, dass das *Lakeview* von den Veranstaltern seit vorletztem Jahr mit einem Stand eingeplant war. Der zusätzliche Verdienst war nur ein kleiner Anreiz, denn die Organisation war ein ganz schöner Aufwand. Da mussten alle mitanpacken, aber das war es ihr wert, wie Cal genau wusste.

Doch selbst diese neue Nähe zu ihrem Verlobten hatte nichts daran geändert, dass ihr das Blut jedes Mal schneller durch die Adern raste, sobald sie auch nur glaubte, Rob könnte in der Nähe sein – und es hatte ihn leider auch nicht aus ihren Träumen verscheuchen können.

Seine Stimme wurde leiser, bekam diesen samtweichen, tiefen Klang, den sie so sehr fürchtete. »Willst du nicht wissen, wie ich mir ausmale, was wir dann alles tun? Wie ich dich langsam ausziehe, mich an jedem Zentimeter deiner nackten Haut weide, mich gar nicht sattsehen kann? Wie ich dich küsse und streichle, bis du von innen heraus glühst? An deinen Knöcheln … deinen Knien … deiner Taille …«, er lachte leise, und das Geräusch jagte ihr einen Schauer über den Rücken, »… deinen Brüsten.«

Sie ließ die Hand auf den Tresen sinken, aber das kalte Metall schien die Wirkung seiner Worte nur noch zu verstärken. Es war, als wären alle Nerven in ihrem Körper angespannt, alle Sinne in Alarmbereitschaft, denn alles erschien ihr überdeutlich, eindringlicher, schärfer.

Sie schluckte schwer, und er lachte wieder. »Während du mir die Klamotten vom Leib reißt, weil du es nicht erwarten kannst, mich überall zu spüren?«

Er fasste sie immer noch nicht an, doch seine Finger waren ihr nah genug, dass sie seine Hitze fühlen konnte. Er fuhr mit der Hand die Konturen ihres Arms nach, so dicht, dass sie glaubte, er würde die feinen Härchen dort streifen. Hätte er sie tatsächlich angefasst, es hätte nicht erregender und erotischer sein können. Ihre Brustwarzen richteten sich auf, prickelten erwartungsvoll. Würde er sie jetzt in seine Arme ziehen, sie küssen? Mit angehaltenem Atem wartete sie, als er sich vorbeugte, wusste nicht, ob sie sich davor fürchten sollte – oder ihm mit all dem Hunger entgegenkommen, der sich in den letzten Wochen in ihr aufgestaut hatte.

Doch er wandte den Kopf, flüsterte ihr ins Ohr: »Wie du mich endlich küsst, mit allem, was du hast, als wolltest du mich für jede andere Frau verderben, mich brandmarken als dein Eigentum. So, so leidenschaftlich, meine süße Cee.« Seine Stimme wisperte über die empfindliche Haut an ihrem Hals, und das ungeduldige Pochen in ihrem Schoß setzte wieder ein, beinahe schon schmerzhaft heftig. Sie wimmerte leise, schaffte es nicht mehr, ihre Sehnsucht zu verbergen. »Wie ich meine Hand über deinen weichen Bauch gleiten lasse, so qualvoll langsam, bis wir es beide kaum noch aushalten, und wie ich hart und immer härter werde?« Er stöhnte heiser, und sie musste nicht hinschauen, um zu wissen, dass er wirklich eine Erektion hatte. Dabei berührte er sie immer noch nicht, erregte sie nur mit seiner Stimme und der Macht seiner Worte, spann einen unerbittlichen Kokon der Lust um sie.

Sie drehte sich zum Tresen um, stützte sich mit beiden Händen darauf ab, schloss die Augen. Hinter ihren Lidern tanzten unheilvoll klare Bilder, ihr ganzer Körper stand in Flammen, und sie erkannte plötzlich, dass sie kurz vor dem Höhepunkt war. Wie war das nur möglich? Wie hatte sie in einer Minute vor Wut auf ihn kaum noch klar denken können und ihn in der nächsten so sehr begehren, dass sie meinte, sie würde verrückt, wenn er nicht endlich zu ihr kam?

Er trat hinter sie, hielt dabei immer noch sorgsam Abstand. »Und wie ich dann meine Finger ausstrecke und deine geheime Perle finde? Sie reize und liebkose, bis ich merke, dass du ganz nass und bereit für mich bist?« Wieder stöhnte er, dicht an ihrem Ohr. Sie wusste, würde er jetzt seinen Worten Taten folgen lassen, unter ihren Rock greifen und die Hand in ihren Slip gleiten lassen, würde er sie ebenso erregt vorfinden, wie er es beschrieben hatte. Schlimmer noch, würde er sie jetzt nehmen wollen, hier in ihrem Café, am Tresen, von hinten – sie würde sich nicht wehren. Nein, sie sehnte sich geradezu danach. In diesem Moment gab es nichts, was sie sich mehr wünschte.

»Rob, bitte«, keuchte sie, bevor sie unwillkürlich die Luft anhielt. Genau das hatte sie in der Praxis auch gesagt. Würde er sich jetzt wieder zurückziehen und sie enttäuscht zurücklassen?

Als Antwort knurrte er, und ihr wurde klar, dass er ebenso sehr um Kontrolle kämpfen musste wie sie selbst. Diesmal würde er nicht aufhören, diesmal war er genauso hilflos der Begierde ausgeliefert wie sie. Diese Einsicht beruhigte sie – und erregte sie gleichzeitig noch mehr. Sie drängte sich ihm entgegen, wollte ihn endlich spüren, suchte nach Erlösung. Waren das seine Lippen auf ihrem Nacken, lag seine Hand an ihrer Taille? Oder bildete sie sich das nur ein? Er zog zischend die Luft ein, als ihr Po kurz seine Erektion berührte, und legte beide Hände neben die ihren auf dem Tresen, schob sie dagegen, wie um sie zu zügeln.

Seine Stimme war rau, als er weitersprach. »Wie ich dann endlich, endlich in dich eindringe und mich einen Moment sammeln muss, um nicht sofort zu kommen.« Er machte eine Pause und wurde ganz still, und sie meinte, ihn tatsächlich zu spüren, wie er sie nahm, sie weitete, sie perfekt ausfüllte. Sie biss sich auf die Lippen, spannte sich an. Er sprach weiter, jetzt in einem harten, atemlosen Rhythmus, der sie endgültig an die Grenze trieb: »Wie ich dich nehme, noch mal und noch mal, und wie du mit jedem tiefen, tiefen Stoß meinen Namen schreist. Wieder und wieder und wieder.«

Überwältigt schrie sie auf, zuckte im Takt der Wörter, während ein gewaltiger Höhepunkt sie überrollte. Sie merkte kaum, wie er sich von ihr löste und zurücktrat.

Als sie sich wieder etwas gefangen hatte und die Augen aufschlug, sah sie ihn an der Tür stehen. Auch seine Brust hob und senkte sich schwer, aber seine Stimme war trotzdem ruhig, als er sagte: »Ich weiß, dass Cal dieses Wochenende nach Milwaukee zum Training fährt. Du kennst doch meine Hütte am Dancing Cloud Lake, oder? Wenn du willst, dass die Fantasie Wirklichkeit wird, warte ich dort auf dich. Ich verspreche dir, du wirst nicht enttäuscht sein.«

Rob schaute sie an. Ihre Augen waren dunkel und verhangen vor Lust und Erfüllung, ihre Wangen gerötet. Und gleichzeitig war da noch etwas anderes, ein unersättlicher Hunger nach mehr. Er hatte sie erst einmal so gesehen, aber das Bild hatte sich ihm tief in Herz und Hirn eingebrannt. War er zu weit gegangen? Er wusste es nicht. Für Reue wäre es jetzt allerdings auch ein bisschen spät. Ja, er hatte sie verlocken wollen, sie neugierig machen, vielleicht auch ein bisschen verführen. Sie gleich zum Orgasmus zu bringen, war nicht vorgesehen gewesen. Doch wem wollte er eigentlich etwas vormachen? Alle seine Pläne, und seien sie auch noch so sorgfältig durchdacht, fielen früher oder später in sich zusammen, wenn es um Cee ging. Wenn er mit ihr zusammen war, gab es keine Regeln für ihn. Und irgendwie musste er sie ja überzeugen – bis zu ihrer Hochzeit waren nur noch vier Wochen Zeit.

Kapitel 8

Wie kommt dieser Idiot denn bitte schön darauf?« Liz zog die Nase kraus und bog dann schwungvoll auf die gepflasterte Auffahrt von Ceecees und Cals Haus ein.

Ceecee schüttelte den Kopf. »Ach, ich weiß nicht, als Idiot würde ich ihn jetzt nicht gerade bezeichnen.« Sie stieß die Beifahrertür auf und lief zum Kofferraum, um die Lebensmitteleinkäufe aus dem Wagen zu holen.

»Nein?« Liz war ihr gefolgt und griff nach der zweiten Papiertüte. »Wie würdest du das denn sonst nennen, wenn jemand Bedenken gegen unsere zukünftige Schanklizenz äußert?«

Bei der Erweiterung des *Lakeview* waren sie und Liz auf ein unerwartetes Hindernis gestoßen. Wollten sie Alkohol in ihrem Restaurant verkaufen, mussten sie nicht nur die übliche amtliche Erlaubnis einholen, hier in Wisconsin waren sie sogar darauf angewiesen, dass auch die Gemeindemitglieder keinen Einspruch erhoben. Ceecee war insgeheim der Ansicht, dass die entsprechenden Verordnungen aus der Zeit kurz nach der Prohibition stammen mussten, und man schlicht und einfach vergessen hatte, sie auch irgendwann wieder abzuschaffen. Aber sei's drum. Sie war immer wieder erstaunt, was es für bürokratische Vorschriften für Gastronomieunternehmen gab, und ihrer Ansicht nach half da nur ein gewisser Gleichmut. Das meiste entpuppte sich ohnehin irgendwann als reine Formalie.

Liz war in dieser Hinsicht noch nicht ganz so gelassen, obwohl ja auch sie lange in der Branche arbeitete. Nur war es natürlich etwas anderes, ob man irgendwo angestellt war oder selbst einen Laden führte.

»Vorerst sind es wirklich nur Bedenken«, sagte Ceecee deshalb. »Ich glaube, Burt Wallace will bloß ein bisschen Stunk machen, das meint doch auch die nette Mrs. Lee von der Gemeindeverwaltung. Und sie muss es wissen, sie hat über zwanzig Jahre Erfahrung in dem Job und kennt deshalb all die Leute, die besonders gern nörgeln. Aber lass uns heute Abend einfach nicht weiter drüber reden, ja? Es war ein langer Tag, und die nächste Woche hat es auch in sich. Denk dran, es ist Maisfestival.«

Liz sah einen Moment lang so aus, als wollte sie Einwände erheben, zuckte dann jedoch mit den Schultern. »Recht hast du, nächste Woche wird es noch mal haarig, auch wenn ich mich super freue, endlich mal wieder dabei zu sein. Ich war schon ewig nicht mehr beim Festival, und dann haben wir sogar unseren eigenen Stand!«

Ceecee wurde es unwillkürlich ganz warm ums Herz, weil ihre Freundin bei diesem Thema tatsächlich genauso aufgeregt zu sein schien wie sie selbst. Wie wundervoll es doch war, sie wieder in Willow Springs zu haben – ganz wie in alten Zeiten!

»Hach ja«, fuhr Liz begeistert fort, »das wird toll. Aber bis dahin sammeln wir unsere Kräfte und reden bei unserem ersten

Mädelsabend seit Monaten kein Wort mehr über die Arbeit.« Sie nickte bekräftigend. »War eine echt gute Idee, das für heute einfach so anzuberaumen. Die perfekte Einleitung fürs Wochenende.«

Ceecee nickte ebenfalls, wenn auch mit einem Hauch schlechten Gewissens. Natürlich, sie verbrachte immer gern Zeit mit ihrer besten Freundin, und sie hatten tatsächlich lange nicht mehr spontan zusammen gekocht und gequatscht, einfach so, ohne besonderen Anlass. Nur wäre sie vielleicht nicht ganz so überzeugend gewesen, hätte sie nicht einen sehr guten Grund dafür gebraucht, an diesem Freitag tatsächlich bei sich zu Hause zu bleiben.

»Geht mir genauso. Außerdem schiebst du am Montag ja netterweise allein Dienst, damit ich mit Mom Brautkleider shoppen kann, da will ich mich wenigstens ein bisschen revanchieren.« Liz winkte ab und wollte etwas sagen, doch Ceecee war noch nicht fertig: »Und ich rechne es Joe wirklich hoch an, dass er keine zwei Wochen nach der Hochzeit für einen ganzen Abend auf dich verzichtet.«

Ihre Freundin grinste. »Ganz im Gegenteil. Joe ist dir total dankbar, weil er so ein bisschen Quality Time mit Rebel verbringen kann. Sein Katzenmädchen war schon ganz beleidigt, weil er in letzter Zeit so selten zu Hause ist. Wir haben uns darauf geeinigt, dass er vorerst zu mir zieht, zumindest bis das Baby da ist, und wir dann gemeinsam was Neues suchen. Rebel konnten wir natürlich noch nicht umziehen, stattdessen hatte sie jetzt länger Joes Großeltern auf dem Hals, weil die Marianis nach der Hochzeit noch bis zum Labor Day geblieben sind.

Weiß der Himmel, warum die beiden nicht ins *Pine Lake Inn* wollten; Aarons Team hätte bestimmt toll für sie gesorgt. Aber so sind die Marianis eben, sie haben alle ihren eigenen Kopf.« Liz lächelte verliebt, vermutlich weil sie an ihren Mariani zu Hause denken musste und wie lange der gebraucht hatte, sich für sie zu entscheiden. »Und ich befürchte fast, Joe macht sich jetzt schon Sorgen, wie er das seiner Katze mit dem baldigen Familienzuwachs erklären soll.« Sie legte die freie Hand auf den Bauch und lächelte amüsiert.

Mathilda im Haus schlug an, und jetzt war es an Ceecee, freudig zu lächeln. Cal hatte die Hündin vorhin von Mrs. Hahn abgeholt, bevor er sich selbst auf den Weg zum Flughafen gemacht hatte, um die Abendmaschine nach Milwaukee zu erwischen. Ceecee hatte sorgsam darauf geachtet, dass Matty nicht länger als eine gute halbe Stunde allein zu Hause warten musste.

»Kann ich gut verstehen, Liz. Ginge mir mit Mathilda ganz ähnlich. Zum Glück sind Border Terrier ausgesprochen familienfreundlich, um den Punkt muss ich mir zumindest keine Sorgen machen.« Sie schaute auf ihre Hündin hinab, die sie jetzt schwanzwedelnd begrüßte. Matty erholte sich gut und war fast wieder ihr altes übermütiges Selbst, auch wenn sie tatsächlich ganz schön humpelte.

Ceecee konnte es zwar nicht sehen, wusste aber genau, dass ihre Freundin hinter ihrem Rücken demonstrativ die Augen verdrehte. »Ich bin von verrückten Tierfans umgeben. Hilfe! Du, Joe, Rob …« Doch das Lachen in ihrer Stimme strafte der angeblichen Verzweiflung Lügen. »Wobei Rob jetzt schon seit Monaten ohne Hund auskommt, so verrückt kann zumindest er nicht sein … Er will sich erst zum Herbst einen neuen aus dem Tierheim holen. Ob das noch gilt, wenn er nach Madison geht, was meinst du?«

»Hm, hm«, machte Ceecee. Sie hatte beim besten Willen nicht vor, heute Abend auch nur ansatzweise über Rob zu sprechen – schließlich musste sie alles daransetzen, der Versuchung zu widerstehen und *nicht* zum Dancing Cloud Lake zu fahren. Bei dem Gedanken spürte sie wieder diese merkwürdige Mischung aus Erregung und Schuldbewusstsein, das fast schmerzhafte Ziehen in ihrem Innern. Dieses Gefühl begleitete sie heute schon den ganzen Tag, drohte sie jederzeit zu überwältigen, wenn sie sich nicht energisch ablenkte. Und jede Erwähnung von Rob oder auch nur irgendetwas, was sie an ihn erinnerte, machte es schlimmer.

Liz wusste natürlich nichts von ihrem Dilemma, und Ceecee würde dafür sorgen, dass das so blieb. Schon allein deshalb konnte sie kaum abrupt das Thema wechseln, weil das viel zu auffällig gewesen wäre. Sie hatte sowieso den leisen Verdacht, dass Liz ihre Neugier nur mühsam im Zaum hielt, was Rob und sie anging. Aber Öl ins Feuer gießen, indem sie etwa ausgiebiger über ihn und seine Pläne spekulierte? Das wollte sie ganz bestimmt nicht.

Während sie noch überlegte, wie sie am besten antworten sollte, sprach Liz weiter. »Ich finde es tatsächlich immer noch ziemlich seltsam, Rob ohne Haustier zu sehen. Er hatte schließlich schon in der Highschool immer mindestens eins.«

Jetzt musste sie doch irgendwie reagieren, hielt sich aber so kurz wie möglich. »Ich glaube, es war ziemlich schlimm für ihn, als Sam Anfang des Jahres gestorben ist. Vielleicht wollte er sich erst mal davon erholen, bevor er sich auf einen neuen Hund einlässt.« Mittlerweile waren sie in der Küche angekommen, und Ceecee stellte ihre Tüte auf der glänzenden Marmorarbeitsplatte ab. Cal hatte bei ihrem Einzug darauf bestanden, dass sie sich diesen Luxus gönnten, wofür Ceecee ihm immer noch dankbar war. Schließlich stand hauptsächlich sie in der Küche; Cal mixte sich höchstens mal einen Eiweißshake nach dem Training. Aber er hatte offenbar beobachtet, wie sie im Küchenstudio sehnsüchtig über den Marmor gestreichelt hatte, bevor sie sich energisch den kostengünstigeren Varianten zugewandt hatte, und mit einem »nur das Beste für meine Süße« keine Widerworte gelten lassen.

»Warte, ich lasse Matty kurz in den Garten.« Sie ging zur Terrassentür und riss beide Flügel weit auf. Kurz nach halb acht, die Sonne war bereits untergegangen. Tief atmete sie die milde Abendluft ein, bevor sie sich wieder zu Liz umdrehte. Ihre Freundin war gerade dabei, die Tüten auszuräumen, und Ceecee dachte wieder einmal, wie gut ihr die Schwangerschaft stand. Bisher konnte man ein Bäuchlein zwar eher erahnen als wirklich sehen, aber Liz schien von innen heraus zu leuchten. Und das lag ganz bestimmt nicht nur an dem dunkelblauen Kurzarmpulli, den sie heute trug und der einen tollen Kontrast zu ihren hellen Locken bildete.

»Warte es nur ab, wenn Rebel erst einmal bei dir wohnt, bist du bald überzeugt.« Ceecee lachte, wenn auch ein bisschen bemüht. Jetzt nur schnell eine Brücke zum Babythema schlagen, damit Liz endlich aufhörte, von Rob zu reden! »Bestimmt wird sie ein perfekter Babysitter. Ich habe neulich erst einen Artikel gelesen, dass Katzen mit Säuglingen ganz toll umgehen.«

»Ach, tatsächlich? Weißt du noch, wo?«

Nein, dummerweise nicht. Der Artikel war nämlich rein Ceecees Fantasie entsprungen. Zumindest aber wusste sie, wie gut es für Kinder war, mit Tieren aufzuwachsen – darüber hatte sie sich schon Mathildas wegen genau informiert. Genau das sagte sie jetzt auch, was Liz tatsächlich wie erhofft auf das Thema Kinder und Familie brachte und von Rob ablenkte. Ceecee atmete auf, als ihre Freundin begann, sich detailliert über ihre Schwangerschaft auszulassen und was es jetzt alles zu beachten gab. Das würde sie mit etwas Glück durch die Vorbereitungen für ihr Essen bringen.

Wie üblich war Liz für Vor- und Hauptspeise zuständig, während Ceecee das Dessert übernahm. Mrs. Tillman hatte ihnen großzügig ein paar von ihren wunderbar aromatischen Herbsthimbeeren überlassen, außerdem hatte sie Blaubeeren bei ihrem Großhändler bekommen. Die Saison in Wisconsin war fast vorbei, und Ceecee liebte es, ein letztes Mal im Jahr mit ihnen zu backen, bevor sie auf Tiefkühlkost zurückgreifen musste. Heute sollte es unbedingt eins ihrer liebsten Desserts sein. Sie holte die passende Backform aus dem Schrank, nahm Butter und Zucker aus ihren Vorräten und griff dann nach Eiern und feinem Mandelmehl.

»Oh, Financiers«, unterbrach Liz freudig ihre Ausführungen zum Thema Umstandsmode. »Ich habe so gehofft, dass du welche machst, als du das Mandelmehl in den Wagen gelegt hast.«

Ceecee grinste. Sie wusste, was ihre Freundin als Nächstes sagen würde.

Und Liz enttäuschte sie nicht. »Weißt du eigentlich, dass ich noch nie bessere Financiers als deine gegessen habe? Nicht mal in Paris.«

Sie antwortete, was sie immer antwortete, nämlich ein mildes »Du übertreibst«.

Diesmal allerdings gab sich ihre Freundin nicht damit zufrieden. »Warum verkaufen wir die eigentlich nicht im Café? Müsste doch der Renner werden.«

Ceecee wusste erst nicht, was sie darauf antworten sollte. Der eigentliche Grund war ziemlich albern, aber hey, wem gegenüber konnte man albern sein, wenn nicht der besten Freundin? Also gab sie sich einen Ruck. »Na ja, ich wollte irgendwie immer, dass die Financiers mein Geheimnis bleiben, verstehst du? Etwas, das nur mir und meinen Liebsten gehört.« Sie hielt inne und überlegte kurz. Wann hatte sie eigentlich das letzte Mal für sich und Cal Financiers gemacht? Sie konnte sich nicht mehr erinnern, und diese Einsicht verwirrte sie. Hastig sprach sie weiter. »Aber vielleicht hast du recht, wir könnten sie zumindest als Dessert auf der Abendkarte anbieten.«

Liz schüttelte energisch den Kopf. »Nein, nein, Ceecee, wenn du das Rezept so lange für dich aufgehoben hast, fände ich das irgendwie schade. Warum solltest du nicht auch als Küchenprofi deine Geheimnisse haben? Etwas ganz Besonderes, was du nicht preisgeben willst?«

Dankbar für Liz' Verständnis schaute Ceecee sie an. Eine Welle von Schuldgefühlen überrollte sie, als ihr schlagartig wieder bewusst wurde, welches Geheimnis sie jetzt gerade bewahrte. Einen Moment lang überlegte sie, ob sie sich Liz nicht doch anvertrauen sollte. Aber was würde die sagen, wenn sie erfuhr, dass Ceecee vielleicht kurz davor war, ihren Verlobten zu betrügen? Wäre sie nicht schockiert? Oder könnte sie verstehen, wie es Ceecee ging, diese innere Zerrissenheit nachvollziehen, diese drängende Versuchung, das absolut Falsche zu tun? Ceecee wusste es nicht. Und sie war sich nicht sicher, wie sie im umgekehrten Fall reagieren würde. Entrüstet oder eher verständnisvoll? Würde sie Liz helfen? Sie unterstützen, stark zu bleiben? Sie presste die Lippen aufeinander. Diese Gedanken waren absurd, sie konnte sich beim besten Willen nicht vorstellen, dass Liz ihren Joe hintergehen könnte. Nicht nur allein deswegen, weil sie gerade viel zu verliebt war, um Augen für einen anderen Mann zu haben, sondern auch ganz grundsätzlich, weil sie dafür einfach viel zu ehrlich und fair war. Deshalb war es wohl wirklich besser, zu schweigen. Sie wollte nicht, dass ihre beste Freundin schlecht von ihr dachte. Zumal sie ja fest entschlossen war, dem Ganzen einen Riegel vorzuschieben.

Sie ignorierte die kleine verräterische Stimme in ihrem Innern, die sagte, dass sie sich Liz vielleicht auch deswegen nicht anvertrauen wollte, weil die irgendeinen Weg finden würde, ihr die Sache auszureden. Würde Liz es sich nicht zur Aufgabe machen wollen, sie von Rob fernzuhalten? Also holte sie tief Luft und kehrte zurück zu Plan A: Mund halten und Liz ablenken.

»Ach, das erleichtert mich aber, dass du das so siehst. Und ich frage mich natürlich gleich, welche geheimen Rezepte du für dein Kleines austüfteln willst.«

Liz tat ihr auch diesmal den Gefallen, auf das Stichwort Nachwuchs einzusteigen, selbst wenn Ceecee das beunruhigende Gefühl hatte, dass es wirklich ein Gefallen war. Ihre beste Freundin schien zu ahnen, dass sie etwas bedrückte, bedrängte sie aber nicht weiter. Ein weiterer Grund, ihr dankbar zu sein. Ceecee wusste aus Erfahrung, wie hartnäckig Liz sein konnte, wenn sie sich Sorgen um jemanden machte. Vermutlich würde sie irgendwann später nachhaken.

Vorerst blieb es aber bei einer ebenso harmlosen wie ausgelassenen Diskussion, als sie gemeinsam überlegten, welche Gerichte man wohl für seine Kinder reservieren sollte. Nebenher bereiteten sie weiter das Essen vor, und Ceecee hatte gerade die letzte Möhre geschnitten und die Pancakes ihres Vaters vorgeschlagen – sollten sie ihn jemals davon überzeugen können, dass irgendjemand anders an der Pfanne auch nur annähernd dasselbe Ergebnis produzieren könnte –, da wurde Liz unvermittelt wieder ernst.

»Du und ich, wir sind beide Einzelkinder, und das gibt mir irgendwie zu denken. Jetzt natürlich nicht, dass wir beide Einzelkinder sind, sondern dass *ich* ein Einzelkind bin.« Liz lachte, aber es klang nicht so unbekümmert wie eben gerade noch. »Joe sagt, ihm wäre alles recht, ob ein, zwei oder fünf Kinder, aber ich glaube, insgeheim hätte er schon gern mehr als eins. Er hat ja selbst zwei Brüder und irre viele Cousins und Cousinen, er kennt das also gar nicht anders. Ich bin mir da allerdings noch überhaupt nicht sicher. Klar, irgendwo habe ich Rob immer um seine Schwestern beneidet, auch wenn er manchmal ganz schön genervt tat. Aber ich fand es gleichzeitig ziemlich toll, dass ich so im Mittelpunkt stand. Jedenfalls meistens.« Sie lächelte schief. »Bloß frage ich mich, wie ich damit klarkomme. Also mit dieser ganzen Geschwisterdynamik. Die Eifersüchteleien, aber auch das gemeinsame Verbünden gegenüber den Eltern. Was weiß ich, was da alles auf mich zukommt. Ich habe echt keine Ahnung, und das macht mir Angst. Verstehst du, was ich meine?«

Ceecee dachte über diese Frage nach, während sie die Möhren zum Herd trug. Wollte Liz einfach nur hören, dass sie bestimmt eine fantastische Mutter werden würde? Denn davon war sie überzeugt, wie vermutlich jeder, der Liz einmal mit Kindern gesehen hatte. Doch ihre Freundin sah so aus, als würde sie diese Sorgen wirklich umtreiben.

»Hm, ja, das kann ich gut nachvollziehen. Abgesehen davon, dass ich glaube, dass du eine großartige Mutter sein wirst, egal, wie viele Kinder du bekommst.« Liz wollte etwas sagen, aber Ceecee winkte ab. »Das sind keine leeren Worte, meine Liebe, das glaube ich wirklich. Trotzdem, eine Familie zu gründen, ist ein riesiger Schritt, kein Wunder, dass dir dabei mulmig wird. Ich selbst denke darüber nach, seitdem Cal und ich zusammen sind. Die Zeit nur als Paar ist toll, allerdings war mir immer klar, worauf unsere Beziehung hinausläuft. Schließlich habe ich mir immer eine große Familie gewünscht, weißt du ja. Und ich glaube, das liegt bei mir vor allen Dingen daran, dass ich Einzelkind bin. Ich habe mich immer so sehr nach Geschwistern gesehnt! Du weißt gar nicht, wie sehr ich meine Mom gedrängt habe, dass du bitte ganz, ganz oft zu Abend bei uns essen darfst.«

Liz wollte gerade die Möhren in den Topf gleiten lassen, hielt aber mitten in der Bewegung inne. »Ehrlich? Ich dachte immer, es läge daran, dass deine Eltern so viel Mitleid mit mir hatten, weil Tante Georgia selbst das Teewasser anbrennen lässt.«

Ceecee musste lachen. Diese Beschreibung von Liz' Tante und Ersatzmutter Georgia Hansen war ganz bestimmt nicht übertrieben. Bei all ihren Qualitäten – kochen konnte Georgia selbst dann nicht, wenn ihr Leben davon abhing. »Das auch, ja.« Sie trug das Kochmesser zur Spüle und ließ heißes Wasser darüberlaufen. »Aber es ging wirklich darum, dass ich mir so immer ein bisschen vorstellen konnte, du wärst meine Schwester.«

»Wow«, sagte Liz. »Das wusste ich wirklich nicht.«

»Doch, doch. Ich hätte immer so gern Geschwister gehabt, weil meine Eltern …« Abrupt verstummte sie. Beinahe wäre sie mit der Wahrheit rausgerutscht, nämlich dass die Liebe ihrer Eltern einfach das Wichtigste überhaupt für die beiden gewesen war. Manchmal war sie sich so verzweifelt allein vorgekommen – weil sie immer gewusst hatte, dass sie sie eigentlich gar nicht brauchten, um glücklich zu sein. Zu ihrer Überraschung spürte Ceecee plötzlich Tränen in ihren Augen. Warum kamen diese altvertrauten Gedanken bloß jetzt wieder hoch? Eigentlich war sie mit dem Thema doch lange durch, nicht zuletzt wegen ihrer glücklichen Beziehung zu Cal. Für ihn war *sie* schließlich der wichtigste Mensch auf der Welt. Und sie selbst würde schon dafür sorgen, dass ihre Kids sich nie so einsam fühlten wie sie damals manchmal.

Sie räusperte sich, versuchte energisch, das Unbehagen beiseitezuschieben, und sortierte den Satz neu. »Doch meine Eltern haben es dummerweise versäumt, für entsprechenden Nachschub zu sorgen.« Sie lachte wieder, diesmal klang es ein wenig gekünstelt in ihren eigenen Ohren.

Liz sah sie forschend an, aber Ceecee hätte sich lieber die Zunge abgebissen, als ihre Freundin mit ihrem Selbstmitleid runterzuziehen. Schließlich bekam Liz ihr erstes Kind und machte sich offenbar genug unnötige Sorgen, ob sie das alles schaffen würde. *Zeit, nicht so selbstsüchtig zu sein, Ceecee,* ermahnte sie sich. Um Liz nicht ins Gesicht sehen zu müssen, trat sie zum Ofen und tat so, als müsse sie die Financiers begutachten.

»Zum Glück hatte ich ja dich und Rob.« Ein jäher Schmerz, so scharf, dass es ihr fast die Luft zum Atmen nahm, durchzuckte sie, als sie sich selbst das sagen hörte. Ja, Rob war wie ein Bruder gewesen, und sie hatte sich schrecklich gefühlt in diesem Sommer nach der Highschool, als Liz zum Studieren nach Vermont verschwunden und sie selbst Rob so konsequent aus dem Weg gegangen war. Als müsste sie plötzlich auf das Wichtigste in ihrem Leben verzichten. *Wirklich nur wie ein Bruder?*, flüsterte diese lästige verräterische Stimme in ihrem Ohr. Nein, wie Geschwister hatten sie sich definitiv nicht benommen, damals, in jener Nacht nach dem Abschlussball … Und die Sehnsucht, die sie jetzt zu ihm zu treiben drohte, hatte ganz bestimmt nichts Schwesterliches an sich.

Ein Schauer überlief sie.

Liz trat zu ihr und streichelte ihr über den Arm. »Das empfand ich auch immer als ein Glück. Ich kann nur hoffen, dass mein Kleines so super Freunde bekommt wie ich. Dann kann eigentlich gar nichts mehr schiefgehen.« Sie grinste plötzlich. »Aber bis es auf der Welt ist, will ich die Zeit sowieso noch ein bisschen genießen. Diese ganzen Hormone … ich kann dir nur sagen, das reinste Aphrodisiakum. Ich kann kaum die Augen von Joe lassen, und die Finger erst recht nicht.« Ihr Grinsen vertiefte sich. »Und deswegen«, Liz drehte sich zum Herd um, »brauche ich jetzt wirklich meine Kalorien. Lass uns sehen, dass wir was zu essen bekommen, Ceecee.«

Erleichtert ging sie zum Kühlschrank. Für heute hatte sie genug von den ganzen schwierigen Gefühlen und Einsichten. Sollte das nicht ein unbeschwerter Mädelsabend werden? Es wurde wirklich Zeit für den Aperitif! Sie nahm Gurke, Limetten und Minze aus der Kühlung und zog dann den alkoholfreien Gin hervor, den sie vor ein paar Tagen im Großmarkt entdeckt hatte und bei dem sie gleich an einen von Liz' Lieblingscocktails hatte denken müssen. Während sie ein paar Gurkenscheiben im Shaker zerstieß, sagte sie: »Na, ich glaube, die Hormone sind eigentlich dafür da, dass ihr nicht komplett die Nerven verliert, wenn ihr zwischen Wickeltisch und Kinderbettchen hin und her pendelt.«

Liz schüttelte den Kopf. »Oh, du Unwissende! Sie sind natürlich allein dazu da, dass man noch ordentlich Spaß hat, bevor der ganze Stress losgeht. Außerdem bin ich perfekt für alle Höhen und Tiefen des Ehelebens gewappnet. Mrs. Tillman hat mich auf der Hochzeit zu später Stunde beiseitegenommen und mir ihre heißesten Tipps aus fast 60 Jahren Ehe verraten. Ich wurde schon beim Zuhören ganz feucht.« Sie deutete mit der Suppenkelle auf Ceecee, die einen betont strengen Gesichtsausdruck machte. »Was? Wir sind hier nicht bei der Arbeit, du kannst nicht auf Sitte und Anstand pochen. Außerdem bin ich eine verheiratete Frau, ich darf über so was reden. Und wenn du mir endlich diesen bestimmt sauleckeren Mocktail rüberreichst, gebe ich jedes einzelne Detail an dich weiter. Versprochen.«

Ceecee reichte ihr das beschlagene Glas mit dem Aperitif und hob beide Hände. »Gnade!«

»Ach was, Gnade«, winkte Liz ab und nahm einen langen, genießerischen Schluck. Anerkennend nickte sie, bevor sie zum Thema zurückkehrte. »Sei vernünftig, ergib dich in dein Schicksal und mach es verdammt noch mal nicht immer so kompliziert. Wie deine Grandma so schön zu sagen pflegte: ›Manchen Dingen kann man nicht ausweichen. Da muss man einfach durch, danach geht es einem besser.‹«

Ceecee fühlte sich, als hätte sie der Blitz getroffen. Es stimmte, genau das hatte ihre Grandma immer gesagt. Und sie war so ungefähr der weiseste Mensch gewesen, den sie je gekannt hatte. Ihren Ratschlägen hatte man immer blind vertrauen können. Konnte also »einfach durch« wirklich die Antwort sein?

Kapitel 9

Rob schreckte aus einem unruhigen Schlaf auf. War da ein Geräusch gewesen? Er lauschte angestrengt, hörte aber nichts. Früher hätte ihn sein Hund Sam gewarnt, aber seit der fröhliche Labrador-Golden-Retriever-Mix im Frühjahr nach ihren vielen gemeinsamen Jahren an Altersschwäche gestorben war, hatte er sich noch nicht für einen neuen Begleiter entscheiden können. Die ganze Geschichte hatte ihn mehr mitgenommen, als er zugeben wollte. Es war verdammt schwer gewesen, sich in den Wochen danach professionell zu verhalten, wenn er einen seiner Patienten hatte einschläfern müssen. Das war sowieso immer ein ziemlich schlimmer Teil seines Jobs, vor allem, wenn er Tier und Halterin oder Halter gut kannte. Nur das Wissen, dass er damit unnötiges Leid für seine todgeweihten Patienten verhinderte, ließ ihn trotzdem seine Pflicht tun.

Er fiel auf das Kissen zurück und stieß hart die Luft aus. Sehr wahrscheinlich hatte er nichts gehört: Er kam allein deswegen nicht zur Ruhe, weil er die Hoffnung nicht aufgeben wollte, dass sie doch noch kam. Heute morgen hatte er sogar Kirsty überredet, im *Lakeview* nicht nur ein paar Cupcakes zu besorgen. Selbst für Mathilda hatte er ein paar Dosen Futter mitgenommen. Seine Zuversicht hatte das allerdings nicht bestärkt; er war sich stattdessen fast schon verzweifelt vorgekommen. Und weiß der Himmel, was sich seine kluge Assistentin jetzt so dachte!

Mit einer Hand tastete er nach seinem Handy auf dem Nachttisch. 01:12 Uhr. Vor knapp einer Stunde war er ins Bett gegangen, und als er dann vor gefühlt fünf Minuten endlich eingeschlafen war, hatte ihn Cee wie so oft bis in seine Träume verfolgt. Doch auch sein Unterbewusstsein schien unsicher zu sein, ob sie kommen würde. Er konnte sich nur noch an einzelne Bilder erinnern, von einem Wettrudern über den Dancing Cloud Lake, untermalt von ihrem ausgelassenen Lachen und irgendeiner merkwürdigen Musik. Als sie am anderen Ufer unter der großen Trauerweide zum Halten gekommen waren, hatte er sehnsüchtig die Hand nach ihrem Gesicht ausgestreckt, auf dem das Sonnenlicht durch das Blätterdach über ihnen ein wildes Muster gezeichnet hatte. Aber bevor er ihre weiche Haut berühren konnte, war er schlagartig aufgewacht. Während er den Traum noch einmal Revue passieren ließ, verzog er den Mund. Die seltsame Musik war ausgerechnet ein Song von Ed Sheeran gewesen. Beim besten Willen konnte er nicht nachvollziehen, wie er darauf gekommen war: Mit der Musik des irischen Sängers war er noch nie warmgeworden. Ob das etwa bedeuten sollte, dass …?

Er stöhnte ungeduldig. Bevor er jetzt anfing, über die tiefere Bedeutung von *Galway Girl* für seine Beziehung zu Cee nachzudenken, stand er besser auf. Entschlossen warf er die Decken beiseite, erhob sich und öffnete die Schiebetür zur Veranda. Draußen war es noch warm genug, sodass er auch in T-Shirt und Boxers nicht fror. Er rubbelte sich durch die Haare und ließ sich auf seinem Lieblingsplatz nieder, dem abgewetzten Schaukelstuhl aus Rattan. Kein besonders cooles Möbelstück, aber er hatte ihn mit 16 von seinem ersten selbst verdienten Geld gebraucht gekauft. Damals hatte er nach der Schule sämtliche Hunde der Nachbarschaft zum Gassigehen ausgeführt und Cee ihn oft begleitet, denn sie liebte Hunde genauso wie er. Irgendwann auf einem ihrer Wanderungen war ihm klar geworden, dass er in Cee viel mehr als nur eine Freundin sah. Er hatte monatelang überlegt, ob er überhaupt etwas unternehmen sollte – schließlich riskierte er dabei unheimlich viel. Ginge auch nur eine Kleinigkeit schief oder würde sie seine Gefühle nicht erwidern, hätte er nicht nur Cee verloren, sondern Liz gleich mit dazu. Denn er war sich ziemlich sicher, dass Letztere sich im Zweifelsfall für ihre beste Freundin entscheiden würde, egal, wie eng sie mit ihm war. Das war nun mal irgend so ein Frauending, das hatte er schon mit 16 begriffen. Auf keinen Fall hatte er riskieren wollen, plötzlich auf die beiden wichtigsten Menschen in seinem Leben verzichten zu müssen. Und wenn das hieß, dass er nur ihr Freund sein konnte, war das doch auch okay, oder?

Als er endlich verstanden hatte, dass das nicht okay war, dass ihm das niemals reichen würde, war es zu spät gewesen – Cal war ihm zuvorgekommen. Oder vielleicht hatte auch Cee den ersten Schritt gemacht, darüber hatte sie sich immer ausgeschwiegen. Am Anfang hatte Rob noch gehofft, diese Geschichte zwischen den zwei wäre nur von kurzer Dauer, denn Cal hatte schon damals an der Highschool nicht sonderlich überzeugt von der Beziehung gewirkt. Allerdings hatte Cee das durch ihre demonstrative Verliebtheit mehr als ausgeglichen.

Liz schimpfte gern auf Cees Hang zur Romantik, weil nur so zu erklären sei, dass sie an Cal festhielt. Vermutlich stimmte das sogar – Cee hatte schon im Kindergarten in der ersten Reihe gesessen, wenn romantische Märchen vorgelesen worden waren, und ihr Taschengeld für DVDs von Disneyfilmen verbraten. Und im Gegensatz zu ihm hatte sie nicht das furchtbare Ende der elterlichen Liebesgeschichte aus allernächster Nähe miterleben müssen. Aber änderte das wirklich etwas? War er nicht im Grunde der schlimmere Romantiker von ihnen beiden, weil er so lange an seiner Liebe zu ihr festgehalten hatte? Obwohl es realistischerweise gar keine Hoffnung gegeben hatte? Weil sie sich längst für einen anderen entschieden hatte?

Er sah zum Himmel. Der Mond war noch fast voll und die Sicht gut. Ein leichter Windhauch ließ kleine Wellen über den Dancing Cloud tanzen, brachte das Schilfrohr zum Zittern. Wie so oft dachte Rob, wie dankbar er für diese kleine Hütte sein konnte, die früher seinen Eltern gehört hatte. Auch wenn sie nur eine halbe Stunde von Willow Springs entfernt lag, war es hier absolut ruhig; es gab keine größeren Straßen in der Nähe, keine unmittelbaren Nachbarn, ja, nicht einmal eine Stromleitung. Sein Dad hatte früher ausschließlich einen Dieselgenerator für Beleuchtung und Kühlschrank benutzt, den Rob aber sofort mithilfe seines Schwagers Aaron durch eine Solaranlage ergänzt hatte. Er war jetzt kein Öko-Freak oder so was, aber wenn man in einer Kleinstadt aufgewachsen war, von absolut traumhafter Natur umgeben, und seine Heimat so liebte wie er, dann war es nur vernünftig, ein bisschen auf die Erde aufzupassen, fand er. Davon abgesehen, war das natürlich sehr viel praktischer und preisgünstiger als ständig Diesel herzukarren. Zusammen mit seinem Dad hatten Aaron und er außerdem die Veranda und ein abgetrenntes Schlafzimmer angebaut und so die Hütte erst richtig gemütlich gemacht.

Rob dachte gern an den Umbau zurück, nicht zuletzt deswegen, weil er damals seinen ziemlich frischgebackenen Schwager besser hatte kennenlernen können. Schon vorher hatte er nicht an Stephs Wahl gezweifelt, aber erst so hatte er erkannt, was für ein netter Kerl Aaron war und wie sehr er seine kleine Schwester liebte. Außerdem hatte Aaron verdammt viel Ahnung von Technik – seine Tipps für die Solaranlage waren bares Geld wert gewesen –, konnte richtig mitanpacken und war sich auch für Drecksarbeit nicht zu schade, ganz klar ein zusätzlicher Bonus bei einem Schwager. Aaron und Steph hatten danach auch das eine oder andere Wochenende hier verbracht, wenn sie ganz ungestört sein wollten, und Rob hatte dann immer voller Begeisterung den Babysitter für Missy gegeben – so hatten sie alle vier etwas von dieser elterlichen Auszeit gehabt.

Erst seit Owens Geburt war Rob der Einzige, der die Hütte benutzte; er konnte sich auch nicht erinnern, dass sein Vater in den letzten Jahren mal hier gewesen wäre. Vielleicht wollte sein Dad ihm den eigenen Rückzugsort gönnen, schließlich wohnten sie nicht nur im selben Haus, sondern arbeiteten auch zusammen. Als er seinen Dad gefragt hatte, hatte der aber nur behauptet, er und Jack Hansen hätten sich in den letzten Jahren attraktivere Jagdgründe zum Angeln ausgesucht. Auch gut möglich. So oder so, Rob genoss es ohne schlechtes Gewissen, die Hütte ganz für sich allein zu haben.

In Gedanken versunken, wiegte er sich auf dem Schaukelstuhl leicht hin und her. Das leise Plätschern des Sees und die sanfte Bewegung beruhigten ihn ein wenig. Selbst den Stuhl verdankte er Cee. Sie hatte ihn nämlich damals beim Trödelmarkt davon überzeugt, dass er ihn unbedingt mit nach Hause nehmen müsse. Nachdenklich ließ er die Hand über das ramponierte Rohrgeflecht auf der Armlehne gleiten. Eigentlich ironisch, wenn er bedachte, wie sehr sie sein ganzes Leben prägte, obwohl sie sich seit Jahren so hartnäckig weigerte, Teil davon zu sein. Bis jetzt. Bilder stiegen vor seinem inneren Auge auf, diesmal nicht aus seinem Traum, sondern aus der Realität. Wie sie seinem Blick ausgewichen war, als er gesagt hatte, dass er nur an sie dachte … und wie sie ihn danach angeschaut hatte, so erfüllt und gleichzeitig so hungrig nach mehr. Dieser Hunger war es, der ihm Zuversicht gegeben hatte, mit diesem nicht kleinzukriegenden Glauben, es wäre noch nicht zu spät. Doch was würde er tun, wenn sie nicht kam? Wenn sie erneut diesen Schutzwall um sich errichtete und sich und allen anderen vormachte, ihr blitzblank poliertes Leben wäre absolut einwandfrei in Ordnung?

Er dachte an seinen Plan, in Madison neu anzufangen. In den letzten Wochen hatte er den bestenfalls halbherzig verfolgt, er war durch Cees Verhalten einfach viel zu abgelenkt gewesen. Doch wenn sie ihm, nein, wenn sie *ihnen* keine zweite Chance gab, dann könnte er bestimmt nicht dabei zusehen, wie sie mit Cal vor den Altar trat. Er würde …

Die Schiebetür hinter ihm ging auf. Cee.

Er sagte nichts, hielt ganz still, als wäre sie ein wildes Tier, das die leiseste Bewegung verscheuchen könnte. Nur sein Herz begann, in einem raschen Rhythmus dahinzujagen. Er hörte Stoff rascheln, der Wind trug ihren unverwechselbaren Duft zu ihm herüber, nach Kaffee, frisch gebackenem Kuchen und ganz einfach nach ihr. Dann das Geräusch bloßer Füße auf den Holzdielen der Veranda. Sie trat vor ihn, und er musste schlucken. Sie war vollkommen nackt. Langsam ließ er den Blick über sie wandern, von ihren schmalen Fesseln über ihre sanft geschwungenen Hüften bis zu ihrem Bauch. Kurz verharrte er bei dem dunklen Fleck unter ihrer rechten Brust – ein Tattoo? Sein Schwanz zuckte bei dieser unerwarteten Entdeckung. Er schlug die Augen auf, wollte ihr ins Gesicht sehen. Aber es lag halb im Schatten, er konnte lediglich die Umrisse ihres Mundes erahnen. Genau wie er lächelte sie nicht, war völlig ernst.

Rob stand auf, griff mit beiden Händen in ihr Haar, das sie nicht wie üblich gebändigt hatte. Er spürte, wie sie ihre Finger auf seine Brust legte, sie in den weichen Stoff seines T-Shirts krallte. Ein berauschender Mix an Gefühlen stieg in ihm auf, füllte ihn bis in alle Winkel aus. Erleichterung, ja, aber noch etwas Wilderes, Stärkeres ließ ihm das Blut durch die Adern pulsieren. Glück. Pures reines Glück. Und Liebe, dieses wunderbare Gefühl, endlich die Frau in den Armen halten zu dürfen, die ihm mehr bedeutete als alles andere auf der Welt. Für einen Moment lang hielt er inne, genoss das Wissen, ihr so nah sein zu dürfen. Weil sie gekommen war. Zu ihm. Und weil heute Nacht nichts mehr zählte als das.

Doch dann zog sie ihn näher zu sich heran, schloss die Arme um seinen Nacken, und als ihre Lippen, ihre Zungen sich trafen, gewann die nackte Gier die Oberhand. Er wühlte eine Hand tiefer in ihr Haar, während er die andere zu ihrem Po gleiten ließ und sie an sich presste. Sie stöhnte, als sie seine Erektion spürte, und zerrte am Ausschnitt seines T-Shirts. Wollte sie ihm wirklich die Klamotten vom Leib reißen, wie er es ihr im *Lakeview* beschrieben hatte? Ihre Bewegungen wurden heftiger, zielgerichteter, und tatsächlich hörte er in der nächsten Sekunde das scharfe Sirren des Stoffes, fühlte, wie das Shirt auseinanderglitt. In der Realität war es noch erregender als in seiner Vorstellung, selbst wenn sie kurz ihren Kuss unterbrechen mussten. Er tastete nach seinem Ausschnitt, half ihr, sich endgültig von dem ruinierten Kleidungsstück zu befreien. Achtlos warf er die Fetzen beiseite und wollte sie sofort wieder eng an sich ziehen. Doch sie schüttelte den Kopf, hielt ihn auf Abstand und ließ Mund und Hände liebkosend über seinen Oberkörper wandern. Als sie seinen Nippel fand und neckend mit der Zunge dagegenschnalzte, musste er nach Luft schnappen. Sie schloss die Lippen um die empfindliche Stelle, saugte und knabberte, und er warf den Kopf in den Nacken, biss die Zähne zusammen, um nicht sofort die Beherrschung zu verlieren.

»Bett!«, stieß er schließlich hervor, als er es kaum noch aushielt. »Irgendein Bett, am besten meins, sofort!«

Sie hielt inne, und für den Bruchteil einer Sekunde durchzuckte ihn die Befürchtung, dies hier wäre nur ein Traum, er könnte aufwachen und wäre wieder allein. Dann hob sie den Kopf und sah ihn an. Er konnte nur schemenhaft ihr Gesicht ausmachen, aber er erkannte, dass sie jetzt doch lächelte – ein übermütiges, sehr sexy Lächeln. Seine Befürchtungen zerstoben wie Feenstaub im Mondlicht, und das Gefühl von Unwirklichkeit löste sich mit einem Schlag in Luft auf. Er griff nach ihrer Hand, zog sie zurück in die Hütte, zu seinem Bett. Sie murmelte etwas, was er nicht verstand, bevor sie sich auf die Laken gleiten ließ und sich zur Seite beugte, um seine Nachttischlampe anzuknipsen. Einen Moment lang war er erstaunt. Er hatte erwartet, dass Cee den Schutz der Dunkelheit vorziehen würde.

Cee lehnte sich jedoch bequem zurück und sah zu ihm auf, musterte ihn nun ebenso intensiv wie er sie vorhin auf der Veranda. Sie ließ sich Zeit, und er wusste instinktiv, wie wichtig dieser Augenblick war. Unwillkürlich straffte er sich, bot seinen Körper möglichst vorteilhaft ihren Blicken dar. Wieder blitzte dieses sexy Lächeln auf, und er verstand, dass sie ihn genau durchschaut hatte … und gleichzeitig seinen Anblick in vollen Zügen genoss.

»Deine Shorts«, sagte sie. Ihre Stimme klang kehlig und atemlos, und er fand sie mindestens so sexy wie ihr selbstbewusstes Lächeln. So gut ihm diese bisher unbekannte, spielerisch-verruchte Seite von Cee gefiel, er genoss es fast noch mehr zu wissen, wie aufgewühlt sie war. Ohne sie auch nur eine Sekunde aus den Augen zu lassen, zog er seine Unterhose aus und ließ das Stück Stoff zu Boden fallen, bevor er zu ihr aufs Bett glitt. Diesmal würde es kein Zurück geben, würde er keine Geduld beweisen. Er konnte es kaum noch aushalten, bis er endlich, endlich in ihr war. Ihr wilder, hungriger Kuss bewies ihm, dass es ihr ganz ähnlich erging. Der Duft ihrer Erregung, als sie die Beine für ihn öffnete, raubte ihm fast den Verstand. Mit einem letzten klaren Gedanken griff er zur Nachttischschublade, wollte das Päckchen Kondome herausholen, das er heute extra dort deponiert hatte.

»Nicht«, stöhnte Cee und legte ihm die Hand auf den Arm. »Das ist nicht … nötig, vertrau mir.«

Für einen Moment lang sah er sie an. Er hatte noch nie in seinem Leben ohne Kondom mit einer Frau geschlafen, war in dieser Hinsicht immer vorsichtig gewesen. Nicht aus Angst, nein – er hatte nur nie gewollt, dass Sex irgendwie an Bedeutung gewann oder irgendwelche Folgen hatte. Allein mit Cee konnte er sich das vorstellen: Nichts wünschte er sich mehr, als dass das, was jetzt gleich zwischen ihnen geschah, wichtig war, Bedeutung besaß. Er wollte sie als die Seine brandmarken, sie ganz und gar besitzen, sich ihr völlig hingeben. Und als er nun ganz ohne den üblichen Schutz in sie glitt, zum ersten Mal in seinem Leben einer Frau körperlich so nah wie nur möglich war, konnte er spüren, wie sich alles für ihn veränderte. Während er sich in ihr zu bewegen begann, sich ihre spitzen Schreie mit seinem Stöhnen mischten, schoss von irgendwoher ein Begriff, ein einzelnes Wort durch sein Gehirn.

Heimat.

Ja, Cee war seine Heimat, und jetzt, wo er endlich mit ihr vereint war, war er zum ersten Mal in seinem Leben zu Hause.

Kapitel 10

Hi, Dad! Ist Mom schon so weit?« Ceecee konnte bloß hoffen, dass sie nicht ganz so atemlos wirkte, wie sie sich fühlte. In aller Herrgottsfrühe hatte sie Robs Hütte am See verlassen, um ihre Mutter für den ultimativen, lang aufgeschobenen Shoppingtrip abzuholen. Sie war lediglich kurz nach Hause gefahren, um hastig zu duschen und die Spuren des letzten Wochenendes so gut wie eben möglich zu beseitigen, bevor sie Matty bei Mrs. Hahn abgesetzt hatte. Trotz aller Eile fühlte sie sich ausgeglichen wie lange nicht mehr, auf dem Weg zu ihren Eltern hatte sie sogar ein bisschen im Auto vor sich hingeträllert. Wirklich – Liz hatte mit ihrem Ratschlag, nicht alles so kompliziert zu machen und stattdessen an die weisen Worte ihrer Grandma zu denken, genau richtig gelegen. Sich in das Unvermeidliche zu fügen, konnte tatsächlich das einzig Wahre sein!

»Hallo, Liebes«, erwiderte ihr Vater und umarmte sie kurz. Er schien ihre Kurzatmigkeit nicht zu bemerken, oder vielleicht nahm er auch an, das wäre ganz normal, wenn man Brautkleider aussuchen wollte. »Deine Mutter ist drüben. Sie …«

»Ceecee?«, erklang da schon die Stimme ihrer Mom. Es hörte sich an, als sei sie in der offenen Küche mit dem angrenzenden Wohn-/Essbereich, und Ceecee folgte dem Klang. Vermutlich trank ihre Mutter gerade noch ihre übliche dritte Tasse Kaffee aus, kein Wunder, schließlich war es noch nicht einmal acht Uhr. Allein der Weg zum ersten Stopp bei ihrer Rundfahrt würde locker eine Stunde in Anspruch nehmen, und sie hatten sich fest vorgenommen, so früh wie möglich aufzubrechen und sich nicht abzuhetzen.

Doch als sie um die Ecke bog und in den großzügig geschnittenen Wohnbereich ihrer Eltern trat, fand sie ihre Mutter nicht wie erwartet perfekt gestylt und tatendurstig an der riesigen Kücheninsel vor. Stattdessen saß Carolin auf dem burgunderfarbenen Sofa, komplett ungeschminkt und in einem locker sitzenden Kleid, das sie normalerweise nur zu Hause oder im Garten trug. Noch bemerkenswerter war bloß die Tatsache, dass sie das rechte Bein auf einem der grau gepolsterten Esszimmerstühle gebettet hatte und ihr Fuß zu ungefähr doppelter Größe angeschwollen war.

»Ach du meine Güte, Mom, was ist denn passiert? Das sieht ja dramatisch aus! Und warum habt ihr nicht sofort angerufen?«, fragte sie und stürzte auf ihre Mutter zu.

Caroline brachte ein tapferes Lächeln hervor. »Ich wollte dich nicht beunruhigen, Schatz. Es wirkt auch sehr viel schlimmer, als es ist, ehrlich. Mich hat gestern irgendwie eine Biene erwischt. Keine Ahnung, wie das blöde Vieh in meinen Schuh gekommen ist, aber als ich mich beim Unkrautjäten wieder aufgerichtet habe, da«, sie machte eine ruckartige Handbewegung, »Zack, war es passiert. So ein fieser Schmerz, es ging mir richtig durch und durch.«

»Wir waren später sogar beim Notdienst«, mischte sich ihr

Dad jetzt ein. »Du kannst dir nicht vorstellen, wie dick ihr Fuß geworden war! Jetzt ist er schon wieder ziemlich abgeschwollen. Offenbar ist sie gegen Bienenstiche allergisch.«

»Kann das nicht total gefährlich sein?«, erkundigte Ceecee sich besorgt. Ruth hatte immer ein Allergie-Notfallkit dabei, weil ihr ältester Sohn Ryan auf so ziemlich alles allergisch reagierte, was Wisconsin an stechenden Insekten aufzubieten hatte. Das waren anscheinend ziemlich viele, wenn man Ruth so zuhörte. Zum Glück war Ceecee selbst noch nie dabei gewesen, wenn Ryan das Kit brauchte, aber ihrer Einschätzung nach war ihre Tresenkraft ganz bestimmt keine überbesorgte Mutter. Wenn sie so etwas für nötig hielt, konnte es bei einer Insektenstichallergie definitiv um Leben und Tod gehen.

Caroline winkte ab. »Ich scheine ein ziemlich leichter Fall zu sein, es war mehr oder weniger nur der erste Schreck. Und bis auf die Schwellung und diesen furchtbaren Juckreiz geht es mir gut. Nur kann ich heute leider nicht mit dir zum Einkaufen fahren.«

Das hatte Ceecee beinah schon befürchtet. »Da kann man nun mal nichts machen, Mom. Bestimmt kann mich Liz nächste Woche noch einmal vertreten oder …«, sie seufzte, »oder ich schaue doch endlich online nach, ob …«

»Cecilia Kaufman«, unterbrach ihre Mutter sie mit dieser Stimme, bei der Ceecee immer das Gefühl hatte, sie wäre wieder fünf Jahre alt und würde vor dem Frozen-Joghurt-Stand beim Maisfestival einen Weltuntergangsanfall bekommen, weil ihr Lieblingstopping ausgegangen war und sie sich nicht eine Sekunde in der Lage sah, über ihr zweitliebstes Topping auch nur ansatzweise nachzudenken. »Ich habe nicht tagelang sämtliche Infos über die besten Brautsalons im Northern Highland recherchiert, nur damit du dich von einer solchen Lappalie aufhalten lässt. Eure Hochzeit ist in knapp vier Wochen, da zählt jeder Tag! Und du willst Cal am Altar doch nicht etwa in einem Kleid von irgendeinem x-beliebigen Internethändler entgegentreten?« Sie machte eine Pause, um ihre Tochter streng anzusehen. »Dein Dad wird dich begleiten. Ich habe ihm schon die Route und meine Notizen auf sein Handy geschickt.«

Ceecee warf ihrem Dad einen Seitenblick zu, aber der zuckte nur mit den Achseln.

»Wenn ihr mich fragt, fände ich das gar nicht so tragisch, wenn es kein Designertraumkleid wird. Damals bei unserer Hochzeit hat deine Mom in ihrem Secondhand-Kleid jedenfalls absolut atemberaubend ausgesehen.« Er lächelte seiner Frau liebevoll zu. »Zum Glück kommt unsere Tochter ganz nach dir, mein Schatz.«

Carolins Blick wurde weich, wie immer, wenn Vince sie auf diese Art und Weise anlächelte. »Und dich in deinem dunkelblauen Anzug von JC Penney hätte auch jede Frau vom Fleck weg genommen.« Wieder einmal hatte Ceecee das Gefühl, sie wäre für ihre Eltern unsichtbar, wenn auch nur einen Moment lang. »Unser Mädchen soll trotzdem nur das Allerbeste für ihre Traumhochzeit bekommen, nicht wahr, Vince?« Sie nickte bekräftigend. »Außerdem kannst du sie vielleicht endlich davon überzeugen, sich für ein Kleid zu entscheiden. Ich war offenbar keine große Hilfe, fürchte ich, sonst hätte sie längst was finden müssen. Genug Auswahl war schließlich dabei. Vermutlich braucht sie einfach einen anderen Blick, einen anderen Rat als den ihrer Mutter. Womöglich war diese Biene geradezu eine göttliche Fügung.«

»Bestimmt«, bestätigte ihr Mann feierlich und zwinkerte Ceecee zu. »Zumindest gibt es mir die Gelegenheit, mit meiner Tochter mal wieder einen ganzen Tag zu verbringen und mich dabei sogar nützlich zu machen – das ist wirklich schon ziemlich lange her.« Er beugte sich vor und drückte seiner Frau einen Kuss auf die Lippen. »Du hast alles, was du brauchst, Liebste?«

»Natürlich, natürlich«, bestätigte Caroline und scheuchte sie mit beiden Händen fort. Der Verlobungsring an ihrer linken Hand blinkte, selbst wenn der Diamant mehr als bescheiden war. Ceecee hatte ihre Mom noch nie ohne dieses Schmuckstück gesehen, obwohl sie wusste, dass ihr Vater ihrer Mutter viele Ringe mit weitaus größeren und wertvolleren Steinen geschenkt hatte. »Fahrt endlich los, ihr zwei! Und kommt mir ja nicht ohne Kleid wieder.«

»Uh, oh, ich kenne diesen Tonfall«, sagte Vince.

Ceecee nickte. »Wenn sie so klingt, machen wir uns am besten sofort auf dem Weg. Sonst wird es hier ganz schön gefährlich.«

Sie folgte ihrem Vater zur Garage. Es war klar, dass sie seinen Wagen nehmen würden, denn ihr Dad hasste es, wenn er nicht selbst fahren konnte. Das war immer so gewesen, sie kannte es gar nicht anders. Bei den wenigen Gelegenheiten, bei denen er sich doch einmal mit der Rolle des Beifahrers zufriedengeben musste, war er kaum zu ertragen, weil er auf jede Gefahr ausführlich hinwies, andere Autofahrer beschimpfte, deren Verhalten ihm irgendwie bedenklich vorkam, und er insgesamt so angespannt in seinem Sitz hockte, dass man vom bloßen Hinsehen Rückenschmerzen bekommen konnte. Schon unter normalen Umständen machte es ihr deswegen nichts aus, ihm den Fahrersitz zu überlassen, denn saß er selbst am Steuer, war er ein souveräner und sicherer Fahrer. Und heute war es ihr sogar besonders lieb, weil sie das Gefühl hatte, erst einmal ihre Gedanken ordnen zu müssen. Bisher hatte sie keine Sekunde Zeit gehabt, über die Ereignisse des Wochenendes nachzudenken, und sie konnte wirklich eine genauere Einschätzung der Lage gebrauchen.

Dankbar ließ sie sich in die dunkelroten Polster des Tesla Model 3 gleiten, während ihr Dad die Route im Bordcomputer aufrief. »Zukunft made in America«, nannte ihr technikbegeisterter Dad sein neuestes Spielzeug gern, und Ceecee musste zugeben, dass dieses sanfte Dahingleiten durchaus etwas für sich hatte. Allerdings war sie bei ihrem eigenen Auto immer froh, dass es ein paar Hebel und Knöpfe mehr hatte und sie nicht die ganze Zeit alles mithilfe eines Bordcomputers einstellen musste. Offenbar war sie da altmodischer als ihr Dad.

Sie verschränkte die Hände im Schoß, und ihr Blick fiel auf ihren eigenen Verlobungsring. Cal hatte sich nicht lumpen lassen; im Gegensatz zu dem Ring ihrer Mutter hatte ihrer einen rechteckigen Diamanten von fast zwei Karat in einem rechteckigen Schliff, das Band selbst war noch einmal von kleinen Steinen verziert. Er stammte von *Tiffany*, weil Cal wusste, wie sehr sie sich das immer gewünscht hatte, und Ceecee hatte in den Wochen nach ihrer Verlobung gern und oft erzählt, dass ihr Verlobter genau ihren Geschmack getroffen hatte. Der Ring war klassisch und modern zugleich. Doch heute früh, während sie ihn sich schnell auf den Finger gestreift hatte, war er ihr fremd und kalt vorgekommen, als hätte er sie dafür bestrafen wollen, dass sie ihn am Wochenende nicht getragen hatte.

Ceecee verzog den Mund und drückte sich tiefer in die weiche Polsterung. Sie fühlte sich völlig erschöpft, ihr Körper schmerzte an den unmöglichsten Stellen und erinnerte sie daran, wie oft sie an diesem Wochenende mit Rob geschlafen hatte. Bilder tauchten vor ihrem inneren Auge auf, von seinem muskulösen Körper unter ihr, von seinem Kopf mit den dunkelblonden Locken zwischen ihren Beinen, von seinen gebräunten Fingern auf ihren weißen Brüsten. Von dem Blick, den er ihr zugeworfen hatte, als sie in Slip und seinem T-Shirt in die winzige Kochnische gekommen war und er ihr einen Becher Kaffee gereicht hatte. Der Kaffee war perfekt gewesen, mit frisch gerösteten Bohnen aus dem *Lakeview* und genau der richtigen Menge heißer Milch, und Ceecee hatte nicht gewusst, ob sie genervt sein sollte, weil er sich offenbar so verdammt sicher gewesen war, dass sie kommen würde, oder gerührt, weil er sich die Mühe gemacht hatte, ohne ihr Wissen ihre Lieblingsmischung zu besorgen. Oder die Art und Weise, wie Matty auf ihn zugehüpft war, nachdem Ceecee sie aus dem Auto gelassen hatte, als wolle ihre Hündin sagen, dass es wirklich höchste Zeit war, dass sie ihren Kumpel mal außerhalb der Praxisräume zu sehen bekam. Und wie Rob vor der Hündin auf die Knie gegangen war und ihre Ohren gewuschelt hatte, ohne sich darum zu kümmern, dass der Weg zu seiner Hütte ziemlich matschig war. Wie Rob sie mit diesen grünen Augen angesehen hatte, wenn sie über Liz sprach, und wie sehr sie sich darüber freute, dass ihre beste Freundin wieder in Willow Springs war und auch bleiben würde. Es hatte sich angefühlt wie früher, als er ihr bester Freund gewesen war, einer dieser Herzensmenschen, mit denen man so direkt und unkompliziert diese ganz besondere Verbindung spürt. Das war das Beste an dem Wochenende gewesen: sich ihm wieder so nahe fühlen zu dürfen. Auch wenn der Sex schon ziemlich … ziemlich …

Ihr Vater räusperte sich, und Ceecee wurde klar, dass sie Willow Springs bereits etliche Meilen hinter sich gelassen und sie beide dabei geschwiegen hatten. Das war ungewöhnlich. Seit ihr Dad vor einigen Monaten in Rente gegangen war und nicht mehr als Geschäftsführer für einen erfolgreichen Landmaschinenhersteller arbeitete, nutzte er eigentlich jede Gelegenheit, sie sofort nach der geschäftlichen Entwicklung des *Lakeview* auszuquetschen. Im Allgemeinen schätzte sie diese Gespräche sehr, denn sie liebte es einfach, über ihr Café zu reden, und seine Tipps waren oft Gold wert. Manchmal fragte sie sich zwar, was er an ihrem Laden so spannend fand, schließlich war er für ein sehr viel größeres, international agierendes Unternehmen zuständig gewesen, aber bei ihren Diskussionen war er nie auch nur ein bisschen herablassend. Stattdessen schien er sich wirklich für ihr Café zu interessieren und was sie für seine Zukunft plante.

Doch heute hatte er offenbar etwas anderes im Sinn.

»Deine Mom und ich …« Er machte eine Pause und schüttelte den Kopf. »Nein, das stimmt nicht so ganz, Liebes. *Ich* habe mir in letzter Zeit ziemliche Gedanken gemacht, was dich angeht. Caroline meint ja, ich rede Unsinn und würde mir mal wieder viel zu viele Sorgen um nichts machen.« Wieder schwieg er, und Ceecee musste zugeben, dass sie diese Einleitung ein bisschen bedrohlich fand. Natürlich waren ihre Eltern gelegentlich unterschiedlicher Meinung, alles andere wäre trotz ihrer glücklichen Ehe ziemlich seltsam gewesen. Zugeben tat ihr Vater das allerdings nie, als würde er es insgeheim für illoyal halten, geschweige denn, dass er das auch noch so betonte wie jetzt. Dass ihre Mutter hingegen glaubte, ihr Mann würde manchmal ein bisschen zum Grübeln neigen, war nichts Neues. Sie zog ihn gern liebevoll damit auf.

Wieder räusperte er sich, als suchte er nach den richtigen Worten. »In den letzten Wochen …« Er zögerte, dann gab er sich sichtlich einen Ruck. »Na ja, Liebes, in den letzten Wochen warst du irgendwie anders als sonst. Ein bisschen blass um die Nase und dazu so angespannt, wie ich das gar nicht von dir kenne. Mir fehlt dein unbeschwertes Lachen, Ceecee, du wirkst … ruhelos, ja, ruhelos ist das richtige Wort. Kurzum, gar nicht wie eine glückliche Braut. Ich habe mich gefragt, ob das nur kalte Füße sind oder … oder vielleicht sogar mehr.« Er schaute sie nicht an, sondern hielt den Blick starr auf die Straße gerichtet.

Zu sagen, dass sie einen Schreck bekam, wäre stark untertrieben. Sie fühlte sich, als würde sie aus großer Höhe fallen.

»Keine glückliche Braut?«, stieß sie hervor. Sie hörte selbst, wie seltsam sie klang, ganz genau, wie ihr Vater das beschrieben hatte. Angespannt und bedrückt. Gleichzeitig stieg etwas anderes in ihr hoch, das sich ebenso seltsam anfühlte. Wut. Ja, sie war wütend auf ihren Vater. Sie hatte wirklich keine Lust, sich von ihm analysieren zu lassen und erst recht nicht, sich rechtfertigen zu müssen. Besonders heute nicht, wo sie endlich das Gefühl hatte, ihre Sorge, ihre ganz miese Stimmung der letzten Wochen würde sich in Wohlgefallen auflösen. Aber das konnte sie ihm schlecht sagen, oder?

Sie bemühte sich also um ein Lachen und fragte betont ruhig: »Kalte Füße? Wie meinst du das, Dad?«

Gut, dachte sie, auch wenn ihr Herz trotzdem wild ins Galoppieren geriet. Ahnte ihr Dad irgendwas? War er vielleicht am Wochenende bei ihr zu Hause vorbeigekommen, hatte sie nicht angetroffen und sich seine Gedanken gemacht? Oder hatte er sie vielleicht sogar mit Rob gesehen? Gab es irgendeinen Grund, warum er am Dancing Cloud Lake vorbeigekommen sein könnte? Warum sonst redete er plötzlich von kalten Füßen? Vielleicht wollte ihr Dad sie jetzt dazu bringen, von selbst auszupacken? Sie schnaubte empört. So etwas war gar nicht seine Art.

»Liebes, bitte, ich wollte dich nicht aufregen. Vielen Menschen kommen vor so einem wichtigen Schritt wie einer Ehe Zweifel. Das ist ganz normal. Selbst deine Mom hat mir irgendwann gestanden, dass ihre beste Freundin ihr eine halbe Stunde vor der Trauung einen doppelten Wodka einflößen musste, weil ihr die Beine so zitterten. Meistens hat das gar nichts zu sagen.« Er schüttelte kurz den Kopf. »Das heißt allerdings nicht, dass man es einfach beiseitewischen sollte. Und mir ist ein paarmal aufgefallen, dass du seit längerer Zeit alles andere als glücklich gewirkt hast. Ich hatte manchmal sogar den Eindruck, dich würde etwas bedrücken.«

Sie atmete auf. Offenbar hatte er keinen konkreten Verdacht, sondern wollte nur vorfühlen. Sie griff zur naheliegendsten Ausrede. »So eine große Hochzeit zu organisieren …«, setzte sie an, aber ihr Dad hob die Hand.

»Ja, ja, ich weiß, wie stressig diese ganze Planung ist. Und deine künftige Schwiegermutter macht es dir vermutlich auch nicht leichter. Amanda McNamara ist Perfektionistin durch und durch, und sie würde sich eher die Finger abhacken als sich die Chance entgehen zu lassen, aus der Hochzeit ihres Ältesten ein gesellschaftliches Großereignis zu machen. Dass sie sich so bei der Vorbereitung engagiert, ist für deine Mom und mich völlig in Ordnung. Zumindest, solange du das auch so willst. Allerdings gibt es mir zu denken«, hier schlich sich in seine liebevolle Stimme ein kritischer Unterton, »warum mein künftiger Schwiegersohn sich aus allem heraushält, was irgendwie anstrengend sein könnte. Er führt sich geradezu so auf, als ginge ihn eure Hochzeit nur am Rande etwas an.«

»Äh«, machte Ceecee. Es überraschte sie, dass ihrem Vater Cals Zurückhaltung bei der Hochzeitsplanung überhaupt aufgefallen war. Noch mehr aber irritierte sie seine Kritik. Beim Thema Hochzeit hatte Cal ihr schließlich von Anfang an wohlüberlegt völlig freie Hand gelassen, damit sie alles nach ihren Vorstellungen ausrichten konnte. Schließlich war ihr die Feier viel wichtiger als ihm, was auch ihr Dad genau wusste. Warum tat er dann so, als wäre das ein bisschen selbstsüchtig? Zumal sie sich sicher war, dass Cal ihr mehr zur Seite stehen würde, wenn sie ihn darum bäte. In den letzten beiden Wochen hatte er sich jedenfalls deutlich bemüht, trotz allem Stress in der Kanzlei und den Trainingseinheiten für den Ironman, wieder mehr Zeit für sie beide abzuzwacken. Manchmal musste man ihm eben ein bisschen auf die Sprünge helfen, wenn es um Beziehungsdinge ging. War das nicht bei allen Männern so?

Ihr Dad schien anderer Meinung zu sein, wie sich jetzt herausstellte. »Deiner Mom und mir war es von Anfang an wichtig, dass wir uns gegenseitig immer unterstützen und keiner von uns beiden auf längere Sicht zu kurz kommt. Ich glaube, das ist der Grund, warum wir heute noch so zufrieden miteinander sind.« Ceecee spürte mehr, als dass sie es sah, wie ihr Dad ihr von der Seite einen schnellen Blick zuwarf, als wolle er ihre Reaktion abschätzen. Eilig fuhr er fort: »Liebes, ich will dir nicht reinreden, du bist erwachsen und weißt selbst, was das Richtige für dich ist. Aber du musst deinem alten Dad nachsehen, wenn er sich Gedanken macht. Es ist nicht nur der Stress durch die Hochzeit, habe ich recht? Irgendetwas stimmt doch nicht.«

Ceecee dachte nach. Sollte sie ihm wirklich alles erzählen? Von Cals Sexverbot, ihrem Gefühlswirrwarr der letzten Wochen und dass sie tatsächlich mit Rob Sawyer ins Bett gegangen war? Ausgerechnet mit Rob, von dem alle Leute in Greenwood County wussten, dass er niemals bei einer Frau blieb? Und wie gut es sich trotzdem – oder gerade deshalb – angefühlt hatte? Weil es ja so im Grunde überhaupt keine Rolle spielte?

Denn das war genau der Punkt an der ganzen Sache: Das Wochenende mit Rob hatte schlicht und ergreifend nichts zu bedeuten. Es war nur Sex, dazu mit einem erfahrenen und rücksichtsvollen Liebhaber. Bei dem sie sich außerdem darauf verlassen konnte, dass er kein Sterbenswörtchen über ihr gemeinsames Ding verlauten lassen würde, und der darüber hinaus nichts, aber auch gar nichts von ihr erwarten würde. So hatte sie dieses Wochenende einfach genießen können, musste sich keine Gedanken über verpasste Gelegenheiten oder alte Zurückweisungen mehr machen oder sich darüber ärgern, weil Cal aktuell keine Lust auf Sex mit ihr hatte. Und Rob würde bald nach Madison gehen und sich dort vermutlich schnellstens mit der nächsten Frau trösten. Aber das könnte ihr dann auch egal sein.

Nur: Sollte sie das wirklich ihrem Dad berichten, dem größten Romantiker auf Erden, der seiner Frau immer noch Frühstück ans Bett brachte und mit verklärtem Blick von ihrer Hochzeit sprach? Bestimmt hatte er kein Verständnis für ein bisschen unverbindlichen Spaß kurz vor der Ehe. Und normalerweise wäre sie ganz seiner Meinung. Aber sie konnte sich trotzdem nicht dazu zwingen, deswegen ein schlechtes Gewissen zu haben. Dazu fühlte sich das Abenteuer mit Rob – sie musste plötzlich lächeln bei diesem Gedanken – einfach zu gut, ja, zu richtig an. Und warum auch nicht? Schließlich tat sie niemandem weh, sondern nahm das Leben einfach nur mal ein bisschen leichter als sonst.

»Es gibt für alles eine Lösung, Liebes.«

Eine Lösung? Beinahe hätte sie gelacht. Hatte sie denn nicht gerade die perfekte Lösung gefunden?

Ihr Dad hatte ja recht. Sie war in den letzten Wochen wirklich schlecht drauf gewesen. Aber das würde sich nun ändern, das wusste sie. Ihre kalten Füße waren eindeutig wieder warm; bestimmt wäre sogar Cal froh, wenn seine Verlobte wieder so entspannt und liebevoll sein konnte wie und je.

Denn selbst wenn sie spüren konnte, dass dieses Wochenende sie verändert hatte, eins war geblieben: Sie konnte sich nicht vorstellen, Cal *nicht* zu heiraten. Sie waren so lange zusammen, sie träumte so lange schon davon, seine Frau zu werden, mit ihm eine Familie zu gründen, endlich so glücklich sein zu dürfen wie ihre Eltern. In den letzten fünfzehn Jahren hatte sie gemeinsam mit Cal daran gearbeitet, sich eine Zukunft aufzubauen, die für sie beide perfekt war. Ihr wunderbares Haus, das so exakt nach ihren Vorstellungen eingerichtet war und das neben ihrer Küche und Cals Männerhöhle Platz für mehrere Kinderzimmer bot. Sein erfolgreiches erstes Jahr als Chef der Anwaltskanzlei und die ersten Schritte auf die politische Bühne. Ihr Ausbau vom *Lakeview,* das zu einer festen Anlaufstelle nicht nur für Touristen, sondern auch für die Einheimischen von Willow Springs geworden war. Und jetzt war es fast so weit, dieses perfekte Leben ganz öffentlich zu besiegeln, die Gäste waren eingeladen, das Menü war bestellt, die Blumen, die Band, sogar die Gastgeschenke waren eingepackt. Alles war bereit. Eigentlich brauchte sie nur noch das richtige Kleid für den Gang zum Altar.

Diese lang ersehnte Zukunft infrage zu stellen oder gar zu gefährden, nur wegen ein bisschen Spaß, ein bisschen Dampf-Ablassen? Nein, das wäre wirklich mehr als albern. Und es war ja schließlich auch nur noch eine kleine Durststrecke durchzuhalten: Wenn erst einmal die Hochzeit vorbei war und Cal den Ironman geschafft hatte, könnten sie sich wieder ganz aufeinander konzentrieren. Bis dahin musste sie nur ein wenig vorsichtig sein, damit niemand von der Sache mit Rob erfuhr und sich weder ihre Eltern noch Cal Sorgen machen mussten. Genau. Am besten fing sie gleich damit an, ihren Dad zu beruhigen.

»Ich gebe zu, es war in letzter Zeit nicht ganz einfach, Dad. Cal hat so große Zukunftspläne für …«, sie räusperte sich, »also für uns, und er vergisst manchmal, dass es in der Zwischenzeit auch ganz praktische Dinge zu regeln gibt. Aber das bedeutet doch nichts, auf lange Sicht gesehen. Cal und ich, wir sind füreinander bestimmt. Das wusste ich von Anfang an. Genau wie du und Mom.« Sie nickte bekräftigend.

»Natürlich, natürlich, bei mir und Caroline war es Liebe auf den ersten Blick. Ich habe nie auch nur einen einzigen Tag bereut, an dem wir zusammen waren, und ich hoffe, deiner Mutter geht es ebenso.« Ihr Vater lächelte einen Moment selbstvergessen, wurde aber sofort wieder ernst. »Aber erwarte nicht zu viel von dir, Liebes. Du und Cal, ihr wart noch so jung, als ihr euch in der Highschool ineinander verliebt habt. Es ist eine große Verantwortung, mit sechzehn und achtzehn Entscheidungen für das ganze Leben zu treffen. Ich war dagegen schon fast dreißig, als ich deine Mom kennengelernt habe, kein grüner Junge mehr. Ich wusste genau, was ich vom Leben wollte und was für mich das Richtige war. Du kannst mir glauben, davor habe ich mich ordentlich ausprobiert. Ich habe mir gründlich die Hörner abgestoßen, wie man so schön sagt. Und Caroline hatte bestimmt nichts dagegen, dass ich Erfahrung mitbrachte, wie man die Frauen glücklich macht. Ich bin mir sicher, du verstehst, was ich meine.«

»Dad!« Ceecee traute ihren Ohren nicht – das waren ja völlig neue Töne von ihrem Dad. Außerdem: Wollte sie so viel über das Liebesleben ihrer Eltern wissen, trotz ihrer neu gewonnenen Abgeklärtheit in puncto Sex? Sie schüttelte den Kopf. »Zu viele Informationen.« So weit war sie dann wohl doch nicht. »Ist echte Liebe denn wirklich eine Frage des Alters? Muss man nicht zugreifen, wenn man den Richtigen für sich findet?«, forderte sie ihn stattdessen heraus. »Mom war schließlich auch noch keine zwanzig, als ihr euch verlobt habt.«

»Stimmt. Aber hinter dem Mond ist sie nicht aufgewachsen. Deine Mom war in ihrer Jugend ein ganz wilder Feger, das kannst du mir glauben.«

»Dad!!« Das wurde ja immer schlimmer. »Hör auf, ich will das gar nicht hören!«

Er grinste. »Das waren die frühen 80er, Ceecee, da ist einiges passiert. Vergiss nicht, Safer Sex war noch kein Standardbegriff. Es war ganz normal, dass wir uns ausprobiert haben, gerade im Bett. Und ich frage mich manchmal, ob wir dir nicht vielleicht ein falsches Bild vermittelt haben. Also davon, wie es sein sollte, wenn man die Entscheidung füreinander trifft. Deine Mom und ich, wir haben vorher andere Partner gehabt. Ich musste mich gar nicht fragen, ob sie die Richtige ist, weil ich die Alternativen kannte. Nur mit ihr fühlte es sich so an, wie es sich anfühlen soll. Tut es noch immer. Und das ist ein verdammtes Glück. Das heißt aber nicht, dass es nicht auch mal ungemütlich werden kann, man nicht was einstecken oder unschöne Wahrheiten über sich selbst ertragen muss. Harte Arbeit ist es in jedem Fall.«

Ceecee überlegte. Das klang fast, als könne ihr Dad vielleicht doch verstehen, was sie umtrieb. Sagte er nicht mehr oder weniger, dass einen nichts beirren konnte, wenn man den richtigen Menschen gefunden hatte? Man aber für die wahre Liebe auch mal Kompromisse eingehen musste? Und tat sie nicht gerade genau das?

»Willst du damit sagen, Dad …«

Die scheppernde Stimme des Navis erklang. »In 300 Metern haben Sie Ihren ersten Zwischenstopp erreicht. Ihr Ziel befindet sich auf der rechten Seite.«

»Moment, Liebes, gleich bin ich wieder für dich da.«

Schwungvoll bog er auf den Parkplatz von *Ivory & White Bridal Fashion* ein, und Ceecee verspürte unwillkürlich Erleichterung. Gut, dass sie das Thema jetzt einfach beenden konnten, sonst würde sie vielleicht doch noch etwas Falsches sagen. Und das wollte sie nicht, das würde alles nur wieder kompliziert machen. Sie hatte wirklich genug von kompliziert. Nein, sie wollte nichts mehr bereden, sich keine Gedanken machen, sondern einfach nur ein Kleid finden und Anfang Oktober dann ihren Traummann heiraten. Punkt.

Sie schwieg, während Vince einen Platz in der Nähe des von Pflanzkübeln eingerahmten Eingangs suchte und anhielt. Ceecee öffnete eilig die Autotür und stieg aus. Den Blick fest auf die weißen Rosen in den Kübeln gerichtet, machte sie den ersten Schritt. Die Stimme ihres Vaters erklang in ihrem Rücken, hielt sie zurück. Mist. Sie drehte sich um.

Über das Autodach hinweg sah er sie an. »Was ich eigentlich sagen will, Liebes, auch wenn ich mich anscheinend nicht besonders geschickt dabei anstelle: Wenn du dir Sorgen machst, ob du diese Hochzeit wirklich willst, ob du mit Cal dein Leben verbringen möchtest, dann ist es noch nicht zu spät. Deine Mom und ich halten zu dir, egal, was passiert. Denn das Allerwichtigste für uns beide ist es, dass unser kleines Mädchen glücklich ist.«

»Dad, also echt. Sehe ich aus, als wäre ich nicht glücklich?« Vor dem Wochenende mit Rob hätte sie diesen Satz bestimmt nicht über die Lippen gebracht.

Ihr Dad musterte sie gründlich. Langsam verschwand der Zweifel aus seinem Gesicht. »Du hast recht, Ceecee. Verzeih deinem alten Herrn, der offenbar gerade lauter dummes Zeug geredet hat.« Er lächelte. »Oder vielleicht müsste ich Cal um Verzeihung bitten, denn ganz offensichtlich hat er in den letzten Tagen einen Weg gefunden, dir wieder dieses ganz besondere Strahlen aufs Gesicht zu zaubern.« Er nickte bedächtig. »Heute siehst du wirklich aus wie eine Braut, die ihren großen Tag kaum erwarten kann.« Wieder nickte er, dann wies er mit dem Kinn zum Eingang des Brautsalons. »Und jetzt gehen wir da rein und suchen für dich das schönste Kleid der Welt aus. Es sollen alle sehen, wie stolz ich auf meine wunderbare Tochter bin, wenn ich sie darin zum Altar führen darf.« Er blinzelte, und auch Ceecee wurde vor lauter Rührung die Kehle eng. In nicht einmal einem Monat würde sie heiraten, und alle, die sie liebten und die ihr wert und teuer waren, würden ihr dabei zusehen und sich mit ihr freuen, wenn sie endlich zu Cecilia Kaufman McNamara wurde.

Und vielleicht, ganz vielleicht, könnten sie und Rob auf dem Weg dahin die gemeinsame Leichtigkeit wiederfinden und ihre alte Freundschaft neu beleben. Die letzten Tage waren doch schon einmal ein guter Anfang gewesen, oder? Natürlich, er wäre dann in Madison, aber bestimmt käme er häufig nach Hause, allein schon um seine Pflichten als Onkel zu erfüllen. Sie musste lachen, als sie die Tür zum Brautsalon aufstieß. Wäre das nicht wunderbar, wenn sie alle gemeinsam glücklich sein könnten?

Kapitel 11

Rob zog die Tür zum Pausenzimmer hinter sich zu. Heute war es im Großen und Ganzen ziemlich ruhig, was ihm angenehm viel Zeit gab, über die letzten Tage nachzudenken. Er hatte nicht gewusst, dass man so glücklich sein und sich das Leben so anfühlen konnte. Eigentlich hatte er gedacht, er hätte in Sachen Sex alles erlebt. Aber er hatte feststellen müssen, dass es etwas ganz anderes war, wenn man mit der Frau schlief, die man über alles liebte. Eine völlig andere Dimension, dachte er und lächelte.

»Du bist heute aber gut gelaunt«, bemerkte sein Dad, der am Schreibtisch saß und offenbar ein paar E-Mails beantwortete. Seit Rob ihm gesagt hatte, dass er vielleicht die Praxis verpachten und nach Madison gehen wollte, arbeitete sein Dad wieder mehr, fast so, als müsse er sein Revier markieren. Statt bisher einen Tag war er nun sogar manchmal drei Tage die Woche hier, auch wenn er sich nach wie vor das Recht herausnahm, keine OPs mehr durchzuführen. Das war jedoch die einzige Veränderung gewesen, ansonsten hatte er mit keinem Wort die Pläne seines Sohnes erwähnt. Rob wusste nicht so recht, was er davon halten sollte; eigentlich hätte er erwartet, dass sein Vater gelegentlich darauf Bezug nehmen würde. »Ist vielleicht auch ganz gut so, deine Mutter hat nämlich angerufen.«

»Mom?« Rob runzelte die Stirn. »Was wollte sie? Und warum ruft sie an und schickt mir nicht wie sonst eine Nachricht?«

Abgesehen von dem jährlichen Besuch bei seiner Mutter in ihrer Heimat Florida beschränkte sich ihr Kontakt auf kurze Text- und Sprachnachrichten, um sich grob auf dem Laufenden zu halten. Schließlich war seine Mom mit ihrer großen Tierklinik in Tallahassee, die sie gemeinsam mit mehreren Partnern betrieb, ziemlich ausgelastet, und dazu kam das aktive gesellschaftliche Leben, dem sie zusammen mit ihrem zweiten Mann nachging. Rob fand das völlig ausreichend: Er kam zwar mittlerweile gut mit seiner Mom zurecht und mochte auch seinen Stiefvater Dwayne, der klugerweise nie versucht hatte, sich aufzudrängen, aber seine richtige Familie waren und blieben sein Vater und seine Schwestern.

Er griff nach einer Tasse und trat zur Kaffeemaschine.

»Sie wollte nicht mit dir sprechen, sondern mit mir.«

Rob stellte die Tasse unter dem Ausfluss ab und drehte sich zu seinem Dad um. »Mit dir?« Er konnte sich beim besten Willen nicht erinnern, wann seine Eltern das letzte Mal überhaupt miteinander gesprochen hatten. Vielleicht beim Collegeabschluss von Steph und Sally? Vermutlich. Aber der war ja nun auch schon fast zehn Jahre her. Dass seine Mutter anrief und dann auch noch etwas mit seinem Vater zu bereden hatte, konnte nichts Gutes bedeuten. Ihm wurde kalt. Schon während ihrer Ehe hatte Abigail Sawyer es immer ihrem Mann überlassen, schlechte Nachrichten zu überbringen.

»Sie ist doch nicht etwa«, er zögerte, »krank?«

Richard winkte ab. »Ach, i wo. Deine Mutter hörte sich fit an wie eh und je.«

Rob musterte seinen Dad. Dessen Haar war ähnlich dunkelblond und lockig wie sein eigenes, und trotz seiner gut sechzig Jahre fanden sich nur wenige graue Haare darin. Um seine grauen Augen – die grünen hatten Rob und seine Schwestern von ihrer Mom geerbt – zogen sich etliche Lachfältchen, weil Richard Sawyer so gern und oft lächelte. Doch trotz seines unbekümmerten Tonfalls wirkte er ungewohnt ernst. Wirklich, dachte Rob, eigentlich müsste er endlich mal über die Scheidung hinweg sein. Schlimm genug, dass sein Dad jeder Frau aus dem Weg ging, aber sich von einem bloßen Anruf so die Laune verhageln zu lassen – was zur Hölle hatte seine Mom nur gewollt?

»Nein, sie hat wegen der Praxis angerufen.«

»Wegen der Praxis«, wiederholte Rob und betätigte endlich den Knopf der Kaffeemaschine. Während das Mahlwerk aufheulte, versuchte er, seine Gedanken zu ordnen. Er verstand gar nichts mehr. Wollte seine Mom seinen Dad jetzt etwa in Businessfragen um Rat bitten? Aber das war doch dumm, schließlich hatte sie nicht nur mehrere Geschäftspartner, sondern auch eine viel größere Praxis als sie hier in Willow Springs. Er gab einen Schuss Milch in seinen Kaffee und setzte sich seinem Dad gegenüber. Dann verstand er. »Moment mal, wegen *unserer* Praxis? Warum?«

Sein Dad seufzte. »Ich hatte immer gehofft, ich müsste dir das nie erzählen. Abigail und ich …« Er zögerte. Räusperte sich. Schwieg.

Geduldig nahm Rob einen Schluck von seinem Kaffee und versuchte, Richard möglichst aufmunternd anzusehen.

»Damals, als deine Mutter und ich uns getrennt haben«, wieder hielt sein Dad inne, schluckte kurz, als hätte er einen trockenen Mund, und sprach dann weiter, »also, als deine Mutter und ich uns getrennt haben, hätte ich ihr eigentlich ihren Anteil der Praxis ausbezahlen müssen. Das war finanziell nur überhaupt nicht drin, ich hätte mir das beim besten Willen nicht leisten können. Wir hatten erst kurz vorher den OP-Raum komplett neu ausgestattet und dafür einen ziemlich hohen Kredit aufgenommen. Mehr Geld hätte die Bank nicht herausgerückt, erst recht nicht, um einen der beiden Geschäftspartner abzufinden. Das erhöht ja noch einmal das Risiko, wenn man nicht auf zwei Leute zurückgreifen kann. Die einzige Möglichkeit, Abigail ihren Anteil zu geben, hätte darin bestanden, die Praxis zu verkaufen und mir irgendwo anders einen Job als angestellter Tierarzt zu suchen. Ich wollte das nicht, ganz davon abgesehen, dass ich natürlich gar nicht wusste, ob ich überhaupt etwas in vertretbarer Nähe gefunden hätte. Nach der Scheidung war ich alleinerziehender Vater, ich musste ja auch für euch da sein. Außerdem konnte ich den Gedanken nicht ertragen, dass fremde Leute in eurem Elternhaus ein- und aus gehen – das wollte ich euch nicht zumuten. Ihr solltet weiter eine schöne Kindheit haben.« Sein Dad schaute ihn zerknirscht an, als wollte er sichergehen, dass Rob auch verstand, worum es ihm ging. »Es war eine verdammt harte Zeit.«

Rob nickte. Er stellte wieder einmal fest, dass er sich gar nicht mehr so genau an Details erinnern konnte; die Einzelheiten der Trennung hatte er weitgehend verdrängt. Ein häufiges Phänomen bei Scheidungskindern, wie er in der Zwischenzeit erfahren hatte, auch seinen Schwestern ging es so. Früher hatte er diese Erinnerungslücken immer ziemlich seltsam gefunden, zumal er sich an viele andere Sachen aus seiner Kindheit gut erinnern konnte. Mittlerweile aber hatte er sich daran gewöhnt.

»Jedenfalls habe ich Abigail angefleht, dass wir eine andere Lösung finden müssen. Sie hat zuerst etwas gezögert, gesagt, sie wolle sich von mir nicht übervorteilen lassen. Kann ich heute verstehen, schließlich hatten wir die Praxis gemeinsam aufgebaut, und Abigail hat genauso hart dafür gearbeitet wie ich. Aber damals war ich ganz schön wütend, das kannst du mir glauben.« Sein Vater nickte bekräftigend, auch wenn er eher gedankenverloren als aufgewühlt aussah.

»Dad, ich verstehe, dass das hart für euch beide gewesen ist. Und ich bin dir dankbar dafür, weil du nur das Beste für uns Kids wolltest. Es wäre schlimm gewesen, nach der Scheidung auch noch unser Elternhaus zu verlieren. Bloß kapiere ich nicht, warum du mir ausgerechnet heute früh davon erzählst. Oder warum Mom überhaupt aus heiterem Himmel wegen der Praxis anruft. Das sind doch alles uralte Geschichten, wohl kaum noch relevant, oder?« Rob sah seinen Vater prüfend an. Steckte vielleicht etwas ganz anderes dahinter? Wollte sein Dad, dass er blieb, ihm das aber gleichzeitig nicht so direkt sagen? »Dad«, setzte er daher behutsam an, »wenn es dich so stört, dass die Praxis von jemand anderem übernommen wird …« Er ließ den Satz in der Luft hängen. Natürlich, Cee und er hatten am Wochenende nicht über die Zukunft gesprochen, und er war nicht so vermessen zu glauben, dass ein paar wenige Tage alles zwischen ihnen verändern könnten. Aber gleichzeitig war er sich fast sicher, dass ihre Zeit zusammen Konsequenzen haben würde. Haben *musste*. Seine Cee war nicht der Typ Frau, der Sex auf die leichte Schulter nahm.

Richard winkte ab. »Nein, nein, meine Wohnung reicht mir, und für mich allein brauche ich das Haus nun wirklich nicht. Außerdem seid ihr ja jetzt alle groß. Solange ich genug Platz habe, wenn Sally oder du zu Besuch kommen wollt, ist alles völlig in Ordnung.«

Rob nahm einen weiteren Schluck Kaffee und musterte seinen Vater über den Tassenrand hinweg. So ganz nahm er ihm das nicht ab, denn ihm fiel plötzlich ein, wie überrascht und bedrückt Richard zuerst gewirkt hatte, als er ihm von seinen Überlegungen erzählt hatte, die Praxis zu verpachten.

Erleichterung wallte in ihm auf. Sollte er seinen Dad nicht jetzt schon einweihen, ihm erklären, dass sich seine Pläne sehr wahrscheinlich ändern würden?

Er öffnete den Mund, wollte etwas sagen, entschied sich im letzten Moment jedoch anders. Zuerst musste er mit Cee sprechen, erfahren, wie es mit ihnen weitergehen würde. Zu lange hatte sie sich in allem nach Cal gerichtet, und er wollte diesen Fehler nicht wiederholen. Nein, bei ihnen beiden sollte es anders sein, sie würden gemeinsam entscheiden. Er nickte mit dem Kopf.

»... dass du nach Madison gehen willst. Deswegen hat sie angerufen, weil sie mich an unsere besondere Vereinbarung erinnern wollte. Hörst du mir überhaupt zu, Sohn?«

Rob schreckte zusammen. »Sorry, Dad, ich war kurz abgelenkt. Welche besondere Vereinbarung denn?«

»Für den Fall, dass du oder eine deiner Schwestern die Praxis übernehmt, wäre alles in Ordnung. Ich müsste mich natürlich allein um den Kredit kümmern, klar, hätte ihr gegenüber aber keine weiteren finanziellen Verpflichtungen.« Er lächelte kurz, es sah fast ein bisschen wehmütig aus. »Deine Mom war immer gern unabhängig. Allerdings wollte sie noch eine kleine Versicherungspolice, so nannte sie das damals. Also haben wir vertraglich festgehalten, dass sie das erste Zugriffsrecht hat, sollte ich einen anderen Nachfolger finden müssen.«

»Und wenn ich jetzt die Praxis verlasse, dann ...«

Sein Dad nickte. »Wenn du jetzt die Praxis verlässt, tritt genau der vereinbarte Fall ein.«

»Aber Mom will doch bestimmt nicht zurück nach Willow Springs, oder?« Schon bei dem Gedanken musste Rob lachen, und auch Richard konnte sich ein Grinsen nicht verkneifen.

Dann jedoch wurde er schlagartig ernst. »Das nicht, nein. Aber sie meinte, sie wüsste vermutlich jemanden, der die perfekte Wahl wäre.«

»Oh«, machte Rob. Seine Gedanken rasten. Das klang verdammt konkret, so als würde quasi schon jemand mit gepackten Koffern vor ihrer Tür stehen. So schnell hatte er damit nun doch nicht gerechnet. Und gerade jetzt, wo plötzlich alles offen war, er wieder auf eine Zukunft in Willow Springs hoffen konnte ... Er versuchte das Ganze ins Harmlose zu ziehen, Zeit zu gewinnen. Später könnte er es sich ja immer noch anders überlegen. »Aber vielleicht ist das auch gar nicht so schlecht, oder? Bei den ersten Besichtigungen war niemand Passendes dabei. So müssen wir uns wenigstens nicht länger selbst auf die Suche machen, und wir sollten den Pachtvertrag in jedem Fall mit einer ganz kurzen Laufzeit abschließen. Ist ja noch gar nicht klar, wie es mir in Madison gefällt.«

Sein Dad schüttelte den Kopf. »Wenn es nur so einfach wäre. Deine Mom hat es zwar bloß angedeutet, aber ich glaube, sie ist völlig begeistert von der Aussicht, dass du Willow Springs verlässt. Sie hat mich jedenfalls in aller Ausführlichkeit daran erinnert, wie genau unsere Abmachung lautet, und keinen Zweifel dran gelassen, was das bedeutet – oder dass sie es durchziehen wird. Und sie hat leider das Recht auf ihrer Seite; der Vertrag ist absolut wasserdicht. Calvin McNamara hat ihn damals aufgesetzt, der alte Fuchs, der Schwiegervater von Amanda. Den konnte niemand über den Tisch ziehen.«

Rob starrte seinen Dad an. »Was zur Hölle meinst du?«

»Ich wünschte, ich hätte es dir nie sagen müssen, es tut mir wirklich leid. Aber die Sache ist die: Wenn du Willow Springs verlässt, geht die Praxis vollständig in den Besitz deiner Mutter über.« Richard holte tief Luft. »Und ich fürchte, das kann nur eins bedeuten. Wenn du gehst, kannst du nicht wieder zurückkommen.«

Kapitel 12

»Mensch, Sawyer, altes Haus, finde ich echt eine starke Leistung von dir, dass du uns heute hilfst. Wir können jeden Mann gebrauchen.«

Cals fröhliche Stimme drang von der offenen Tür in den Gastraum, wo Ceecee gerade dabei war, die Kartons voller Servietten in den Transportkorb zu verstauen. Sie und Liz hatten sich quasi in letzter Sekunde entschlossen, für das Maisfestival ein paar neue, mit ihrem Logo bedruckte Servietten zu bestellen, und die waren erst gestern Abend angekommen. Die weichen Tücher sahen echt klasse aus und waren den extra Aufwand wirklich wert. Neben ihr sortierte Liz die ebenfalls brandneuen, kompostierbaren Einweg-Kaffeebecher in einen weiteren Korb.

»Alles für die Damen«, antwortete Rob, und Ceecee meinte, das Lachen in seiner Stimme förmlich mit den Händen greifen zu können. Im nächsten Moment trat er in den Gastraum. In dem weißen Hemd und der dunklen Jeans sah er genauso frisch und aufgeräumt aus, wie seine Stimme geklungen hatte, er wirkte fast schon enervierend gut gelaunt. Selbst seine dunkelblonden Locken schienen Energie auszustrahlen. Und das, obwohl es gerade mal sechs Uhr morgens war und draußen nur langsam die Dämmerung einsetzte.

Beim Anblick von Liz wurde sein Gesichtsausdruck sanft und liebevoll. Er nahm sie kurz in den Arm und meinte dann so leise, dass es Ceecee gerade noch verstehen konnte: »Alles in Ordnung bei dir? Joe war wirklich beharrlich, muss ich sagen. Offenbar hat er Angst, ich würde Nein sagen, und du könntest dich beim Festival deswegen übernehmen.«

»Ja, ja«, winkte Liz ab. »Dem Baby und mir geht es wunderbar, macht euch bloß keine unnötigen Gedanken.«

»Hm«, machte Rob skeptisch.

»Ich bin nur schwanger, nicht krank«, sagte Liz streng. Dann aber fing sie an zu grinsen. »Trotzdem, für heute habe ich beschlossen, ganz einfach gnädig zu sein und dir und meinem Mann nicht den Spaß zu verderben. Wenn ihr euch wie meine standhaften Ritter aufführen wollt, bitte schön. Du kannst schon mal damit anfangen, Ceecee den Korb abzunehmen und zum Auto zu bringen.«

Er drehte sich zu Ceecee um. Sie lächelte ihn an, drückte ihm zur Begrüßung zwei unverbindliche Küsse auf beide Wangen und spürte einen Augenblick lang den warmen Druck seiner Finger an ihrer Taille, bevor er sich von ihr löste.

»Guten Morgen, Rob. Danke, dass du uns hilfst. Joe war am Boden zerstört, dass er selbst Dienst hat und Liz nicht zur Seite stehen kann.«

»Unser pflichtbewusster Chief of Police kümmert sich natürlich persönlich um die Sicherheit auf dem Festival, das ist doch klar«, meinte er nur milde und lächelte glatt. Er schien heute Morgen wirklich geradezu strahlend gelaunt zu sein. Tatendurstig klatschte er in die Hände, griff nach dem Korb mit den Servietten und war in der nächsten Sekunde zur Tür raus.

Ceecee schaute ihm kurz hinterher. Rob verhielt sich exakt so, wie sie es erwartet hatte. Wenn sie es recht überlegte, tat er vielleicht sogar noch einen Tick unverbindlicher und unbeschwerter, als es wirklich nötig gewesen wäre. Nicht mit einem Wort, nicht mit einem Blick deutete er an, dass sie noch vor drei Tagen vor Lust stöhnend in seinen Armen gelegen hatte. Ziemlich genau um diese Uhrzeit sogar: Schließlich war sie am Montag um kurz vor sieben von seiner Hütte aufgebrochen, um pünktlich bei ihren Eltern zu sein, und heute war Donnerstag. Sie spürte, wie ihr bei der Erinnerung das Blut in die Wangen stieg, und drehte sich zur Küche um, damit Liz ihr nichts anmerkte. Rein aus Sicherheitsgründen, versteht sich, denn schämen tat sie sich deswegen immer noch nicht. Manchmal musste sie sogar über sich selbst den Kopf schütteln, wie entspannt und friedlich sie sich in den letzten Tagen gefühlt hatte. Dementsprechend glatt war alles gelaufen.

Am Montag hatte sich zuerst die sorgfältige Vorarbeit ihrer Mom endlich ausgezahlt: Ihr Dad und sie hatten schon im zweiten Laden ein unglaublich hübsches Brautkleid gefunden, einen richtigen Traum aus weißer Seide. Besonders gefallen hatten ihr die eleganten Dreiviertelärmel aus antiker Spitze und der herzförmige Queen-Anne-Ausschnitt – und die Tatsache, dass es ihrem Dad glatt die Sprache verschlagen hatte, als sie damit aus der Umkleidekabine kam. Sie hatte selbst nicht zu sagen vermocht, warum ihr die Entscheidung auf einmal so leicht erschienen war, denn im Grunde hatte sie schon etliche Kleider anprobiert, die ganz ähnlich waren. Vielleicht lag es tatsächlich daran, dass ihr Dad bei ihr war und er sie in diesem Kleid mit Tränen in den Augen ansah. Oder es war wirklich nur der Knoten geplatzt und ihr klar geworden, dass sie in letzter Zeit so manches übertrieben kompliziert gesehen hatte. Schließlich war das Kleid nicht nur wahnsinnig hübsch, sondern setzte auch alle ihre Vorzüge ins genau richtige Licht. Selbst wenn es vielleicht nicht ihr absolut perfektes Wunschkleid war, weil sie sich darin immer noch wie Ceecee Kaufman fühlte und nicht wie eine Prinzessin – was würde das schon ausmachen in zehn, zwölf oder fünfzig Jahren? Manchmal war gut einfach gut genug, jedenfalls besser als ein unerreichbares Perfekt.

Doch die endlich erfolgreiche Brautkleid-Jagd war nicht die einzig positive Bestätigung: Die letzten Vorbereitungen für das Maisfestival waren gar nicht stressig gewesen, ihr im Gegenteil leicht von der Hand gegangen, und sie fand es sogar nicht weiter schlimm, dass Cal seit seiner Rückkehr aus Milwaukee quasi nur von seinem Wochenende schwärmte und welche bahnbrechenden Empfehlungen dieses Trainergenie für ihn persönlich gehabt hatte. Denn obwohl sie sich zu Beginn seines Ironman-Projekts letztes Jahr redliche Mühe gegeben hatte, seine Begeisterung zu teilen, langweilte sie dieses Thema leider mittlerweile ganz schön. Zu oft hatte er erzählt, mit welchen Hacks er die entscheidenden paar Minuten und Sekunden herausschlagen und mit welcher Ausrüstung er ganz nach vorn kommen wollte. Aber in dieser Woche konnte sie sogar mit einem echten Lächeln seinen schier endlosen Ausführungen zu den schwierigen thermischen Bedingungen entlang der Radstrecke folgen und wie er am besten mit der Einsamkeit auf dem Highway 19 umgehen würde, der letzten langen Etappe beim Ironman, die so viele Teilnehmer kurz vor dem Ziel zur Verzweiflung trieb.

Sie hatte selbst über ihre neue Gelassenheit gestaunt.

Allerdings waren gestern Abend erste Risse in der Idylle entstanden. Zunächst einmal hatte ihr Liz mitgeteilt, dass Joe nicht wie geplant bei ihrem Stand mitanpacken konnte, weil es gleich mehrere Krankheitsfälle bei der Polizei von Willow Springs gab. »Wenigstens haben sie sich nicht alle gegenseitig angesteckt«, hatte Liz gesagt, »darüber regt Joe sich nämlich total auf, wenn irgendjemand Bazillen im Revier anschleppt, weil er oder sie glaubt, man könne nicht auf sie verzichten. Aber bei einem Beinbruch, einer heftigen Magenverstimmung und einer Entzündung nach einer Bissverletzung im Dienst kann man wohl davon ausgehen, dass alle unabhängig voneinander ausfallen. Wobei die Sache mit dem Biss auch keine Meisterleistung war. Der betreffende Deputy hat sich einfach geweigert, zum Arzt zu gehen, nachdem ihn der Perserkater von Gabrielle Kershaw ganz unglücklich an der Hand erwischt hat, als er ihn vom Baum retten wollte.« Sie hatte tief geseufzt. »Falsch verstandener Männerstolz, wenn du mich fragst, aber Joe glaubt, der Kollege hätte Angst vor einer Tetanusspritze gehabt. Jedenfalls wundert es mich gar nicht, dass man einen schlimmen Infekt bekommt, wenn einen das Viech von Gabrielle beißt – bei dem Gift, das seine Besitzerin gewohnheitsmäßig versprüht.«

Ceecee hatte zuerst grinsen müssen, dann aber den Hauch eines schlechten Gewissens verspürt. Selbst wenn die verwöhnte Gabrielle Kershaw nicht unbedingt zu ihren Lieblingsmenschen in Willow Springs gehörte, hatte sie Liz' Unterstellung doch ein bisschen gemein gefunden. Zumal ihr als eingefleischte Hundebesitzerin die meisten Katzen mit ihren spitzen Krallen und Zähnen und diesem divenhaften Getue ohnehin suspekt waren, sogar wenn sie jemand Nettem gehörten wie Joe oder dem reizenden Ehepaar Tillman. Aber wie dem auch sei, ohne Joes Hilfe waren sie ganz schön aufgeschmissen, denn neben dem Stand sollte auch das Café noch am Laufen gehalten werden; sie konnten jedes zusätzliches Paar Hände gebrauchen. Bevor sie dazu etwas hatte sagen können, hatte Liz schon verkündet, dass Joe prompt Rob als Ersatz angeworben und der sich dabei äußerst nett und willig gezeigt hätte. Was Ceecee ebenso prompt klargemacht hatte, dass sie das Wochenende zwar keinesfalls bereute, sie aber trotzdem noch nicht genau wusste, wie sie mit Rob umgehen sollte, wenn sie sich das nächste Mal sahen. Irgendwie hatte sie ihn sich in den letzten Tagen schon mehr oder weniger in Madison vorgestellt und ausgeblendet, dass er ihr jederzeit über den Weg laufen konnte.

Bei näherer Betrachtung war das natürlich ziemlicher Quatsch. Vermutlich war das ein ausgeklügelter Verdrängungsmechanismus von ihrem Hirn, weil das Wochenende mit ihm sich dadurch fast schon unwirklich anfühlte, quasi surreal, als hätte es außerhalb von Zeit und Raum stattgefunden. Wie ein erotischer Traum von einem Fremden, der einen beschwingt durch den Tag führte, ohne dass er etwas mit dem echten Leben zu tun haben musste. Rob machte sich wahrscheinlich auch keinerlei Gedanken mehr und würde sicherlich niemals auf ihre gemeinsame Zeit anspielen. Sie müsste nur die Nerven behalten und sich nicht aus der Ruhe bringen lassen, und alles würde gut. Bestimmt.

Ihre unbeschwerte Stimmung hatte eine gute halbe Stunde angehalten. In der Zeit hatte sie ihre liebste Playlist auf laut gestellt und war ein bisschen durch die Küche gewirbelt. Während sie an einem besonders hartnäckigen Fleck auf dem Spülbecken geschrubbt hatte, dazu inbrünstig einen ihrer all time favorites von Taylor Swift mitgesungen und ausgelassen mit dem Po gewackelt hatte, war sie sich sicher gewesen, dass nichts und niemand ihre gute Laune würde erschüttern können. Als Cal in der Küche aufgetaucht war, um ihr zu sagen, dass er jetzt zum Training aufbrechen wollte, hatte sie nur mit dem Putzlappen gewinkt und weitergesungen, was er gutmütig mit einem »Dir auch noch viel Spaß« und einen liebevollen Klaps auf ihren sich rhythmisch bewegenden Allerwertesten quittiert hatte.

Kurz danach hatte sie sich – ein ganz kleines bisschen außer Atem, aber immer noch voller tanzender Glückshormone im Blut – mit einem frisch gebrühten Espresso Macchiato auf einem Stuhl an der blitzblanken Kücheninsel niedergelassen und nach ihrem Handy gegriffen. Sie würde nur noch schnell das Wetter für die nächsten Tage auf dem Maisfestival checken und dann … Beinahe hätte sie den ersten Schluck wieder ausgespuckt, als auf dem Bildschirm die Wörter *Verpasster Anruf: Rob* erschienen war. Sie hatte wirklich komplett verdrängt, dass sie seine Nummer noch abgespeichert hatte. Benutzt hatte sie die jedenfalls ewig nicht mehr, denn die Termine für Matty machte sie logischerweise unter seiner Praxisnummer oder gleich persönlich aus.

Was sollte sie jetzt tun? Ihn zurückrufen? Oder ihn ignorieren?

Sie ließ das Handy sinken und überlegte. Soweit also zu ihrer Theorie, dass Rob über ihr Wochenende einfach hinweggehen würde. Nein, stattdessen versuchte er sogar, bei ihr anzurufen. Eigentlich seltsam, dass er ihre Handynummer noch hatte – er war eher der organisierte und nicht so der sentimentale Typ, jedenfalls hatte sie ihn nicht so in Erinnerung. Ihr hatte seine pragmatische Ader schon in der Schule imponiert, und plötzlich fiel ihr auch wieder ein, dass er früher gern seine Eltern zitiert hatte, ein Tierarzt müsse vor allen Dingen an das Wohl seiner Patienten und nicht an seine eigenen Gefühle denken.

Merkwürdig, sie hatte ganz vergessen, dass er das früher immer gesagt hatte. Aber auf einmal stand es ihr ganz klar vor Augen. Sie musste daran denken, wie sie im Urlaub am Lake Michigan mit Matty zu einem fremden Tierarzt hatte gehen müssen, weil die sich den Magen verdorben hatte. Der Tierarzt hatte ihre Terrierdame zwar schnell kuriert, trotzdem hatte sie selbst wegen seines übertrieben mitfühlenden Getues das ungute Gefühl gehabt, ihre Mathilda wäre kurz davor, in die ewigen Jagdgründe einzugehen.

Im Großen und Ganzen ein ziemlich verunglückter Urlaub, wenn sie sich jetzt so recht erinnerte; es war wirklich eine Schnapsidee von ihr gewesen, Matty mit zum Strandurlaub an den Lake Michigan zu nehmen. Meine Güte, was hatte Cal damals genervt reagiert, als die Hündin das halbe Hotelzimmer vollgekotzt hatte! Ihr war das eher wegen der Reinigungskräfte peinlich gewesen, sie hatte danach extra ein riesiges Trinkgeld im Zimmer hinterlassen. Und bei ihrer Rückkehr nach Willow Springs hatte Rob beim Check-up für Matty dann zwar mitfühlend, aber zum Glück auch nicht übertrieben besorgt reagiert. Das hatte ihr wirklich gutgetan, zumal Cal bei dieser Gelegenheit ein bisschen gebraucht hatte, bis er ihr und Matty verziehen hatte. Er hatte sich so sehr auf ein paar geruhsame Tage gefreut und es nur schwer verkraften können, dass ihre Hündin ihm da einen Strich durch die Rechnung gemacht hatte.

Sie schüttelte den Kopf. Statt über längst vergangene Sommerurlaube nachzudenken, sollte sie lieber herausfinden, was Rob von ihr wollte. *Denk dran, Ceecee, nicht alles zu kompliziert machen,* ermahnte sie sich und nahm zur moralischen Stärkung noch schnell einen Schluck Espresso. *Augen zu und durch!* Sie tippte auf das Symbol für den Rückruf.

»Cee«, erklang Robs Stimme an ihrem Ohr, ohne dass es auch nur einmal geklingelt hätte.

»Rob, hallo.«

Es entstand eine Pause, und Ceecee wusste nicht, was sie jetzt sagen sollte. Schließlich hatte er bei ihr angerufen, da konnte sie doch eigentlich erwarten, dass er zumindest ansatzweise wusste, was er sagen wollte. Oder? Wobei es natürlich schon sinnvoll war, wenn sie besprachen, wie sie morgen miteinander umgehen sollten.

»Also, ich wollte ...«

»Ich habe mir gedacht ...«

Wieder eine Pause, bevor sie gleichzeitig sagten: »Du zuerst.«

Rob lachte und sagte warm: »Nein, wirklich, Cee, sag du doch bitte zuerst, was du dir denkst.«

Sie stimmte in sein Lachen ein und merkte, wie ihr plötzlich leicht ums Herz wurde. »Es war ein wirklich wundervolles Wochenende, Rob, ich danke dir dafür. Ich weiß ja, dass du bald nach Madison gehst, aber vielleicht kann trotzdem zwischen uns wieder alles wie früher werden.«

»Wie früher«, wiederholte er langsam. »Welches früher genau meinst du denn?« Das Lachen war aus seiner Stimme verschwunden.

Sie runzelte die Stirn. So viele verschiedene »Früher« ihrer Freundschaft gab es ja nun nicht. Oder meinte er … Sie lehnte sich unwillkürlich in ihrem Stuhl zurück und überlegte. Konnte es wirklich sein, war es denkbar, dass er auf die Nacht von ihrem Abschlussball anspielte? Denn damals war tatsächlich alles anders zwischen ihnen gewesen als sonst. Damals waren sie keine Freunde gewesen, sondern Liebende. Zumindest hatte sie das geglaubt.

Nein. Auf gar keinen Fall. An diese Nacht erinnerte sich nur sie; er hatte am nächsten Morgen mehr als deutlich gemacht, dass er selbst dank eines spektakulären Filmrisses alles vergessen hatte, was zwischen ihnen passiert war. Angeblich erinnerte man sich sein Leben lang an das erste Mal, und für sie selbst galt das auch: Sie wusste noch genau, wie sie damals mit Rob in der Honeymoon Suite gelandet war und sie tatsächlich miteinander geschlafen hatten. Obwohl sie sich eigentlich für Cal hatte aufsparen wollen und sie schon ein romantisches Wochenende in Chicago gebucht hatten, um es endlich zu tun. Vielleicht war sie damals vor diesem wichtigen Schritt ein bisschen zu aufgeregt gewesen, vielleicht war es auch der ungewohnte Champagner, den irgendjemand aus dem Freundeskreis in ihre Limousine für die Promnacht geschmuggelt hatte. Danach hatte sie jedenfalls ihr Bestes getan, diese Nacht zu verdrängen, auch wenn sie damals tatsächlich für ein paar Stunden geglaubt hatte, sie und Rob … Aber das war nur eine bloße Illusion gewesen, eine kleine dumme Verblendung, die von seinem Verhalten am nächsten Morgen sofort zerstört worden war. Ihm hatte das Ganze überhaupt nichts bedeutet, ja, er hatte es einfach vergessen, als wäre nie etwas gewesen, während sie fast schon bereit gewesen wäre, ihr ganzes Leben für ihn umzukrempeln. Was hatte sie sich in den Tagen und Wochen danach für die Gedanken dieser Nacht geschämt!

»Ja, wie früher«, sagte sie deshalb betont unverbindlich. »Du weißt schon, du, ich, Liz … beste Freunde.«

»Ah«, sagte er, »ja, beste Freunde.« Sie konnte seinen Tonfall nicht deuten. Hörte sie da etwa ein Seufzen? »Weil ich ja nach Madison gehe. Stimmt.«

»Das wäre doch schön, oder nicht, Rob? Eigentlich waren unsere Gespräche an diesem Wochenende …« Weiter kam sie nicht, er unterbrach sie hastig.

»Cee, tut mir leid, jemand ist gerade an der Tür, vermutlich ein Notfall. Dann sind wir ab jetzt wieder beste Freunde, verstehe. Wie du willst, machen wir so. Alles klar. Verstehe … verstehe. Wir sehen uns dann morgen, um kurz vor sechs. Bye.« Bevor sie reagieren konnte, hatte er bereits aufgelegt. Natürlich, wenn ein Notfall vor der Tür stand, musste es schnell gehen.

Das hatten sie und Matty ja gerade erst vor ein paar Wochen erlebt. Trotzdem, irgendetwas kam ihr seltsam vor – und das lag nicht nur daran, dass er zuletzt so extrem gehetzt geklungen hatte. Nein, das eigentlich Seltsame war, dass sie sich selbst irgendwie unbefriedigt fühlte. Dabei hatte sie doch genau das bekommen, was sie wollte: ein Wochenende mit fantastischem Sex hatte als Sahnetüpfelchen auch noch die Versöhnung mit Rob herbeigeführt. Jetzt konnte sie endlich mit der Geschichte damals abschließen.

»Ja, genau«, murmelte sie und griff nach ihrem Espresso. Der Kaffee war noch perfekt temperiert, so kurz war ihr Gespräch mit Rob gewesen. Und doch hatte sie das Gefühl, in den letzten Minuten eine dieser unwiderruflichen Entscheidungen getroffen zu haben, von denen man nicht wusste, welche Folgen sie haben würde.

Kapitel 13

Rob schaute blicklos auf das lustige Treiben auf dem Maisfestival und fletschte innerlich unablässig die Zähne. Wie jeder in Willow Springs liebte er normalerweise die vier Tage Jahrmarkt Mitte September, zwei Wochen nach Labor Day, feierten sie damit doch ein letztes Mal den vergangenen Sommer und läuteten gleichzeitig den Herbst ein. Auch dieses Jahr hatten sie mit dem Wetter Glück, es war jetzt am Nachmittag nicht zu heiß, und – noch wichtiger – es regnete nicht in Strömen. Das hätte die Festwiese hinter der methodistischen Kirche nämlich unweigerlich in eine Schlammpiste verwandelt. Stattdessen war es einfach einer dieser angenehmen Tage im Frühherbst, der schon golden leuchtete, aber noch nach Sommer roch, mit der einen oder anderen Wolke am Himmel und einem leichten Wind. Wäre es allerdings nach Rob gegangen, hätte es eigentlich donnern, blitzen und hageln müssen, denn er erlebte gerade den allerschwärzesten Tag seines Lebens. Schlimmer als der Tag, an dem er seinen Vater beim hilflosen Weinen hatte zusehen müssen, nachdem der erfahren hatte, dass seine Exfrau wieder heiraten wollte. Schlimmer als der Tag, an dem er zum ersten Mal hatte einen Patienten einschläfern müssen. Ja, schlimmer noch als damals der Tag nach dem Abschlussball.

Gestern Abend nach dem Gespräch mit Cee hatte er das Telefon auf den Tisch fallen lassen und es angestarrt wie eine tickende Bombe. Natürlich war kein Notfall an seiner Tür gewesen. Aber er hatte einfach nicht länger zuhören können, wie ihre sanfte Stimme, ihre fast schon unschuldige Freude über eine mögliche Versöhnung mit ihm alle seine Hoffnungen auf eine glückliche Zukunft mit ihr zerstörte. Zitternd und mit klappernden Zähnen wie bei einem Schüttelfrost war er aufgestanden und hatte die ungeöffnete Flasche Bourbon aus dem Schrank geholt, die ihm vor drei Jahren Mrs. Driscoll geschenkt hatte, nachdem er ihrer Britisch-Kurzhaar-Katze bei der allerersten Geburt beigestanden hatte. Ohne sich um ein Glas zu scheren, hatte er direkt einen Schluck aus der Flasche genommen. Der Whiskey war ihm die Kehle hinabgebrannt, hatte genauso furchtbar geschmeckt, wie er erwartet hatte. Er hatte noch nie etwas für Hochprozentiges übriggehabt. Doch der scharfe Geschmack von Alkohol hatte ihn nach Luft schnappen lassen, das taube Gefühl des ersten Schocks verjagt. Er hatte versucht, seinen Atem und das Zittern etwas unter Kontrolle zu bringen, was ihm nach kurzer Zeit auch einigermaßen gelungen war.

Ohne weiter nachzudenken, hatte er wieder zum Handy gegriffen. »Mom? … Ja, mir geht es fantastisch, wunderbar, wirklich. Ich wollte mich noch bei dir melden wegen der Praxis.«

Sein Vater hatte recht gehabt, seine Mutter war tatsächlich begeistert von der Aussicht gewesen, dass er Willow Springs verlassen und »nicht in diesem unerträglichen Kaff versauern« wollte, wie sie es jetzt genannt hatte. Die Ironie, dass sie gleichzeitig einem ihrer begabtesten jungen Kollegen die Praxis verpachten wollte, schien ihr nicht weiter aufzufallen. Es dauerte keine fünf Minuten, da hatte sie ihm zugesagt, dass der Kandidat vermutlich nächste Woche, spätestens aber übernächste Woche vorbeikommen würde, um sich alles anzusehen. Und nein, wenn alles passen würde, wäre es sicherlich kein Problem für ihn, auch kurzfristig nach Willow Springs umzuziehen. »Vielleicht nicht Anfang Oktober, Darling, aber Kevin ist nicht nur ein verdammt guter Tierarzt, sondern auch kurz entschlossen, falls es nötig ist. Das klappt schon«, hatte sie ihm gut gelaunt versichert. Er war ihren Fragen, wo es denn so schnell für ihn hingehen sollte, mehr oder weniger geschickt ausgewichen, hatte nur etwas von »einer kleinen Auszeit oder so« angedeutet. Das hatte sie anscheinend zufriedengestellt, vermutlich weil sie sich nicht vorstellen konnte, dass man wirklich ernsthafte Gründe brauchte, um Willow Springs verlassen zu wollen. Immerhin verstand sie, wie wichtig ihm seine Patienten waren und dass weder er noch sein Dad sich mit jemandem abfinden würden, der nicht exzellent in seinem Job war. Das Berufsethos und seine Liebe zu Tieren hatte er definitiv von beiden Elternteilen geerbt.

Er trommelte mit den Fingern auf den behelfsmäßigen Tisch, den Cal und er am Morgen neben dem *Lakeview*-Trailer aufgebaut hatten, damit die Crew gelegentlich eine Pause machen konnte. Vermutlich saß er jetzt schon viel zu lange hier, aber er schaffte es einfach nicht, in den Wagen zurückzugehen und weiter den charmanten Verkäufer für all die Köstlichkeiten zu geben, die Liz und Cee sich für das Maisfestival ausgedacht hatten. Muffins mit Maismehl und wilden Blaubeeren, Donut Holes mit sahniger Maisfüllung, Pizza mit Artischocken, Pesto und Mais, Maissalat mit Avocado und genau der richtigen Chilischärfe, drei verschiedene Sorten Maisbrot, dazu noch eine Auswahl ihrer beliebtesten Kuchen und Snacks aus dem maisfreien Sortiment für diejenigen Gäste, die mit dem namensgebenden Süßgras des Festivals nichts anfangen konnten – die beiden hatten sich wirklich selbst übertroffen, und da war es nur logisch, dass sich gefühlt schon halb Greenwood County durch ihr Angebot getestet hatte. Er hatte versucht, sich nichts anzumerken zu lassen, hatte schlechte Witze gerissen und gelächelt, bis ihm die Wangen schmerzten und die Augen brannten, war sich aber nicht sicher, wie erfolgreich er seine wahre Stimmung hatte verbergen können. Zumindest Liz hatte ihn ein-, zweimal etwas merkwürdig von der Seite angesehen.

Er dachte daran, dass er am besten heute noch seinem Vater beichten musste, welchen Besuch sie in nächster Zeit erwarten würden. Bisher hatte sich dieser Kevin zwar nicht mit konkreten Terminvorschlägen bei ihm gemeldet, aber wenn er so tüchtig war, wie es seine Mom behauptete, konnte das ja nicht allzu lange dauern. Er hatte keine Ahnung, wie sein Dad reagieren würde, ob schicksalsergeben oder wütend, aber er brachte einfach nicht die Kraft auf, sich deswegen auch noch Sorgen zu machen. Sicherlich würde sich das bald ändern und dieses Gefühl von Taubheit und Erschöpfung verschwinden. Im Moment musste er allerdings darauf vertrauen, dass Richard ihn verstehen und unterstützen würde – selbst wenn er ihm nicht den Grund nennen konnte, warum er es jetzt plötzlich so eilig hatte, aus Willow Springs wegzukommen. Zum Glück hatte sein Dad wenigstens unabhängig von der Praxis für sein Alter vorgesorgt, in dieser Hinsicht konnte er es also verschmerzen, wenn sie in den Besitz seiner Mutter übergehen würde. Bloß wenn dieser Kevin darauf bestehen sollte, dann ab sofort auf seine Mitarbeit in der Praxis zu verzichten ... das wäre schon ziemlich schlimm für seinen Dad. Rob schluckte.

Das Allerschlimmste an diesem Tag war jedoch das Verhalten von Cee. Sie mochte sich vielleicht einreden, es wäre jetzt alles geklärt und sie könnten wieder nur beste Freunde sein, wie damals in der Highschool. Er glaubte ihr sogar, dass sie das wirklich in aller Unschuld dachte und sich darauf freute, wenn sie wieder ganz entspannt miteinander umgehen konnten. Nur hatte Rob zu viel Erfahrung, um die eindeutigen Zeichen nicht deuten zu können. Die Art und Weise, wie sie ihn ein bisschen zu lange ansah, die Neigung ihres Kopfes, wenn sie ihn selbstvergessen anlächelte, ihre leichte Nervosität und nicht zuletzt die vielen zufälligen Berührungen – sie wusste es vielleicht nicht, aber sie begehrte ihn immer noch. Fast war er ein bisschen schockiert, wie wenig sie sich selbst und ihre eigenen Bedürfnisse kannte. Und er selbst war sich nicht sicher, wie er damit umgehen sollte. Sollte er dafür sorgen, dass sie ihrer Sehnsucht nachgab, wieder und wieder zu ihm kam und ihre Affäre kurz vor der Hochzeit öffentlich machen? Erbarmungslos all ihre Selbsttäuschung niederbrennen und aus dem Weg räumen, egal, wie die Konsequenzen dann aussahen? Sie vor allen bloßstellen, die ihr wichtig waren, ihr jede Selbstachtung nehmen und hoffen, dass aus den Trümmern noch etwas Gutes entstehen könnte? Aber selbst wenn er dann – ganz vielleicht – die Frau für sich hätte, war doch eins klar: So würden sie niemals das Leben führen können, das er sich für sie wünschte. Das sie beide verdienten. Sollte er nicht besser den Weg wählen, auf dem er gestern so instinktiv die ersten Schritte gemacht hatte, und versuchen, sie endlich zu vergessen? Sie vor sich selbst schützen und das Feld Cal überlassen, damit sie mit ihm die Zukunft aufbauen konnte, von der sie glaubte, sie würde sie glücklich machen? Er stöhnte. All die sorgfältig ausgearbeiteten Pläne der letzten Wochen, und er war wieder bei null.

Die Tür zum Trailer ging auf, und Liz steckte den Kopf heraus. »Ach, Rob, gut, dass du da bist, ich habe schon befürchtet, du hättest dich auch aus dem Staub gemacht.«

Er musste nicht fragen, wen sie damit meinte: Cal war gleich nach dem Aufbau Richtung Kanzlei verschwunden. Allerdings musste Rob fairerweise zugeben, dass er sich vorher auch für die harten Arbeiten nicht zu schade gewesen war und außerdem versprochen hatte, zum hektischen Nachmittagsgeschäft wieder anzutreten. Liz war nun einmal besonders kritisch Cal gegenüber, selbst wenn er davon überzeugt war, dass sie Cee niemals spüren ließ, wie groß ihre Skepsis gegenüber deren Verlobten in Wirklichkeit war. Noch vor Kurzem hätte er ihr schon allein deswegen widersprochen, damit sie keinen Verdacht hegte, was seine Gefühle für Cee anging. Diesmal jedoch winkte er nur müde ab, während er gleichzeitig eine gewisse Ungeduld bei sich registrierte. Es war ja schön und gut, wenn sie beide sich so einig waren, dass Cal nicht der Richtige für Cee war, aber änderte das was? Klar, sie konnten ab und zu ein bisschen Dampf ablassen, aber mehr Bedeutung hatte es nicht. Es war nur ein bisschen Trost.

Wie es wohl heute zwischen Cee und Cal aussehen würde, wenn Liz schon zu Beginn ihrer Beziehung offen ihre Bedenken geäußert hätte? Statt immer nur gute Miene zum bösen Spiel zu machen und darauf zu hoffen, dass jemand so Kluges wie ihre beste Freundin irgendwann selbst kapierte, was Sache war und niemand außer ihr selbst glaubte, sie und Cal wären füreinander bestimmt?

Bevor er es sich anders überlegen konnte, meinte er resigniert: »Sag nicht mir, was du von Cal hältst, sag es lieber seiner Verlobten.«

Sie stutzte und wirkte einen Moment lang ziemlich schuldbewusst. Dann warf sie einen Blick über die Schulter, machte die Tür des Trailers fest hinter sich zu und kam zu ihm an den Tisch.

»Ja, ich weiß. Aber irgendwie kneife ich jedes Mal, wenn sich eine passende Gelegenheit ergibt. Und dabei hatte ich mir im Frühjahr bei meiner Rückkehr so fest vorgenommen, ihr endlich die Wahrheit zu sagen. Joe meint auch immer, ich sollte einfach ehrlich mit ihr reden, es wenigstens mal versuchen, damit ich mir nicht immer solche Vorwürfe machen muss.« Liz lächelte, wie meist, wenn sie über ihren Mann sprach. Doch dann wurde sie schlagartig wieder ernst. »Er versteht schließlich auch nicht, was Ceecee an Cal findet, hält ihn für einen total aufgeblasenen Wichtigtuer. Nur mache ich mir Sorgen, dass unsere Freundschaft schrecklich darunter leidet, während sie ihn anschließend *noch* mehr blind vergöttert. Zum Ausgleich sozusagen.« Sie ließ sich neben ihm auf das zweite Klappstühlchen sinken und zog eine Grimasse. »Und gleichzeitig kann ich den Gedanken kaum ertragen, dass meine liebe Ceecee in gerade einmal drei Wochen so eine furchtbare Lusche wie Cal McNamara heiratet.«

Wider Willen musste Rob lachen. Als »furchtbare Lusche« würden wohl nur die wenigsten Menschen einen erfolgreichen, gut aussehenden Anwalt wie Cal bezeichnen. Aber Liz hatte nun einmal ihre eigenen Maßstäbe.

Verdutzt sah sie ihn an, dann verstand sie. »Ist er doch. Er *ist* eine furchtbare Lusche, der gute Cal.« Sie kicherte, aber ähnlich wie bei ihm hatte es einen leicht verzweifelten Unterton.

Hinter ihr ging die Tür zum Trailer ein weiteres Mal auf. Cee. In ihrem hellblauen Shirt mit *Lakeview*-Logo, das so perfekt zu ihren blauen Augen passte, dem zum Knoten geschlungenen braunen Haar, aus dem sich die ersten Strähnen lösten, und den rosig überhauchten Wangen sah sie unschuldig und sexy zugleich aus. Rob blieb das Lachen im Hals stecken.

»Also wirklich, ihr sitzt hier und habt euren Spaß, während ich da drinnen allein den Ansturm bewältigen muss«, sagte sie gespielt streng. Dann grinste auch sie. »Ihr habt Glück, dass der Ansturm in den letzten fünf Minuten nur aus George Leadbetter und Kirsty bestand, sonst wäre ich jetzt richtig wütend.«

»Wärst du nicht, Ceecee«, widersprach Liz.

»Stimmt, wäre ich nicht. Dir kann ich echt nichts vormachen, meine Süße.« Sie zwinkerte Liz zu. »Wir hatten einen super erfolgreichen ersten Vormittag, und unser neuer Verkäufer hat einen wahnsinnig tollen Job gemacht.« Sie lächelte ihm warm zu, und sein Herz schmolz dahin. Wieder einmal. Nur mühsam unterdrückte er ein Fluchen.

»Also willst du jetzt mit uns zusammen Pause machen, oder warum bist du sonst hier?«, fragte er deswegen und merkte selbst, wie kurz angebunden er klang.

Einen Herzschlag lang wirkte sie verunsichert, dann zuckte sie mit den Schultern. »Ich würde gern mit euch Pause machen, ja. Bloß hat Maggie angerufen und gefragt, ob wir nicht die nächste Fuhre Backwerk im *Lakeview* abholen wollen. Jetzt ist es zwar gerade ruhig, aber bald haben wir Nachmittag, und bestimmt geht es dann wieder richtig rund.« Sie hielt kurz inne und überlegte, bevor sie vorschlug: »Vielleicht sollten wir vorher einfach ein paar Minuten zumachen. Dann könnt ihr euch noch ein bisschen entspannen, und ich fahre schnell rüber.«

Rob war bereits aufgestanden, bevor sie den letzten Satz beendet hatte, und streckte die Hand nach den Transporter-Schlüsseln aus. »Lass nur, das übernehme ich. Du warst schließlich auch schon stundenlang auf den Beinen. Und ihr Mädels solltet vielleicht trotzdem eine kleine Pause einlegen.« Beinahe konnte er spüren, wie Liz neben ihm kritisch eine Augenbraue hochzog. Sie mochte es nun einmal nicht, wenn ihr ein Mann gutgemeinte Vorschläge machte, bei denen sie den Eindruck haben konnte, er wolle sie irgendwie bevormunden. Trotz seiner schlechten Laune fühlte er ein kleines warmes Aufblitzen in seinem Bauch. Er drehte sich halb zu ihr und zwinkerte ihr zu. »Also, wenn ihr mich fragt.«

Liz winkte jedoch nur ab, und Cee konnte er die Erleichterung geradezu ansehen, als sie jetzt nickte. Sie legte den Schlüssel behutsam in seine ausgestreckte Handfläche, berührte ihn dabei kurz – und völlig unnötig – mit den Fingerspitzen und schaute ihm tief in die Augen, bevor ihr Blick zu seinem Mund weiterwanderte.

Ihm wurde warm.

Verdammt, verdammt, verdammt!

Abrupt wich er einen Schritt zurück und wandte sich wieder Liz zu. Joe machte sich anscheinend wirklich zu viele Sorgen um seine Frau, denn obwohl sie ein bisschen müde und erschöpft aussah, wirkte sie sonst wie das blühende Leben. Täuschte er sich oder deutete sich da langsam ein richtiger Babybauch an? Und warum fiel ihm das erst jetzt auf, obwohl er schon den halben Tag neben ihr gestanden hatte? Schlagartig fühlte er sich noch mieser als ohnehin, weil er ihr eben auch noch unnötigerweise Vorwürfe gemacht hatte. Denn trotz allem verstand er ihr Schweigen gut, was Cal anging. Genau wie er wusste sie, wie stur die sanfte Cee sein konnte, erst recht, wenn ihr Beschützerinstinkt geweckt war. »Brauchst du vielleicht noch irgendwas, Babe?«

»Nein, nein, geh nur. Oder halt, kannst du Ruth bitten, für mich einen koffeinfreien Milchkaffee mitzuschicken? Das geben unsere Vorräte hier dummerweise nicht her. Danke dir.«

Rob nickte ihr zu und ging. Er hörte noch, wie Cee sagte, dass sie beim nächsten Mal versuchen sollten, koffeinfreien Kaffee auf dem Festival anzubieten, weil bestimmt nicht nur Schwangere … Ihre Stimme verklang, als er um den nächsten Stand bog. Er atmete auf. Natürlich, es war Ehrensache, dass er half, trotzdem ärgerte er sich darüber, dass er nach den Gesprächen mit Cee und seiner Mom zu fertig gewesen war, um schnell noch jemanden aufzutreiben, der für ihn am Stand einspringen konnte. Es war wirklich die reinste Ironie, ein richtig grausamer Streich vom Schicksal. Wenn er daran dachte, wie sehr er sich über Joes Bitte gestern Morgen gefreut hatte, ihn am Stand vom *Lakeview* zu vertreten! Wie er es kaum hatte erwarten können, seinen Dad zu fragen, ob er die Praxis für die nächsten Tage allein übernehmen könnte!

Er schüttelte den Kopf. Vielleicht sollte er bei Joe nachhaken, ob er tatsächlich durchgängig auf dem Maisfestival Dienst schieben musste und nicht einer seiner Deputies zwischenzeitlich eine Wunderheilung hingelegt hatte.

Oder vielleicht sollte er weiterhin das machen, was er die letzten Jahre getan hatte: So unverbindlich bleiben, als ginge ihn Cees Verhalten nicht das Geringste an, als wäre sie nur eine weitere geschätzte Kundin in seiner Praxis, jemand, mit dem man zu Schulzeiten befreundet gewesen war, dem man aber schon lange außer einem freundlichen »Hallo, wie geht es?« nichts mehr zu sagen hatte. Vermutlich das Einzige, was er noch machen konnte, wenn er die nächsten Tage einigermaßen heil überstehen wollte.

Am *Lakeview* empfing ihn Jamie bereits mit einem Stapel sicher verpackten Backwaren und sonstigen Leckereien. Er arbeitete erst seit Anfang Juli dort, aber Liz hatte Rob mehrfach versichert, was für einen Glücksgriff sie mit dem jungen Koch gemacht hatten. Mit seiner tatkräftigen Hilfe war das Verladen tatsächlich ein Klacks, auch wenn Kiste um Kiste im Bauch des Transporters verschwand. Aber wenn Rob bedachte, mit welcher Geschwindigkeit bisher alles weggegangen war, dann war er sich ziemlich sicher, dass sie bestimmt nicht auf allzu vielen

Resten sitzen bleiben würden, selbst wenn Jamie sich etwas aufgeregt erkundigte, ob er es vielleicht übertrieben hatte. Natürlich, er kam ja nicht aus der Gegend und konnte deshalb nicht wissen, was für ein Besuchermagnet ihr Maisfestival war.

Nachdem Jamie beruhigt und alles sicher verstaut war, ging Rob nach vorn zu Ruth, um Liz' Milchkaffee zu ordern. Der Gastraum war deutlich leerer als sonst, kein Wunder. »Wäre es nicht sinnvoller, hier während des Festivals dichtzumachen?«, erkundigte er sich bei der Tresenkraft.

»Ach, du kennst doch die Chefin, und Liz ist genauso schlimm. Sie wollen ihre Stammgäste nicht enttäuschen, nicht alle Leute können für einen Kaffee oder ein Mittagessen zur Festwiese gehen.« Sie zeichnete mit dem Kaffee ein Blumenmuster auf den Milchschaum, obwohl sie vermutlich wusste, dass die liebevolle Verzierung kaum den Transport überstehen würde. »Aber im Grunde ist es nur klug, so in die langfristige Kundenbindung zu investieren. Wenn du immer an deine Gäste denkst und gut für sie sorgst, du nicht nur auf den Profit starrst, dann stehen sie dir auch zur Seite, wenn es mal dicke kommt.« Sie drückte den Deckel auf den Becher und reichte ihn Rob.

Er nickte. Genauso machten er und sein Dad das in der Praxis, wie eigentlich fast alle Geschäftsleute in Willow Springs. Wer in einer bodenständigen Gegend wie dem Northern Highland bloß auf schnellen Gewinn aus war, der kam meist nicht weit. Hier vergaßen die Menschen nicht so schnell.

»Abgesehen davon glaube ich, Ceecee liebt ihre Gäste einfach, und sie lieben sie. Nicht war, Rob?« Sie lächelte ihn an, und ihm fiel wieder ein, wie sie ihn letzte Woche verdächtig schnell mit Cee allein im *Lakeview* gelassen hatte.

»Wer könnte Cee nicht lieben?«, sagte er leise, und Ruth nickte mit dem Kopf, als hätte sie gerade die Antwort auf eine stumme Frage bekommen. Aha, die Nächste, die ihn durchschaut hatte. Soweit zu seinem genialen Plan, einfach wieder den Ungerührten zu geben … Das hatte zwar jahrelang perfekt funktioniert, aber seine sorgsam aufgebaute Fassade schien mittlerweile mehr und mehr zu bröckeln. Wenn er so weitermachte wie in den letzten Wochen und Monaten, wusste bis zur Hochzeit garantiert ganz Wisconsin, wie es um ihn stand. Und wenn er nur daran dachte, wie gut Ruth mit seiner Assistentin Kirsty befreundet war …

Zum Glück ging Ruth nicht weiter auf das Thema ein, sondern sagte bloß: »Jetzt beeil dich aber, Liz mag ihren Kaffee am liebsten frisch. Wenn sie ihn schon die nächsten Monate koffeinfrei trinken muss, dann wenigstens perfekt temperiert.«

Wenig später lief er mit dem Handkarren voller Kisten und dem Milchkaffee in der Hand über die Festwiese Richtung *Lakeview*-Stand. Ihm fiel Liz' Bemerkung wieder ein, Cee würde sich umso entschlossener Cal zuwenden, wenn es irgendwie Zweifel an ihrer Beziehung gab. Leider hatte sie damit völlig recht. Kritik von anderen oder vermeintliches Fehlverhalten ihrerseits hatten immer dafür gesorgt, dass sie glaubte, sie müsse ganz besonders nett zu ihm sein. Als wolle sie ihn irgendwie trösten oder so, wenn die Welt oder – Gott bewahre! – sie selbst gemein zu ihm war. Umgekehrt hatte er bei Cal nie so etwas beobachten können, er benahm sich Cee gegenüber immer ziemlich ähnlich: total gleichmütig, manchmal schon fast gönnerhaft nett. Aber vielleicht lag das auch nur daran, dass in seiner Welt so etwas wie Zweifel gar nicht existierte, wer wusste das schon. Jedenfalls hatte Cee bereits heute früh ihrem Verlobten besonders viel Aufmerksamkeit gegönnt, sie war ihm gegenüber viel liebevoller und zugewandter gewesen als etwa beim Sommerbarbecue ihrer Eltern. Vermutlich wollte sie Cal für ihre Untreue entschädigen. Wie damals nach ihrem Abschlussball. In jener Nacht war er sich so sicher gewesen, sie würde sich für ihn entscheiden, würde einsehen, dass Cal nicht gut genug für sie war. Wenn er nur daran dachte, wie dicht sie und Cal am nächsten Morgen zusammengesessen hatten, wie hingebungsvoll sie über jeden seiner dämlichen Witze an diesem Tag gelacht hatte! Ihm wurde jetzt noch schlecht dabei.

Allerdings sollte er jetzt wohl besser wieder seine unbesorgte Miene aufsetzen, denn er war in Sichtweite vom *Lakeview*-Trailer. Breit grinsend nickte er also George Leadbetter zu, der ihm mit einem der neuen kompostierbaren Kaffeebecher mit *Lakeview*-Logo drauf gut gelaunt zuprostete. »Ah, ein Wiederholungstäter bei uns! Die sehen wir doch immer gern, George!«

»Ich weiß auch nicht, was die Mädels in den Kaffee tun. Seit Liz wieder da ist, schmeckt er sogar noch besser, kaum zu glauben, Rob! Morgen Nachmittag komme ich mal mit der ganzen Mannschaft vorbei, das wird meine Jungs freuen.« George nahm einen tiefen Schluck von seinem Kaffee und schlenderte weiter. Da er Willow Springs' Mädchen für alles war und sich eigentlich jeder an ihn wandte, wenn es in Haus und Hof etwas zu tun gab, arbeiteten einige »Jungs« und auch ein, zwei Frauen für seine Firma – das würde morgen ein gutes Geschäft für Liz und Cee geben.

Wenigstens etwas, dachte Rob. Für Liz hätte der Neustart in Willow Springs gar nicht besser laufen können. Er freute sich für sie, hatte bei ihrem Können und Drive aber im Grunde auch nichts anderes erwartet. Jeder Gastronomiebetrieb, sei es nun ein schicker Sterneladen oder ein bodenständiges Café, musste einfach von Liz profitieren.

Und vielleicht sollte er versuchen, das irgendwie als Zeichen der Hoffnung für sich zu deuten. Ein Neustart – selbst ein erzwungener – musste nicht zwangsläufig eine dumme Idee sein. Madison war okay, da konnte er es definitiv schlechter treffen, nicht zuletzt, weil er endlich wieder ausgiebig Zeit mit seiner Schwester Sal würde verbringen können. Sie war ruhiger als ihre Zwillingsschwester, konnte sich aber genauso mit voller Begeisterung und Herzblut für Projekte einsetzen, die es wert waren. Und ähnlich wie Steph zeichnete sich auch Sally durch ihre unbedingte Loyalität aus.

Während er noch damit beschäftigt war, sich gut zuzureden und dabei auch ja nicht das nichtssagend-charmante Lächeln zu vergessen, wurde ihm klar, dass Cal wieder aufgelaufen war. Sein Lachen war wirklich unverkennbar, und insgeheim musste Rob zugeben, dass dieses tiefe sonore Gelächter tatsächlich eine von Cals attraktivsten Eigenschaften war. So verklemmt und angespannt dieser Typ auch sonst war, sein Lachen ließ es einen vergessen, ihn sogar wahnsinnig sympathisch erscheinen. Manchmal hatte Rob sich an der Highschool ein wenig resigniert gefragt, ob Cal es vielleicht übte, sobald er allein war, denn es war eindeutig seine Geheimwaffe, hatte Lehrer und Mitschüler gleichermaßen für ihn eingenommen. Bestimmt überzeugte er damit heute auch den einen oder anderen Richter.

Doch was Cal im nächsten Moment sagte, war alles andere als attraktiv oder sympathisch, und überzeugend fand Rob es auch nicht gerade. Offenbar befand er sich im Gespräch mit einem Gast.

»... ja, ja, Sie haben das völlig richtig beobachtet, Hank, dieses Jahr ist hier fast alles nur vegetarisch. Liegt an der neuen Geschäftspartnerin meiner Verlobten. Völlig übertrieben, sage ich auch, aber Sie wissen ja, Frauen werden immer so leicht unnötig sentimental. Die denken alle viel zu gern an die süßen Kälbchen mit den großen Augen, wie sie sich ausgelassen auf einer Wiese tummeln.«

Mittlerweile war Rob nah genug dran, dass er sehen konnte, um wen es sich bei dem Gast handelte. Hank Johnson, na toll. Seines Zeichens Bauunternehmer mit etwas zweifelhaften Geschäftsmethoden, dazu noch mit mehr Geld und Einfluss, als gut für ihn war. Johnson galt in Greenwood County als richtig große Nummer, es war also kein Wunder, dass Cal sich bei ihm einschleimen wollte. Vermutlich würde er den reinsten Schwachsinn erzählen, wenn er nur glaubte, Hank wolle den hören.

»Ach ja, die Weiber mit ihren verrückten Ideen. Mein Töchterchen kam neulich auch schon mit so einem komischen Zeugs um die Ecke. Hafermilch, dass ich nicht lache! Aber das geht wieder vorbei, mein lieber Cal, das sage ich Ihnen.«

»Na, hoffentlich. Schadet sonst nur dem Geschäft, aber das ist für die Damen ja meist zweitrangig. Nicht das richtige Verständnis für Prioritäten, wenn Sie mich fragen. Jedenfalls sollte meine Verlobte bitte schön schnell einsehen, dass bei einem richtigen Kerl ohne ein ordentliches Steak nichts läuft. Wenn Sie verstehen, was ich meine, Hank.« Cal sah Rob vorm Tresen stehen und wandte sich jetzt direkt an ihn. »Stimmt's, Rob?« Er wackelte mit den Augenbrauen und grinste anzüglich.

Okay, ihn jetzt als Verbündeten ins Herrengespräch einzuspannen, war reichlich übergriffig – zumal Rob sich seinerseits ziemlich sicher war, dass Cal auch mit noch so viel tierischem Eiweiß intus sehr, sehr weit davon entfernt war, seine Verlobte glücklich zu machen. Doch aufgrund seines Rufs als Frauenheld hatte er sich leider schon einiges in dieser Richtung anhören müssen. Aus ihm schleierhaften Gründen glaubte ein bestimmter Typ Mann immer, wenn man viel Erfahrung mit dem weiblichen Geschlecht hatte, müsste man es deswegen automatisch geringschätzen. Dieses blöde Gerede allein hätte Rob also unter normalen Bedingungen nicht die Beherrschung verlieren lassen; er hatte schließlich Übung damit, so einen Quatsch abzubügeln. Nein, was ihn wirklich rotsehen und Liz' Becher in letzter Sekunde auf den Tresen stellen ließ, bevor er den heißen Milchkaffee mit Schwung in Cals Gesicht befördern konnte, waren die beiden Dinge, die im nächsten Moment passierten: Im Gegensatz zu Cal wurde ihm klar, dass Cee gerade niemanden bediente und die Bemerkungen ihres Verlobten unweigerlich hatte mitanhören müssen. Ihrem verletzten Blick und ihren schamroten Wagen nach zu urteilen, war ihr die Situation mehr als unangenehm, und diese Einsicht allein war für Rob schlimm genug. Aber erst Cals nächste Worte brachten das Fass zum Überlaufen.

»Zum Glück hat Mariani seine Frau ja schon geschwängert, da hat sie bald Besseres zu tun, als das *Lakeview* mit ihren albernen Großstadtideen in den Ruin zu treiben. Und nach unserer Hochzeit«, er wiegte sich dabei in Knie und Hüften, als er das sagte, und vor Robs innerem Auge tanzten ungute Bilder auf und ab, »bringe ich meiner Verlobten auch so richtig bei, was Sache ist.«

Kapitel 14

Ceecee traute ihren Ohren kaum. Klar, Cal neigte zu provokanten Thesen, wenn er mit Leuten sprach, von denen er sich Unterstützung für seine politischen Ambitionen erhoffte. Sie fühlte sich zwar meist nicht besonders wohl dabei, erst recht, wenn er wirklich in eine der unteren Schubladen griff, hatte sich ihm zuliebe aber wohl oder übel damit abgefunden – zumal es so offensichtlich seinen Zweck erfüllte.

Auch jetzt sah Hank Johnson äußerst zufrieden aus und nickte so begeistert mit dem Kopf, als hätte Cal ihm persönlich gerade drei steuerfreie Jahre und dazu noch bessere Highways in einem Atemzug versprochen.

Aber bisher war es eben bei diesen Gesprächen auch immer nur um allgemeine politische Themen gegangen, seien es nun die besagte bessere Infrastruktur, Steuersenkungen oder die wirtschaftliche Situation in Wisconsin. Noch nie hatte Cal sich zu privaten Bemerkungen hinreißen lassen, ihren Geschäftssinn oder den ihrer besten Freundin negativ kommentiert. Schließlich gab es da gar nichts negativ zu kommentieren; er wusste so gut wie sie um ihren beruflichen Erfolg und wie sehr sich Liz' Einstieg im *Lakeview* bereits nach wenigen Monaten rentierte. Kürzlich hatte er sogar gewitzelt, dass er sich für seine Kanzlei auch nach einem Partner umsehen sollte, wenn es das Business so dermaßen ankurbeln konnte. Sie hatte sich nichts dabei gedacht, fragte sich aber jetzt, ob er vielleicht einen kleinen Hauch neidisch auf sie und Liz war.

Das wäre auch eine logische Erklärung für seinen herablassenden Tonfall, denn so machohaft kannte sie ihn sonst gar nicht. Ganz im Gegenteil. Normalerweise war er der Erste, der vor Stolz platzte, wenn ihr jemand Komplimente wegen ihres Cafés machte, und ihr hatte es von Anfang an gefallen, wie sehr er sie immer bei ihren Plänen diesbezüglich unterstützt hatte. Als sie damals das *Lakeview* eröffnet und vor lauter Arbeit kaum noch ein noch aus gewusst hatte, war von ihm nie eine Klage gekommen, wohl aber von seiner Mutter, meist garniert mit der Frage, ob sie das als Cals Lebensgefährtin wirklich nötig hätte. Sowohl Cal als auch sein Vater waren damals so lange energisch für sie eingetreten, bis Amanda sich schließlich ins Unvermeidliche gefügt und sich jeglichen weiteren Kommentar verkniffen hatte.

Aber in Gegenwart von einem Hank Johnson, der gerade vor dem Scheidungsrichter von der vierten und sehr viel jüngeren Ehefrau ordentlich ausgenommen worden war, zeugten solche Bemerkungen wahrscheinlich nur von Cals Geschick, den gewitzten Bauunternehmer von sich zu überzeugen. Das sagte sie sich jedenfalls selbst, auch wenn sie spüren konnte, wie ihr bei seinen Worten unwillkürlich die Röte ins Gesicht schoss. Okay, sie musste zugeben, dass sie auch deswegen rot wurde, weil Rob ausgerechnet jetzt wieder auftauchte – seine Nähe hatte sie heute schon den ganzen Tag über irgendwie aus dem Takt gebracht. Während er mit der Kundschaft lachte und flirtete und ansonsten unauffällig Liz zu entlasten versuchte, war es ihr unglaublich schwergefallen, ihn nicht immer wieder anzuschauen – und leider auch anzufassen. Sie konnte nur hoffen, dass er davon nichts mitbekommen hatte. Beschäftigt genug war er ja.

Und sie sollte hier jetzt auch nicht weiter rumstehen, sondern ihm beim Ausladen helfen. Außer Hank Johnson war in dieser Minute keine Kundschaft da, und falls jemand kommen sollte, konnte sich Cal auch gut allein darum kümmern. Geschähe ihm recht.

Sie machte einen Schritt zur Seite, um diesen guten Vorsatz in die Tat umzusetzen, und zog so Robs Blick auf sich. Er schaute sie an, und für einen langen Moment versank sie in seinen grünen Augen. Nur von sehr weit her drang Cals Stimme in ihr Bewusstsein.

»Zum Glück hat Mariani seine Frau ja schon geschwängert, da hat sie bald was Besseres zu tun, als das *Lakeview* mit ihren albernen Großstadtideen in den Ruin zu treiben. Und nach unserer Hochzeit bringe ich meiner Verlobten auch so richtig bei, was Sache ist.«

Das war jetzt wirklich zu viel des Guten, zumal Cal auch noch reichlich anzügliche Bewegungen dabei hinlegte und richtig fett grinste. Mit einem Rumms landete Ceecee wieder fest auf der Erde.

Ihr empörtes »Cal!« ging jedoch unter in dem satten Plopp, mit dem Rob einen Becher mit dem *Lakeview*-Logo auf den Tresen stellte. Stimmt, der Milchkaffee für Liz, dachte sie zusammenhanglos.

»Was hast du da gesagt, McNamara?« Robs Stimme war nicht besonders laut, aber sie klang so kalt und durchdringend, wie Ceecee sie noch nie gehört hatte. Doch, einmal, in der Junior High, als Tommy Olson etwas sehr, sehr Unverschämtes über Sally und Steph Sawyer behauptet hatte. Tommy hatte Rob damals zuerst von Kopf bis Fuß gemustert und dann ein hastiges »War nicht so gemeint, tut mir leid, Kumpel« gemurmelt.

Ihr Verlobter war nicht so klug. »Sawyer, altes Haus, gerade du musst doch wissen, wie man mit Frauen umgehen sollte.« Cal machte eine wegwerfende Handbewegung, und Hank Johnson lachte dröhnend Beifall.

»Ach ja? Bisher war ich eigentlich davon ausgegangen, dass man Frauen vor allen Dingen mit dem nötigen Respekt behandeln sollte. Aber du scheinst das anders zu sehen. Willst du uns das vielleicht genauer erklären, McNamara?«

»Ich wüsste nicht, dass ich dir eine Erklärung schuldig bin, Sawyer.« Cal zog den Kopf ein und die Schultern hoch, wie immer, wenn er sich zu Unrecht angegriffen fühlte.

Seltsam, bisher war Ceecee noch nie aufgefallen, dass er dabei wie ein kleiner verzogener Junge aussah, dem man eben das Jelly-Erdnussbutter-Sandwich vom Teller geklaut hatte. Sie blinzelte, und er war wieder der alte Cal – einer, der gegen das Unrecht kämpfte und sich nichts gefallen ließ, wenn es darauf ankam. Und dennoch konnte sie diesen ersten Eindruck von verwöhnt und ein bisschen unreif nicht komplett abschütteln. Was war nur los mit ihr?

»Und was bitte soll dieser Tonfall? Muss ich mir das wirklich anhören in meinem eigenen Trailer?« Cal ballte eine Faust.

»Meines Wissens gehört dieser Trailer dem *Lakeview*, und damit Ceecee und Liz«, antwortete Rob, jetzt trügerisch sanft. Seine Augen glitzerten jedoch hell und bedrohlich, und sein sonst so unbekümmertes Gesicht wirkte auf einmal hart und kantig. »Du beleidigst die beiden mit deinem dummen Gequatsche deswegen quasi auf ihrem Grund und Boden. Vielleicht steigst du also besser aus, wir suchen uns ein ruhiges Plätzchen und klären unsere Meinungsverschiedenheit dort.« Er machte eine Pause und schaute Hank Johnson an, der immer noch scheppernd lachte. Der Unternehmer verstummte abrupt und klappte den Mund hörbar zu; offenbar erkannte er, dass die Situation mittlerweile brenzlig geworden war. Rob nickte und wandte sich wieder ihrem Verlobten zu. »Oder möchtest du lieber weiter in sicherem Abstand den großen Macker markieren?«

»Also, das ist doch …« Cal schnaufte und drängte sich unsanft an Ceecee vorbei, ignorierte komplett ihre Versuche, ihn aufzuhalten. Er schien sie gar nicht richtig wahrzunehmen, als er sie beiseiteschob, die Tür zum Trailer aufriss und ein aufgebrachtes »Dir zeig ich's, du mieser Angeber!« knurrte. Mit hochrotem Kopf stürzte er hinaus.

Ceecee griff sich den Becher mit Liz' Milchkaffee vom Tresen und folgte ihm. Gott sei Dank saß ihre Freundin draußen an dem kleinen Behelfstischchen und hatte die Füße hochgelegt. Allerdings sah sie gerade weniger entspannt als aufgeschreckt aus. Kein Wunder, bei Cals Auftritt.

»Was ist denn mit dem los?«, fragte sie erstaunt. Sie sah ihre Freundin an. »Nein, was ist denn mit *dir* los? Du siehst ganz furchtbar aus.«

»Rob und Cal …« Ceecee musste sich unterbrechen und kurz Luft holen. Ihr war vor Aufregung ganz schlecht, aber der Sauerstoff tat gut. »Die beiden wollen sich prügeln, glaube ich.«

»Was? Warum?« Liz winkte ab und stand auf. »Blöde Frage, erzähl mir das am besten später. Weißt du, wo sie hinwollen? Dann sage ich sofort Joe Bescheid. Sie werden sich ja hoffentlich nicht direkt vor unserem Stand im Staub wälzen oder so was Albernes.« Sie zog ihr Handy aus der Tasche.

»Keine Ahnung. Ich … Lass uns einfach hinterher, Liz, schnell.«

Sie bogen um den Trailer, Rob und Cal waren allerdings tatsächlich verschwunden. Nur Hank Johnson stand noch da und biss gerade von seiner Pizza ab. Trotz seiner kritischen Bemerkungen hatte er sich für die vegetarische Maispizza mit Gemüse und Pesto entschieden, wie Cee mit einem Seitenblick feststellte. Er kaute genüsslich und wirkte nicht im Mindesten beunruhigt. Neben ihm stand der vollbeladene Handwagen, mit dem sie die neuen Waren vom Parkplatz zum Stand transportierten.

»Haben Sie Cal McNamara und Rob Sawyer gesehen? Wissen Sie, wo die beiden hin sind, Mr. Johnson?«, fragte Liz und lächelte ihn freundlich an. Natürlich, sie hatte ja auch nicht gehört, was er von Hafermilch und »diesem komischen Zeugs« hielt.

»Wo soll man auf dem Maisfestival schon hingehen, wenn man was unter echten Männern zu klären hat?« Er grinste selbstzufrieden, offenbar durchaus angetan von der Aussicht auf Gewalt. »Die beiden wollen bestimmt zum Kirchgarten, da hat man ordentlich Platz.« Er fuchtelte mit der Pizza in der Luft herum, und Liz und Ceecee tauschten einen Blick. Wirklich, auf den Kirchgarten bei der methodistischen Kirche hätten sie auch selbst kommen können! »Ihr Freund hat mich noch gebeten, auf den Karren aufzupassen, bis Sie sich darum kümmern.« Sein Lächeln bekam etwas Schmieriges. »Verdammt lecker, Ihre Pizza, Miss Liz.«

Wie konnte dieser unangenehme Kerl jetzt auch noch Liz anbaggern? Natürlich, seine Vorliebe für Blondinen war bekannt, und Liz sah heute bezaubernd aus. Aber selbst wenn Cal es vor nicht einmal drei Minuten nicht auf diese unglaublich geschmackvolle Art erwähnt hätte, musste der Bauunternehmer eigentlich wissen, dass Liz nicht nur schwanger, sondern auch noch frisch verheiratet war. In seiner Welt zählte das vermutlich nicht viel. Was für ein Mistkerl, wirklich! Hätte es nicht Wichtigeres gegeben, hätte Ceecee ihm richtig gern den Kopf gewaschen. So aber beschränkte sie sich darauf, Liz ihren Becher Milchkaffee in die Hand zu drücken und noch ein eindringliches »Bloß nicht den Nachschub allein ausladen« zuzurufen, bevor sie sich in Richtung methodistische Kirche auf den Weg machte. Liz würde sich bestimmt darum kümmern, dass Joe oder einer seiner Deputies so schnell wie möglich dort auftauchten, und mit Hank Johnson wurde sie locker allein fertig. Vermutlich würde sie ihn sogar noch becircen, damit er für sie die Kisten mit den frischen Backwaren verstaute, dachte Ceecee und verspürte einen kurzen Moment ein kleines tröstliches Glimmen in ihrem Innern. Ihre Liz war einfach die Beste!

Der Weg war nicht weit, trotzdem kam es Ceecee wie eine Ewigkeit vor, bis sie die kleine Kirche erreicht hatte. Hank Johnson hatte recht, auf der Grünfläche dahinter war großzügig Platz: Abgesehen von ein paar Bäumen, einem kleinen Teich und einem moosbewachsenen Denkmal für irgendeinen lang vergessenen Kriegshelden aus dem Bürgerkrieg gab es dort eigentlich nur Rasen, um den sich Pfarrer Young höchstpersönlich hingebungsvoll kümmerte. Trotzdem erstaunte es Ceecee, dass man sich ausgerechnet dorthin verzog, wenn man so eklatant gegen die christlichen Werte der Nächstenliebe und Gewaltlosigkeit verstoßen wollte. Der Bauunternehmer hatte so geklungen, als hätte das eine gewisse Tradition – weil die Sünder gleich danach um Gottes Beistand flehen konnten? Oder war eine Prügelei hinter der Kirche etwa die Willow-Springs-Version von einem Duell im Morgengrauen? *Pistolen oder Degen, Sir, wie lautet Ihre Wahl?* Trotz ihrer Aufregung musste sie kichern.

So ein Blödsinn, Ceecee, reiß dich zusammen, ermahnte sie sich. Vermutlich kam es beim Maisfestival öfter mal zum Streit, und vielleicht war es nur logisch, dass das dann gelegentlich auch zu Handgreiflichkeiten führte. Wollte man sich nicht vor allen Nachbarn zum Affen machen oder sich inmitten von Touristen und Kindern in den engen Gassen zwischen den Ständen prügeln, war der Platz dort wahrscheinlich ziemlich praktisch. Bisher hatte sie bloß selbst nie Erfahrung mit Schlägereien gemacht und wäre deshalb überhaupt nicht auf die Idee gekommen, es gäbe darüber etwas zu wissen. Und sie hätte es verdammt gern dabei belassen – sie konnte beim besten Willen nicht verstehen, wie der Einsatz von Gewalt irgendwas klären sollte. Und wenn sie sich vorstellte, was dabei passieren konnte, wenn es böse lief! Wirklich, warum ließen sich die zwei auf so etwas Bescheuertes ein?

Das war ihr letzter Gedanke, bevor sie um den riesigen Wacholder bog, der die hintere Hälfte des Gebäudes zu verdecken schien.

Platsch! Rob schnappte nach Luft, so eiskalt war das Wasser. Unwillkürlich löste sich sein Griff um den Arm seines Gegners, und er trat japsend einen Schritt zurück.

»So, die Herren«, erklang die gut gelaunte Stimme von Joe Mariani. »Wenn ihr zwei euch jetzt wieder wie zivilisierte Leute benehmen könntet, würden wir das alle sehr begrüßen.« Neben der Verbindlichkeit trat eine kleine Spur Stahl in seine Stimme – Joe war ein echt netter Kerl, aber als Chief of Police von Willow Springs und langjähriger Cop beim NYPD wusste er, wann man durchgreifen musste. Und gut zielen konnte er leider auch. So wie es sich anhörte, stand er in sicherer Entfernung, der Inhalt eines einzigen Eimers hatte Rob trotzdem von oben bis unten durchnässt.

Rob blinzelte. Nein, korrigierte er sich. Ein Wassereimer hatte genügt, um ihn *und* Cal von oben bis unten zu durchnässen. Beim Anblick seines Kontrahenten spürte er zwar noch dieselbe Wut – meine Güte, was hatte der auch für einen Schwachsinn über Liz und Cee vom Stapel gelassen! –, aber sein Bedürfnis zuzuschlagen, war tatsächlich verflogen. Erstaunlich, er hatte gedacht, das mit dem Wasser würde so nur im Film funktionieren.

Er hob beide Hände, um seinen Friedenswillen zu demonstrieren. Cal tat es ihm gleich, zog dabei aber eine solch zornige Grimasse, dass Rob ein wenig an der Echtheit der Geste zweifelte. Möglicherweise hatte Cal auch einiges abgekommen, denn jetzt betastete er vorsichtig sein Gesicht. Aus seiner Nase lief Blut, tropfte auf das hellblaue *Lakeview*-Shirt, wie Rob nicht ohne eine gewisse Befriedigung feststellte. Der Schlag hatte wirklich gesessen. Jetzt verstand er, warum sich seine Zwillingsschwestern in ihrer Jugend so oft geprügelt hatten. Irgendwie richtig befreiend, das Ganze! Doch dieses Gefühl währte nur so lange, bis er feststellte, dass auch er nicht unversehrt geblieben war. Von seinem Oberschenkel strahlte ein dumpfer Schmerz aus, wo Cal ihn mit dem Knie erwischt hatte, und seine linke Wange fühlte sich ungut taub an. Probehalber bewegte er den Unterkiefer ein wenig hin und her. Autsch, ah … nicht schön, aber na ja. Er würde es überleben. Zum Glück war sein Gegner bei aller Kraft nicht besonders wendig, die meisten seiner Schläge waren ins Leere gegangen.

Aus dem Augenwinkel nahm er Bewegung und Unruhe wahr. Er seufzte. Es wäre auch zu schön gewesen, wenn Joe allein gekommen wäre, um die Sache zu regeln. Resigniert wischte er sich die nassen Haare nach hinten und schaute in die Richtung, aus der jetzt auch Stimmen erklangen. Joe mit dem Eimer in der Hand, sein junger Deputy – wie hieß der noch? – gleich daneben und leider auch der Pfarrer der Kirche. Liz, die gerade ankam und zu Joe aufschloss. Und natürlich Cee. Sie sah blass aus und ja, dummerweise auch ziemlich wütend, als sie jetzt auf sie zukam. Er versuchte sich an einem halbwegs schuldbewussten Lächeln, aber so recht wollte das nicht klappen. Er hasste es zwar, wenn Cee sich seinetwegen schlecht fühlte, und langsam überkam ihn auch leise Scham, weil er zu Gewalt gegriffen hatte. Trotzdem, Cal hatte sich die Abreibung redlich verdient.

»Verdammte Scheiße«, sagte Cal, »ich glaube, du hast mir die Nase gebrochen, Sawyer.«

»Hätte ich schon vor Jahren tun sollen«, murmelte Rob. Und dann, weil er sich einfach nicht beherrschen konnte oder vielleicht auch nicht mehr wollte: »Sorry, Mann, tut mir gerade so gar nicht leid. Frag mich nächste Woche noch mal.«

Cal ballte die Fäuste, trat einen drohenden Schritt auf ihn zu, und Rob hob das Kinn. Sollte er doch kommen, wenn er sich traute! Er wusste ja jetzt, was ihn erwartete.

Aber ihr Publikum hatte andere Pläne. Cee trat zwischen sie, legte Cal eine Hand auf die Brust und schob ihn zurück. »Geht's noch, Cal? Ausgerechnet du als Anwalt prügelst dich? Von dir hätte ich wirklich mehr erwartet.«

Rob schlug das Herz unwillkürlich schneller. Zum ersten Mal überhaupt erlebte er mit, dass Cee ihren angebeteten Cal öffentlich kritisierte. Seinem Gesichtsausdruck nach zu urteilen, traf sie dabei genau ins Schwarze. Natürlich, Cal hatte immer viel Wert auf sein Image gelegt – da passte es einfach nicht, wenn man öffentlich komplett aus der sorgfältig gepflegten Rolle fiel und die eigene Verlobte das auch noch so gnadenlos feststellte. Rob konnte sich ein kleines zufriedenes Lächeln nicht verkneifen.

Ein böser Fehler, wie sich gleich herausstellte. Denn im nächsten Moment drehte Cee sich zu ihm um. Ihre Augen blitzten. »Was gibt es da zu grinsen, bitte? Dachtest du, du gibst mal gerade den Ritter für Liz und mich, egal, was wir davon halten? Weil wir das selbst vielleicht nicht können? Bestimmt sind nachher alle ganz dankbar für deine Gunst, du kennst das ja nicht anders. Wie selbstgerecht kann man sein, Rob Sawyer?!«

Er machte den Mund auf, wollte etwas zu seiner Verteidigung vorbringen. Aber außer etwas so Kindergartenreifes wie »Das ist aber wirklich total unfair« oder »Cal hat angefangen« fiel ihm nichts ein, was unverfänglich genug war. Denn die Wahrheit war … na ja, viel zu kompliziert. Oder vielleicht auch nur gefährlich. Sollte er hier wirklich vor allen Leuten erklären, dass er es gerade noch ertragen hätte, wenn Cal McNamara seine beste Freundin beleidigte, aber ganz bestimmt nicht, wenn er andeutete, dass er mit seiner Verlobten Sex hatte?

Das eigentlich Schlimme bei der ganzen Sache war allerdings, dass es Cal vorhin im Trailer anscheinend völlig egal gewesen war, ob Cee ihn hatte hören können oder nicht. Als würde er stillschweigend ihr Einverständnis voraussetzen, er dürfe so über sie oder Liz herziehen oder – wieder sah Rob Cals mehr als eindeutige Hüftbewegung vor seinem inneren Auge – sich in solch kruden Andeutungen ergehen. Das war einfach nur total mies, zeigte doch jedem, dass er Cee kein bisschen respektierte. Und jetzt tat sie sogar so, als hätte er das größere Unrecht auf sich geladen und nicht ihr blöder Verlobter? Der zudem so triumphierend grinste, als hätte er seinen scheiß Ironman schon gewonnen? Rob klappte den Mund wieder zu.

Liz trat neben ihn, legte den Arm sanft um ihn. »Ceecee, ich bin mir sicher …«

Cee warf ihr einen kurzen Blick zu, und Liz verstummte sofort. Offenbar wollte sie nicht noch mehr Öl ins Feuer gießen. Vergeblich, Cee setzte schon zur nächsten Attacke an. »Hat einer von euch beiden Helden mal daran gedacht, wie wir das Maisfestival wuppen sollen, wenn ihr euch gegenseitig außer Gefecht setzt? Na? Nein, natürlich nicht! Wieso auch, geht ja nur um die harte Arbeit unserer Belegschaft und die nächsten Schritte fürs *Lakeview*, nicht um männliche Eitelkeiten und solche Kinderkacke. Ich für meinen Teil werde mich lieber wie eine Erwachsene verhalten und zum Stand zurückkehren. Mir liegt nämlich was dran, dass meine Nachbarn hier in Willow Springs ein schönes Fest haben. Joe und Deputy Kaminski bringen euch sicherlich gern nach Hause. Ich kann nur hoffen, sie nehmen dabei auch jedes einzelne Schlagloch mit.« Sie nickte dem Pfarrer zu. »Pfarrer Young, tut mir wirklich sehr leid, dass wir in Ihrem Kirchgarten so einen Unsinn veranstalten. Es wird nicht wieder vorkommen. Den nächsten Bibelkreis beliefern wir gern umsonst. Ich hoffe, Sie nehmen diese kleine Entschädigung an. Kommst du, Liz?« Damit drehte sich Cee auf dem Absatz um und stürmte davon. Selbst ihrem Rücken konnte man ansehen, wie aufgebracht sie war.

Liz drückte ihn tröstend. »Oje. So wütend habe ich Ceecee nicht mehr gesehen, seit Mrs. Terrell uns beim Mathetest vorgeworfen hat, wir würden abschreiben. Aber sie wird sich wieder beruhigen, du kennst sie ja.« Sie schaute ihn prüfend an. »Du kommst klar, oder? Ich gehe ihr besser nach. Joe wird auch ganz vorsichtig fahren, nicht wahr, Schatz?«

Ihr Mann nickte, und Rob meinte zerknirscht: »Mach dir

keine Sorgen, Babe. Cee hat völlig recht, was den Stand angeht. Tut mir echt leid, ich war einfach so verdammt sauer und hab nicht richtig nachgedacht. Morgen bin ich bestimmt wieder fit, versprochen.«

Schon im Gehen sagte Liz: »Schon okay, erhol dich erst einmal.« Über die Schulter setzte sie noch ein pflichtbewusstes »Und du auch, Cal« hinzu, bevor sie dem Pfarrer schnell freundlich zunickte und gleich darauf hinter dem riesigen Busch an der Kirchenmauer verschwand.

An den Rest des Nachmittags konnte Rob sich später nur noch vage erinnern. Wie Joe und sein Deputy ihn und Cal trotz aller Beteuerungen, es wäre gar nicht so schlimm, nicht nach Hause, sondern direkt zum Krankenhaus von Greenwood County gebracht hatten. Oder Joes amüsiert wirkende, hochgezogene Augenbraue, als sein Deputy ihnen beim Einsteigen in den Polizeiwagen die Hand auf den Kopf gelegt hatte, als wären sie richtige Schläger. Seine eigene Erleichterung, weil niemand darauf bestanden hatte, dass Cal und er sich bitte schön wieder vertragen und sich gegenseitig entschuldigen sollten. Ob Joe wusste, was Cal über seine Frau gesagt hatte? Wie in der Notaufnahme irgendwann Steph mit einem verschlafenen Owen neben ihm aufgetaucht war, kurz bevor ihm die Ärztin dort versichert hatte, dass er wirklich nur ein paar Blutergüsse und Abschürfungen davongetragen hatte. Kein Grund zur Sorge, nichts Ernstes, Pflaster und Schmerzmittel … Wie ungewohnt friedfertig Steph auf der Heimfahrt und danach gewesen war und er sich gefragt hatte, ob es sich endlich auszahlte, dass er sie und Sal früher immer gedeckt hatte, wenn sie mal wieder eine Schneise der Verwüstung durch die Nachbarjungs geschlagen hatten. Sie musste ihm auch kommentarlos Schmerzmittel und Wasserglas auf den Nachttisch gestellt und die blickdichten Vorhänge zugezogen haben, bevor sie ihn mit einem Icepack für seinen lädierten Kiefer ins Bett verfrachtet hatte. Seine letzte Erinnerung war dann, wie er sich dankbar zwischen den weichen Laken ausgestreckt und beschlossen hatte, diesen ganzen beschissenen Tag einfach zu vergessen. Normalerweise klappte das ja nie mit solchen Vorsätzen, aber seltsamerweise wusste er nur noch, wie er die Augen geschlossen und sich zur Seite gedreht hatte. Er musste eingeschlafen gewesen sein, bevor seine Schwester die Wohnung verlassen hatte.

Erst das energische Klingeln an seiner Tür ließ ihn wieder hochschrecken.

Kapitel 15

»Was machst du denn hier?«

Ceecee seufzte. Sie hatte zwar keinen enthusiastischen Empfang erwartet, aber zumindest ein Hallo oder sogar etwas wie ein Lächeln.

Aber Rob schaute sie an, ohne eine Miene zu verziehen. Vielleicht war es auch wirklich ein bisschen daneben von ihr, einfach vor seiner Tür aufzukreuzen, nachdem sie ihn heute Mittag noch so wegen der Prügelei angefahren hatte. Mit einem schlechten Gewissen registrierte sie den blauen Fleck, der auf seiner rechten Wange leuchtete, und das große Pflaster auf seinem linken Unterarm. Und es war ziemlich offensichtlich, dass sie ihn gerade aus dem Bett geklingelt hatte: sein dunkelblondes Haar war zerwühlt, das blaue T-Shirt zerknittert. Wenigstens hatte er sich die Mühe gemacht, eine Sweatpants anzuziehen, aber seine Füße waren nackt. Unwillkürlich musste sie daran denken, wie er ihr erst vor wenigen Tagen mit dem Zeh spielerisch am Oberschenkel entlanggefahren war und sie ihm die Hand auf den Spann gelegt hatte, weil sie es kaum ausgehalten hatte. Die Haut unter ihren Fingern hatte sich fest und warm angefühlt, sie hatte Sehnen und Muskeln spüren können. Das hatte sie fast noch mehr erregt als seine

Berührung. Die Erinnerung verunsicherte sie, und sie musste schlucken.

»Ich … ich …« Sie wusste nicht weiter, obwohl sie sich auf dem Weg hierher noch alles so gut zurechtgelegt hatte. Ein wenig hilflos starrte sie Rob an.

Mathilda neben ihr wurde es jetzt offenbar zu bunt. Sie zerrte an ihrer Leine und gab kleine, ungeduldige Laute von sich, irgendwas zwischen Fiepen, Bellen und angedeutetem Grollen. Ceecee schaute auf ihren Hund hinunter und musste plötzlich lachen. »Können wir vielleicht einfach reinkommen?«

Rob bewegte sich einen Herzschlag lang nicht, und sie fürchtete schon, er würde gleich den Kopf schütteln und sie auffordern zu gehen. Stattdessen machte er einen Schritt zur Seite und öffnete die Tür weit. »Bitte.«

Ceecee bückte sich kurz, um ihre aufgeregte Hündin von der Leine zu lassen, und trat dann ein. Während Matty zuerst einmal auf Rob zulief und ihn ausgiebig begrüßte, nutzte sie selbst die Gelegenheit, sich ein wenig umzusehen. Schließlich kannte sie das Haus der Sawyers nur aus ihrer Schulzeit. Sie war noch nie hier gewesen, seit Rob das Obergeschoss des Hauses zu einer eigenen Wohnung ausgebaut hatte. Sie musste zugeben, dass sie ziemlich neugierig war, wie er lebte. Seine Hütte am See war gemütlich, mit dieser typisch rustikalen Ferienhausatmosphäre, die nicht viel darüber aussagte, wie ihre Bewohner den Alltag gestalteten. Und die Tierarztpraxis im Erdgeschoss war zwar modern und ansprechend eingerichtet, verriet aber auch nicht viel über seinen persönlichen Geschmack.

Gleich hinter der Eingangstür öffnete sich die Wohnung zu einem großzügig geschnittenen Wohnbereich. Die Fenster gingen nach Süden und Westen raus, und das Licht der tiefstehenden Sonne flutete den großen Raum. Hinten rechts fand sich die Küche mit hellen, lackierten Schränken, einer großen Kochinsel und dicken Arbeitsplatten aus Massivholz. Das Ledersofa im Wohnbereich schimmerte im selben warmen Cognacton wie die Arbeitsplatten, und überall gab es goldene Akzente, ob nun bei den Lampen oder den vielen Bilderrahmen. So wirkte auch das tiefe satte Blau fast aller Wände nicht düster oder kalt, sondern auf eine unaufdringliche Weise schick. Ein bunt gemusterter Teppich vor dem Sofa in weichen Pink-, Grün und Rottönen setzte einen fröhlichen Farbtupfer und lud geradezu ein, näher zu treten und sich niederzulassen. Sie wusste nicht so recht, was sie erwartet hatte, aber nach einer vernachlässigten Junggesellenbude sah das hier ganz und gar nicht aus. Vielmehr war alles beeindruckend gut zusammengestellt, erwachsen, geradlinig maskulin und gleichzeitig so einladend und gemütlich, dass sie sich leider nur allzu gut vorstellen konnte, wie Rob hier reihenweise Frauen verführt hatte. Ob ihm eine davon bei dieser gelungenen Einrichtung geholfen hatte? Sie presste die Lippen aufeinander. Kein schöner Gedanke.

Um sich abzulenken, trat sie näher an die Fotosammlung heran und erkannte ein Bild von ihrem Abschlussball, das sie zusammen mit Liz und Rob zeigte und von dem sie wusste, dass es auch bei Liz hing. Sie selbst hatte ebenfalls eine Kopie, die sie zusammen mit ihren alten Schulsachen auf dem Speicher verwahrte. Sie und Rob als Prom Queen und King, Liz mit ihrem auffällig hellen Haar und ihren zu einem Kussmund geformten Lippen – wie unbeschwert und glücklich sie alle drei ausgesehen hatten! Liz' Onkel und Ziehvater Jack hatte es damals geschossen, und es war wirklich eine wunderbar gelungene Momentaufnahme ihrer Freundschaft. Schon aus diesem Grund hatte sie sich nicht davon trennen können, es aber auch nicht täglich vor Augen haben wollen. Die Erinnerungen an ihre Prom Night waren einfach zu schmerzhaft. Sie ließ den Blick über die anderen Aufnahmen gleiten, die zum Glück völlig unverfängliche Motive zeigten. Ein Bild von Richard Sawyer mit seinen beiden Enkelkindern. Noch ein Bild von Stephs Tochter, diesmal mit Liz – stimmt, Liz war ja Patentante der Kleinen –, Sal und Steph zusammen mit ihrer Mutter Abigail beim Collegeabschluss. Besonders gut gefiel ihr ein neueres Foto von Rob und Steph, das die beiden Geschwister von hinten zeigte. Sie waren offenbar gerade dabei, sich lachend zur Kamera umzudrehen, Steph war noch im Halbprofil zu sehen, während Rob über die Schulter direkt in die Kameralinse zu blicken schien. Die beiden trugen leichte Sommerklamotten und im Hintergrund konnte man Sand und Wasser erahnen. Ein gemeinsamer Tag am Strand?

Rob trat zu ihr, natürlich dicht gefolgt von Mathilda. Kommentarlos zeigte sie auf die Aufnahme, und er sagte: »Das war vor fünf Jahren auf Washington Island. Steph war damals gerade frisch mit Missy schwanger, auch wenn wir das noch nicht wussten. Sal hat das Foto gemacht.«

Ceecee nickte. Die Aufnahme hatte wirklich eine ganz besonders schöne Ausstrahlung. »Alle drei Sawyer-Kinder *und* die nächste Generation, hm? Kein Wunder, dass du das Bild magst.«

Sie spürte mehr, als dass sie sah, wie er sie überrascht musterte. »Woher weißt du das?«

Sie zuckte mit den Achseln. »Sehen das nicht alle?«

»Wenn, behalten die das für sich. Du bist die Erste, die mal ein Wort darüber verliert. Außer dass Steph sich gern darüber beschwert, warum ich ausgerechnet dieses Bild aufhängen musste, auf dem ihr die Haare so komisch zu Berge stehen.«

Ceecee wandte sich wieder der Aufnahme zu. Es stimmte, Stephs Haare lagen wirklich nicht perfekt. Dennoch strahlte alles an dem Bild so viel Liebe und Zuneigung aus, dass ihr die Kehle ganz eng wurde. Genauso ein Gefühl von Familie und Zusammenhalt wünschte sie sich für ihre eigenen Kinder. Die Familienbilder bei ihr zu Hause zeigten sie natürlich hauptsächlich mit ihren Eltern oder vielleicht auch anderen älteren Familienangehörigen. Und Cal verstand sich zwar recht gut mit seinem jüngeren Bruder Matt – die beiden hatten sogar dasselbe studiert, nämlich Jura –, aber richtig viel Kontakt hatten sie nicht. Manchmal fragte sich Ceecee, ob ihr künftiger Schwager sich deswegen so selten in Willow Springs sehen ließ, weil Cal ihn immer gutmütig damit aufzog, dass er mit seinem Einser-Examen doch wohl etwas anderes machen könnte, als für eine gemeinnützige Organisation rund um den Erdball zu reisen. Allerdings lachte Matt meistens nur, besonders viel auszumachen schienen ihm die Sprüche also nicht.

»Vermisst du sie?«

Rob fuhr sich mit der Hand in den Nacken. »Wen, Sal?« Er lachte etwas verlegen. »Ziemlich oft, ja. Wir zoomen und texten zwar viel, aber so richtig dasselbe ist es natürlich nicht. Und ich glaube, was mir am meisten fehlt, ist es, sie zusammen mit Steph zu sehen. Seltsam, oder? In der Schulzeit wäre es mir oft lieber gewesen, wenn die beiden nicht so zusammengegluckt hätten. Aber jetzt …« Er machte eine Pause und schüttelte den Kopf. »Sie macht in Madison ziemlich Karriere, das wäre hier gar nicht möglich. Und im Gegensatz zu mir und Steph war ihr das schon immer wichtig. Außerdem kann ich irgendwo verstehen, dass sie noch etwas anderes von der Welt sehen will als Willow Springs.«

»So wie du ja auch«, meinte sie. Wieder schaute er sie überrascht an. »Na, wenn du jetzt nach Madison gehst. Dann kannst du wenigstens mal wieder mehr Zeit mit Sal verbringen. Vielleicht besucht euch Steph öfter.«

»Hm«, machte Rob. Er schien nicht weiter auf das Thema eingehen zu wollen, denn jetzt räusperte er sich. »Kann ich euch beiden Ladies eigentlich etwas anbieten?« Er war schon auf dem halben Weg zur Küche. »Eine Schale Wasser für Mathilda, vielleicht?«

Matty, die es sich auf dem Teppich vor dem Sofa bequem gemacht hatte, schlug zustimmend mit dem Schwanz auf den Boden, als sie ihren Namen hörte, und rappelte sich auf. Rob füllte einen Hundenapf mit Wasser und stellte ihn neben der Kücheninsel auf den Boden. Typisch, dachte Ceecee, das Tier zuerst. Sie grinste, weil sie das auch immer selbst so machte. Dann drehte sie sich zur Fotowand zurück, warf einen langen Blick auf das Bild von ihm, Steph und Missy, geschossen von Sal. Bestimmt hatte sie hinter der Kameralinse ebenso zufrieden gewirkt wie ihre Geschwister. Auch sehr typisch.

»Und für dich, Cee?«

Ihr wurde klar, wie ausgedörrt und hungrig sie war. Der Nachmittag auf dem Maisfestival war hektisch gewesen, weder sie noch Liz hatten richtig Zeit für eine Pause gehabt. »Hast du vielleicht ein Bier da? Ich würde jedenfalls eins nehmen, wenn du auch eins trinkst.« Er nickte und machte den Kühlschrank auf. Mit zwei Flaschen Bud light in der Hand drehte er sich zu ihr um. Er sah sie an, öffnete den Mund, vermutlich um etwas zu sagen, aber aus einem Impuls heraus unterbrach sie ihn. »Unten im Transporter sind noch die Reste von heute. Nicht viel, ein bisschen Maisbrot, Salat und so. Morgen können wir es ja sowieso nicht mehr verkaufen, und ich habe einfach furchtbaren Hunger. Wie wäre es, wenn ich die Sachen hole?«

Er stellte die beiden Flaschen auf der Arbeitsplatte ab. »Und was ist mit Cal? Wie geht es ihm eigentlich?« Einen Moment schien er zu zögern, aber vielleicht bildete sie sich das auch nur ein. »Wartet er nicht auf dich?«

»Cal ist bei Amanda zu Hause und lässt sich ein bisschen verwöhnen. Das wird ihm guttun. Wir fanden beide, dass uns etwas Abstand gerade nicht schadet.« Sie erwähnte nicht, wie froh sie über Amandas Angebot gewesen war, sich »richtig um ihren Jungen zu kümmern«, und wer genau ins Gespräch gebracht hatte, ein bisschen Runterkommen wäre für sie und Cal vielleicht nicht schlecht. Vermutlich konnte Rob sich das ohnehin denken. »Falls es dich beruhigt: Du hast ihm nicht die Nase gebrochen. In ein, zwei Tagen kann er wieder voll trainieren.«

»Ach«, sagte Rob, »dann ist es ja gut. Cee, ich …«

Ein weiteres Mal unterbrach sie ihn. Sie hatte keine Ahnung, was er sagen wollte, sein Gesicht verriet es ihr nicht. Doch sie wusste, dass sie nicht die geringste Lust hatte, Problemgespräche auf leeren Magen zu führen, selbst wenn sie allein deswegen hergekommen war, um sich bei ihm zu entschuldigen. »Lass mich erst das Essen holen, ja? Wenn es dir nichts ausmacht?«

Er stieß die Luft aus. »Also gut. Aber nach dem Essen reden wir.«

Rob stellte den letzten Teller in den Geschirrkorb und schloss die Tür der Spülmaschine. Der Abend verlief so ganz anders, als er das erwartet, nein, als er es befürchtet hatte, als Cee bei ihm vor der Tür stand. Sie hatte so entschlossen und gleichzeitig ängstlich ausgesehen, als müsse sie eine furchtbare Aufgabe bewältigen, dass er unwillkürlich geglaubt hatte … Ach, er wusste gar nicht so genau, was er geglaubt hatte, nur dass es nichts Gutes sein konnte, was sie zu ihm führte.

Die Atmosphäre bei ihrem improvisierten Abendessen war allerdings ausnehmend friedlich gewesen, vielleicht weil sie beide wussten, dass sie dringend eine Atempause brauchten. Und so hatte er sich zumindest ansatzweise entspannt und Cee offenbar auch. Er hatte genau beobachten können, wie die Linie ihrer Schultern die Anspannung verlor, ihr Gesicht weicher wurde und ihr Lächeln nicht nur ihren Mund, sondern auch ihre Augen erreichte. Vermutlich lag das auch am Essen, denn obwohl sie darauf bestand, es bescheiden »Reste« zu nennen, war es in Wirklichkeit doch ein Festmahl, wie es seine Küche selten sah. Natürlich konnte er sich selbst annehmbar versorgen und beherrschte ein, zwei Gerichte recht gut, würde sich aber insgesamt eher als durchschnittlichen Koch bezeichnen. Mit Liz und Cee konnte er in keinem Fall mithalten, selbst beim Aufwärmen und Neuzusammenstellen gab es anscheinend besondere Tricks. Da er heute außerdem bisher kaum Appetit gehabt und sich lediglich irgendwann am Vormittag einen halben Muffin reingezwängt hatte, um dem ungewohnten Bourbon von gestern Abend und dem ganzen Koffein tagsüber wenigstens etwas entgegenzusetzen, wurde ihm spätestens bei den ersten Bissen Mais-Avocadosalat mit gerösteten Maisbrotwürfel klar, dass er ähnlich wie Cee furchtbar hungrig war.

Jetzt stand sie an der Kücheninsel und goss eine Kanne Pfefferminztee auf. »Nach einem leckeren Abendessen gibt es nichts Besseres …«

»… als einen ordentlichen Espresso«, vollendete Rob ihren Satz und lachte.

»Stimmt«, stellte sie ungerührt fest. »Es sei denn, man war seit halb fünf auf den Beinen und muss morgen wieder früh raus. Dann ist Minztee das einzig Wahre.« Sie nahm das vorbereitete Tablett mit Kanne und Tassen und ging ihm zum Sofa voraus. Es gefiel ihm, mit welcher Selbstverständlichkeit sie das tat, als wäre sie hier zu Hause. *Sei nicht albern, Sawyer,* sagte er sich, *sie besitzt ein Café, da ist es vermutlich ein ganz natürlicher Reflex.* Trotzdem musste er lächeln.

Sie arrangierte Tassen, Kanne und Zuckerdose auf dem Beistelltisch und schenkte ihnen ein. Der erfrischende Duft von Pfefferminz verbreitete sich im Raum.

Ihre Hündin sprang wie selbstverständlich zwischen ihnen auf das Sofa und bettete den Kopf auf seinen Schoß. Er tätschelte Mattys Ohren und musste schlucken. Es war wunderbar, wieder einen Hund hier zu haben. Sams Tod hatte einfach eine viel zu große Lücke in seinem Leben hinterlassen. Und Mathilda war wirklich eine ungewöhnlich hübsche und freundlich-freche Hündin; sie hatte ihm damals als Welpe besonders gut gefallen. Er hatte schon bei ihrer ersten Begegnung gedacht, wie perfekt Cee und sie zusammenpassen würden.

Mit einem Seufzer hob Rob den Blick und sah Cee an. Sie hatte sich in eine Ecke des Sofas gekuschelt und musterte ihn nachdenklich über den Tassenrand hinweg. Das Schweigen dehnte sich aus, bekümmerte ihn aber nicht. Es war immer einfach gewesen, mit ihr zusammen nichts zu sagen und nur ihre Gesellschaft zu genießen. Irritierend war allein ihr Blick.

Als hätte sie seine Gedanken gelesen, lächelte sie, und sein Herz machte einen Sprung.

»Ich wollte mich entschuldigen, Rob. Es war einfach unmöglich, wie Cal sich heute aufgeführt hat.« Ah, Cal, offenbar doch sicheres Terrain. »Und ich hätte mich auch zügeln müssen, wirklich. Es war nicht richtig, was ich zu euch beiden gesagt habe. Aber ich war einfach so unglaublich wütend, vor allen Dingen wegen dieser merkwürdigen Sachen, die Cal gegenüber diesem Johnson so von sich gegeben hat. Als wäre ich das kleine

Frauchen am Herd.« Sie verzog den Mund und schüttelte den Kopf. »Was ich allerdings nicht verstehe, ist, warum du so heftig reagiert hast. Okay, ja, die beiden haben auch nicht gerade freundlich über Liz geredet, das war nicht toll. Aber sich deswegen gleich prügeln, das ist grenzwertig. Was hat dich nur getrieben?«

Rob schaute sie an und überlegte. War das jetzt der Moment? Der Moment, in dem er ihr sagte, was wirklich Sache war? Dass er sie liebte, immer lieben würde und es einfach nicht ertragen hatte, wie Cal heute Morgen über sie gesprochen hatte? Dass er es niemals zulassen könnte, wenn irgendein Mann so über sie redete? Allein beim Gedanken, ihr Verlobter könne seine sexistischen Andeutungen in die Tat umsetzen, jagte eine Welle der Übelkeit durch seinen Körper. Er schüttelte den Kopf.

»Ach, verflixt, wo sind nur meine Manieren?«, sagte sie plötzlich und wurde rot. »Da komme ich extra her, um dich um Verzeihung zu bitten, weil mir die ganze Sache so wahnsinnig peinlich ist, und im nächsten Moment mache ich dir sofort wieder Vorwürfe! Nein, ganz klar, schuld an eurer Prügelei ist einfach mein lieber Verlobter. Wenn ich ehrlich bin, hätte ich ihm vermutlich auch gern eine reingehauen.« Sie schüttelte nun ihrerseits den Kopf. »Außerdem habe ich mich so gefreut, dass zwischen uns wieder alles in Ordnung ist, und will nicht gleich alles zunichtemachen.« Sie schaute ihn warm aus großen blauen Augen an, mit diesem Blick, den er schon im Kindergarten komplett unwiderstehlich gefunden hatte.

War der entscheidende Moment, um alles zu gestehen, wirklich schon wieder vorbei?

»Cee, ich …«

»Nein, sag nichts, Rob. Oder höchstens, dass du mir verzeihst und wir nicht ein einziges Wort mehr über diese ganze blöde Sache verlieren müssen.«

Er konnte nur nicken, und der warme Glanz ihrer Augen vertiefte sich, wurde zu einem strahlenden Lächeln. »Und jetzt erzähle mir mehr über Sal – ich weiß gar nicht, was sie in den letzten Jahren in Madison so gemacht hat.« Sie schenkte ihnen beiden Tee nach und schaute ihn auffordernd an.

Rob tat ihr den Gefallen, selbst wenn er sich ein bisschen wunderte. Natürlich, ähnlich wie Liz war auch Cee früher in seinem Elternhaus ein und aus gegangen, und sie hatte vielleicht so etwas wie ein Große-Schwester-Verhältnis zu den Zwillingen gehabt. Er konnte sich nicht vorstellen, dass Sally in den letzten Jahren besonders freundlich zu ihr gewesen war; ähnlich wie Steph machte auch sie gern klar, wo ihre Loyalitäten lagen. Und seine Schwester hatte immer wieder durchblicken lassen, wie sehr sie glaubte, dass Cee ihn einfach an der Nase herumführen würde, egal, wie oft er selbst beteuert hatte, dass sie nichts von seinen Gefühlen wusste und sie sich ohnehin kaum sahen. Bestimmt hatte sie Cee deshalb bestenfalls kurz angebunden und unterkühlt gegrüßt. Wenn überhaupt.

Aber vielleicht war Cee einfach genauso erschöpft wie er von der emotionalen Ausnahmesituation des Tages und wollte deswegen noch höflichkeitshalber etwas plaudern, bevor sie gehen würde. Und was konnte es Harmloseres geben als das Wohl und Wehe einer früheren Bekannten?

Also erzählte er von Sals rasantem Aufstieg bei dem Versicherungsunternehmen, wo sie nach dem College als Trainee angefangen hatte. Sie arbeitete im Vertrieb, was Rob insgeheim nicht besonders aufregend fand, aber die Kombi aus Versicherung und Vertrieb passte hervorragend zu Sals extravertiertem Wesen und ihrem gleichzeitigen Sicherheitsbedürfnis – sie war wirklich von den Produkten ihrer Firma überzeugt und konnte sie auch äußerst überzeugend und voller Verve präsentieren. Bereits jetzt hatte sie die Zusage für die Abteilungsleitung in der Tasche, sobald ihr Vorgesetzter nächstes Jahr in Rente ging. Und danach würde sie Kurs Richtung Geschäftsführung nehmen, davon war Rob fest überzeugt.

»Wow«, machte Cee. »Irre, was Sal erreicht hat. Und wie steht es mit den Männern in ihrem Leben?«

Rob runzelte die Stirn. Ihm fiel wieder ein, was Steph vor ein paar Wochen über Sal gesagt hatte, dass sie jedem attraktiven Mann zielsicher aus dem Wege ging. Ob das wirklich stimmte?

Cee deutete sein Schweigen unerwartet, legte den Kopf schief und sagte: »Oder mit den Frauen?«

Er musste lachen. »Soweit ich weiß, steht Sal auf Männer. Behauptet sie jedenfalls. Letztendlich spielt das wohl auch keine Rolle, oder?« Er wurde wieder ernst. Der Gedanke, dass seine kleine Schwester tatsächlich einer Beziehung aus dem Weg ging, weil sie die Scheidung ihrer Eltern nicht verkraftet hatte, bedrückte ihn. Er wischte ihn weg und bemühte sich um einen unbekümmerten Tonfall, als könne er sich so selbst überzeugen. »Ich persönlich finde das jedenfalls nicht. Aber wie dem auch sei, uns gegenüber hat sie noch nie von einem besonderen Menschen in ihrem Leben gesprochen.«

»Das tut mir wirklich sehr leid«, sagte Cee. Dann korrigierte sie sich hastig. »Also jetzt nicht, dass du denkst, ich will sagen, nur in einer Beziehung ist man ein vollwertiger Mensch oder so ...« Sie unterbrach sich und wirkte sichtlich verlegen. Offenbar musste sie daran denken, dass sie gerade jemandem gegenübersaß, der als hartnäckigster Beziehungsverweigerer der ganzen Gegend galt. »Herrgott noch mal, wo habe ich heute nur meinen Kopf. Tut mir leid.«

Rob winkte ab. »Schon okay.«

Sie sammelte sich und dachte einen Moment nach. »Leidtun ist vielleicht wirklich der falsche Ausdruck. Es überrascht mich eher total. Steph ist so eine super Mutter, und irgendwie hatte ich immer angenommen, Sally wäre auch voll in der Familienplanung. Bei eurem Hintergrund ...«

»Du meinst, meine Schwestern würden das wieder ausbügeln wollen, was meine Eltern in Sachen Familie verbockt haben?«

Sie starrte ihn überrascht an. »Verbockt? Meinst du das ernst?«

Er zuckte nur mit den Schultern.

»Rob, du kannst dir nicht vorstellen, wie unglaublich neidisch ich immer auf deine Familie war! Klar, die Scheidung deiner Eltern war total schlimm, das weiß ich. Ich habe dich immer dafür bewundert, wie cool und abgeklärt du darüber gesprochen hast. Aber dass es in dir manchmal ganz anders ausgesehen haben muss, wie wütend und traurig du deswegen warst, hab ich auch immer kapiert. Und du und die Zwillinge, was habt ihr euch manchmal heftig gezofft. Sie waren ja auch oft kaum zu ertragen.« Sie grinste. »Ich weiß noch, wie lästig ich es fand, als sie ihre Mangaphase hatten und ständig Szenen aus *Fruits Basket* nachspielen mussten.«

»›Ich will kein Hund mehr sein, ich werde eine Katze!‹«, zitierte Rob. »Gott, das hatte ich total verdrängt. Aber es würde mich nicht wundern, wenn Steph immer noch irgendwo einen Kaffeebecher mit ihrem damaligen Helden Kyo Sohma drauf rumfliegen hat.«

»Etwa die, die du ihr zum Geburtstag geschenkt hast?«, fragte sie und lachte vergnügt. »Und das ist genau das, was ich meine, Rob – ihr wart einfach die perfekte Familie. Klar, eure Mom war irgendwann weg, und ich mag mir gar nicht ausmalen, welche Lücke sie bei dir hinterlassen hat. Aber im Nachhinein betrachtet würde ich eben auch sagen, dass ihr es verdammt gut hingekriegt habt, das irgendwie auszugleichen. Bei euch gab es immer so viel Liebe, Wärme und Zusammenhalt, egal, wie sehr du über die Zwillinge gestöhnt hast. Ich habe mir sooft gewünscht, ein Teil davon zu sein.«

Rob konnte seinen Ohren kaum trauen. Cee – neidisch auf seine Familie? Die Frau mit dem perfekten Elternhaus, in dem sicherlich nie ein einziges böses Wort gefallen war? Oder war das alles nur Fassade gewesen?

Sie spürte seine Verblüffung und ahnte offenbar den Grund dafür, denn sie bemühte sich eilig zurückzurudern. »Also jetzt nicht, dass du denkst, bei mir zu Hause wäre irgendwie ... oder meine Eltern ... Also das war schon alles ...« Sie hielt inne und versuchte sich zu sammeln.

Mathilda, die die Unruhe ihres Frauchens anscheinend

spürte, rappelte sich von Robs Schoß auf, tapste auf dem Lederpolster zu ihr rüber und leckte kurz ihre Hand. Genau wie er vorhin tätschelte Cee der Terrierdame die Ohren und seufzte. Als sie ihn wieder anblickte, glänzten ihre Augen feucht und ihr Mundwinkel zitterte ein bisschen. Er hätte sie am liebsten in die Arme genommen und getröstet, gleichzeitig spürte er instinktiv, wie wichtig es jetzt war, ihr den nötigen Raum zu geben. In diesem Moment durfte er sie auf keinen Fall bedrängen, egal, wie schwer ihm das fiel.

»Mom und Dad waren, nein, sie *sind* tolle Eltern, aber zuerst einmal sind sie ein perfektes Paar. Vince und Caroline, Caroline und Vince – das ist das Allerwichtigste in ihrem Leben. Mich haben sie auch geliebt, natürlich, aber ich war immer nur die Zugabe. Der Bonus, den man gern mitnimmt, über den man sich auch freut, klar. Aber der eben nicht die Hauptsache ist, der im Großen und Ganzen nicht mal besonders viel bedeutet.« Ihre Stimme war immer leiser geworden, fast so, als würde sie sich ihrer Worte schämen. »Ich habe mich oft so allein gefühlt und so ungenügend, als würde ich einfach nicht ausreichen. Als wäre ich es nicht wert, auch so geliebt zu werden, wie meine Eltern sich liebten. Oder wie dein Dad dich und deine Schwestern geliebt hast. Oder du sie liebst.«

Sein Herz zog sich vor Mitleid zusammen. Denn er selbst konnte sich an diese Ängste, dieses Gefühl der Unzulänglichkeit und völligen Hilflosigkeit nur allzu gut erinnern. Schließlich waren auch seine Eltern in ihren schwierigen Phasen total aufeinander konzentriert gewesen. Natürlich nicht im Guten, o nein! Ihr Verhalten während ihrer Trennung konnte man nur als Rosenkrieg bezeichnen, und deshalb hatten er und seine Schwestern damals immer geglaubt, sie seien im Grunde nicht so wichtig. Das war echt hart für sie alle gewesen, und er war verdammt froh, dass ihm diese Gefühle heute nur noch vage vertraut vorkamen, wie ein bloßes Echo aus der Vergangenheit.

Drei Dinge hatten ihm damals darüber hinweggeholfen. Einmal hatte sein Dad nach der Trennung alles darangesetzt, seine Kinder vergessen zu machen, dass ihre Mom sie verlassen hatte. Vermutlich war es ihm nicht einmal schwergefallen, denn Richard Sawyer war ein Familienmensch durch und durch. Er hatte sich ganz auf sie drei konzentriert, und nur manchmal hatte Rob sich gefragt, ob sein Dad nicht vielleicht glücklicher mit einer neuen Frau gewesen wäre. Von daher hatte Cee völlig recht, wenn sie meinte, dass seine Familie irgendwas verdammt richtig gemacht hatte.

Ein weiterer bedeutender Faktor war die Freundschaft zu Liz und Cee gewesen. Bei Liz hatte er nie daran gezweifelt, dass ihre Freundschaft andauern würde, sie einander blindlings vertrauen konnten und das immer tun würden. Als ihr bester Freund hatte er sich nie hilflos und unzulänglich gefühlt, sondern immer cool und irgendwie am richtigen Platz. Und Cee hatte er schließlich selbst von ganzem Herzen und so bedingungslos lieben können, wie es nur möglich war. Konnte er wirklich unwichtig sein, wenn seine Gefühle für sie so wichtig und bedeutsam waren?

Das hatte ihn unmittelbar zu seiner letzten, vielleicht entscheidenden Einsicht geführt: Es kam gar nicht so sehr auf die anderen Leute an und wie sie einen sahen. Viel mehr wog es, ob man selbst Liebe geben und nehmen konnte und ob man sich selbst liebenswert und wertvoll fand.

Der Gedanke, dass Cee sich selbst nicht so sehen konnte, dass sie nicht wusste, wie besonders und liebenswert sie war, tat weh.

Und es erklärte ihm so vieles.

Kapitel 16

Jetzt mal Klartext«, sagte Liz und beugte sich zu Rob. Ihre Stimme hatte diesen ganz bestimmten Tonfall, bei dem man sofort wusste, dass sie wirklich keine Ausflüchte mehr gelten lassen würde. Insgeheim war Ceecee überzeugt, ihre Freundin hätte ihn schon im Kindergarten geübt, denn er klang verdächtig wie der von Mrs. Kleinschmidt, einer ganz besonders strengen Betreuerin damals. »Willst du uns nicht endlich ordentlich aufklären, was es mit dieser Madison-Sache auf sich hat?«

Rob lehnte sich in seinem Stuhl zurück und warf Ceecee einen amüsierten Blick zu, anscheinend hatte auch er diesen Ton gleich erkannt. Sie saßen im *Angels,* der einzig annehmbaren Bar im weiten Umkreis und quasi der Stammkneipe aller Bewohner von Willow Springs auf ein »Feierabendbier«. Allerdings trank nur Rob tatsächlich ein Bud, Liz hatte einen Kräutertee vor sich stehen und sie selbst hatte sich für ein Glas Cabernet entschieden.

Liz hatte die wieder entstandene Nähe zwischen ihnen beiden zwar nicht kommentiert, aber in den gut zwei Wochen seit dem Maisfestival keine Gelegenheit ausgelassen, um eine gemeinsame Verabredung vorzuschlagen, und jetzt hatte es endlich geklappt. Heute Abend waren auch Joe und Cal sowie

Steph und Aaron dabei, und Cal hatte sofort bei den anderen drei angeregt, den Pooltisch in Beschlag zu nehmen. Ceecee hatte den Verdacht, dass er das hauptsächlich deswegen tat, um Rob aus dem Weg zu gehen. Sie hatte zwar eigenhändig gleich am nächsten Morgen dafür gesorgt, dass die beiden Kontrahenten sich so offiziell wie möglich beieinander entschuldigen. Doch sie wusste natürlich, wie wenig dabei von echter Reue die Rede sein konnte. Besonders viel Mühe hatten die beiden sich nicht gegeben, das Händeschütteln irgendwie überzeugend aussehen zu lassen, und Cal hatte sich danach auffällig über das ganze Thema ausgeschwiegen. Nicht dass sie selbst wild auf ein Gespräch darüber war – insgesamt war dieser Tag auf dem Maisfestival ein ganz schönes Wechselbad der Gefühle gewesen. Sie wusste immer noch nicht, warum sie an jenem Abend ausgerechnet Rob ihre allergrößten Ängste gestanden hatte. Vielleicht war das einfach schiere Gewohnheit gewesen, schließlich hatten sie sich früher immer alles erzählt. Und es war nicht zu leugnen, dass seine einfühlsame Reaktion ihr richtig gutgetan hatte. Er hatte sie einfach reden lassen, war bei ihr gewesen und hatte sie irgendwann in den Arm genommen, ohne sie auch nur ein bisschen zu bedrängen. Trotzdem. Sie musste irgendwann noch einmal genauer darüber nachdenken, warum Rob der einzige Mensch war, mit dem sie jemals darüber gesprochen hatte.

Aber nicht heute. Heute wollte sie sich nur bei einem netten Drink in bester Gesellschaft entspannen. Und egal, ob Cal ähnlich gemischte Gefühle wegen des Maisfestivals hatte wie sie, er spielte tatsächlich gut und gern Pool und war vermutlich genau wie sie einfach nur froh, eine kurze Atempause von Hochzeitsvorbereitungen und Training zu haben. Ihr Pensum in den letzten beiden Wochen war nämlich echt heftig gewesen, es hatte noch so viele Kleinigkeiten zu bedenken gegeben. Cal hatte angedeutet, dass er sich natürlich durch die erzwungene Trainingspause keinen Nachteil beim Ironman einhandeln wollte; er war allerdings klug genug gewesen, das vor ihr nicht weiter auszuführen. Die Generalprobe hatten sie jedenfalls am Wochenende mit nicht mehr als den üblichen Pannen hinter sich gebracht, und nun gab es bis auf das Rehearsal Dinner morgen zum Glück nichts mehr zu tun. Kaum zu glauben, dass es nur keine zwei Tage mehr dauern würde, bis ihr Dad sie zum Altar führte!

»So viel Neues gibt es da gar nicht zu wissen, Babe«, sagte Rob. »Wir sind noch voll in der Organisationsphase.«

»Aha«, machte Liz. »Organisationsphase, so, so. Was soll das denn heißen, bitte? Wir organisieren uns, bis wir zu einer Entscheidung kommen, oder wir organisieren schon die Wohnungssuche in Madison?«

Rob lachte. »Möchtest du mir eine Pro-und-Kontra-Liste für die einzelnen Stadtteile vorschlagen? Oder warum sprichst du von ›wir‹?«

Ceecee wurde das Gefühl nicht los, dass er sich mit dem Thema nicht wohlfühlte und versuchte, Liz durch ein bisschen Rumalbern von seinen Plänen abzulenken.

Sie beschloss, ihm die Sache leichter zu machen. »Wenn ich nach Madison ziehen würde – also, das ist natürlich total unwahrscheinlich, aber wenn –, dann würde ich gern was in Shorewood Hills suchen. Tolle Bars, noch bessere Coffeeshops, wunderbare Parks, das alles direkt am Wasser gelegen … Fast so gut wie auf dem Land zu leben, nur eben mit mehr …«

Weiter kam sie nicht. Rob und Liz drehten sich abrupt zu ihr und starrten sie an. Dann sagten sie wie aus einem Mund: »Du würdest nach Madison ziehen?«

»Na ja, ich, also, mit dem richtigen Beweggrund …«

Rob wandte sich an Liz. »Sie würde nach Madison ziehen!«

Die nickte ihm zu. »Ceecee würde nach Madison ziehen! Für den richtigen Beweggrund.« Im übermütigen Tonfall setzte sie hinzu: »Und was wäre das? Das perfekte Seniorenheim für Matty? Mit luxuriösen Hundekörbchen mit niedrigem Einstieg und Kissen aus Merinowolle?«

»Wieso jetzt Kissen aus Merinowolle?«, fragte Rob, und Liz meinte: »Ist das nicht perfekt für rheumatische Glieder? Mathilda wird schließlich auch nicht jünger. Oder war das Angorawolle?«

»Ach, ihr macht euch einfach über mich lustig, das ist nicht fair«, sagte sie und konnte sich ein befriedigtes Grinsen gerade noch so verkneifen. Sie war ganz offensichtlich erfolgreich gewesen in ihrem Versuch, Liz von Rob abzulenken. »Außerdem glaube ich, dass Matty lieber nette Spielkameradinnen hätte als irgendwelche Kissen aus Merinowolle. Oder Angorawolle.«

»Apropos luxuriöse Kleinigkeiten für Hunde: Habt ihr eigentlich noch mal über eure Kollektion mit veganen Hundeleckerlis nachgedacht?«, fragte Rob und gab der Bedienung ein Zeichen, eine weitere Runde zu bringen.

Wie über alles, was mit Essen zu tun hatte, diskutierte Liz natürlich auch liebend gern über vegane Hundesnacks. Sie hatte sich nicht nur schon ausgiebig in das Für und Wider eingelesen, sondern auch das eine oder andere Rezept an Mathilda ausprobiert. Ceecee fragte sich unwillkürlich, wann ihre Freundin dafür die Zeit gefunden hatte; denn soweit sie das beurteilen konnte, verbrachte Liz jede freie Sekunde entweder bei ihrer Tante Georgia und ihrem Onkel Jack oder aber mit Joe. Doch wenn sie recht hatte und Rob tatsächlich nicht über den Umzug nach Madison reden wollte, war dieses Stichwort für ihre Freundin natürlich genau richtig gewesen.

Ceecees Gedanken wanderten zurück zu dem Abend während des Maisfestivals. Es stimmte, Rob hatte sie nicht bedrängt, stattdessen war es irgendwann sie gewesen, die ihn geküsst hatte. Ihr Zusammensein war so ganz anders gewesen als der atemlose Sex davor. Diesmal waren sie langsam und vorsichtig gewesen, voller Zärtlichkeit und fast schon Wehmut. Seine Küsse hatten nach Abschied geschmeckt, und das Bewusstsein, dass das jetzt das letzte Mal sein würde – sein musste! –, hatte jeder Berührung eine unglaubliche Intensität verliehen. Als er zu ihr gekommen war, hatte sie sich verletzlich und entblößt gefühlt und gleichzeitig unheimlich stark. Er hatte sie ohne ein Wort gehalten, und sie hatte sich ganz und gar geborgen gefühlt, bis die Lust sich fast bis ins Unerträgliche gesteigert hatte. Der Höhepunkt war eine Erlösung gewesen. Erst als er ihr vorsichtig die Tränen von den Wangen gewischt hatte, war ihr klar geworden, dass sie haltlos geweint hatte.

Sie konnte sich nicht erinnern, dass der Sex mit Cal jemals so – sie krauste nachdenklich die Stirn – so *vielschichtig* gewesen war. Na ja, vielschichtig war vielleicht nicht ganz das richtige Wort, aber es war das einzige, was es auch nur annähernd beschrieb. Sie holte tief Luft. Nun ja. Auch über die Frage, warum der Sex mit ihrem besten Freund so besonders war, musste sie irgendwann noch einmal nachdenken. Aber vielleicht besser nicht heute. Nach der Hochzeit vielleicht.

Sie betrachte Rob genauer, der Liz gerade eine Frage nach den Mikronährstoffen ihrer Rezeptur stellte. Er hatte sich offenbar von der Schlägerei gründlich erholt, auch wenn er heute ein bisschen blass und angespannt wirkte. Der blaue Fleck auf seiner Wange war mittlerweile verblasst, und sie konnte das Grübchen sehen, das immer wieder aufblitzte, wenn er Liz anlachte. Die Ärmel seines grauen Hoodies hatte er hochgeschoben, und trotz der schummrigen Beleuchtung konnte sie bei jeder seiner Bewegungen erkennen, wie die Muskeln sich in seinen Unterarmen anspannten. Ihr Blick wanderte weiter zu der gezackten Narbe auf den Knöcheln seiner linken Hand, die er sich auf der Junior High zugezogen hatte, als sie ihren allerersten Klassenausflug gemacht hatten. Es war zum Schlittschuhlaufen gegangen und Tommy Olson hatte ihn krass unglücklich mit den Kufen erwischt. Rob hatte steif und fest behauptet, dass alles ganz harmlos wäre und er auf keinen Fall mit dem Schlittschuhlaufen aufhören müsse. Seine Mom hatte ihm danach ordentlich die Leviten gelesen, weil er sich tatsächlich einen Knöchelbruch zugezogen hatte, und ihm zur Strafe erst im Winter darauf seine Schlittschuhe zurückgegeben. Sie seufzte. Würde er jemals eine

Frau finden, bei der er es zulassen würde, dass sie ihn richtig kennenlernte? Die von der Narbe wissen durfte und auch von den Wunden, die die Trennung seiner Eltern hinterlassen hatte? Eine Frau, bei der er schwach und stark sein durfte, die ihn trotz aller Fehler noch mehr lieben würde, weil er selbst so viel Liebe zu geben hatte? Oder würde er einfach so weitermachen wie bisher?

Er schaute auf, als hätte er ihre Gedanken erraten, und sah ihr direkt in die Augen. Sie hätte ein Lächeln erwartet, doch er blieb ernst, und sie konnte seinen Blick nicht deuten. Dann wanderten seine Augen zu einem Punkt hinter ihr, und nur den Bruchteil einer Sekunde später fühlte sie eine Hand auf ihrer Schulter.

»Geht doch nichts über einen würdigen Gegner«, verkündete ihr Verlobter gut gelaunt, während er sich auf dem Stuhl neben sie fallen ließ. »Sie schulden mir eine Revanche, Chief.«

Joe war zu seiner Frau getreten und drückte Liz einen zärtlichen Kuss auf die Lippen. Man konnte ihm ansehen, dass er am liebsten die Hand auf die sanfte Rundung ihres Bauchs gelegt hätte, aber in der Öffentlichkeit hielt er sich zurück. Ceecee wusste von ihrer Freundin, wie viel Wert Joe auf korrektes Verhalten legte und wie wichtig es ihm war, den Leuten von Willow Springs mit einer ganz altmodischen Wertschätzung zu begegnen. Allzu demonstrative Liebesbezeugungen waren für ihn also tabu. Stattdessen richtete er sich auf und winkte ab. »Ach, das war heute nur reines Anfängerglück, beim nächsten Mal machen Sie mich bestimmt ordentlich nass, Cal.«

»Reines Anfängerglück?«, fragte Steph ungläubig nach.

»Für mich sah das aber wirklich nicht danach aus, als hättest du zum ersten Mal ein Queue in der Hand gehabt, Joe.«

»Im Gegenteil«, meinte Aaron. »Ich hätte schwören können, dass unser Chief sich ordentlich zurückhält. Vermutlich blufft er gnadenlos, um uns alle in Sicherheit zu wiegen.«

»Bitte, bitte, Aaron. Traust du mir so etwas wirklich zu?« Joe lächelte betont unschuldig und nahm einen Schluck Bier.

»Glaubt ihm besser kein Wort«, mischte sich nun Liz ein. »Bevor Joe bei mir eingezogen ist, wusste ich nicht, dass ein einzelner Mensch so viele Sporttrophäen besitzen kann. War da nicht auch irgendwas mit der Aufschrift ›New York Finest Pool Players‹ oder so?«

»Ich weiß wirklich nicht, wovon du redest, Liebling.« Joe grinste nun breit, offenbar nicht im Mindesten schuldbewusst.

»So eine Hinterfotzigkeit hätte ich Ihnen ja gar nicht zugetraut, Chief«, meinte Cal und prostete Joe zu. »Aber ich muss zugeben, das weckt meinen sportlichen Ehrgeiz. Nächstes Mal kommen Sie mir nicht so leicht davon. Wenn ich erst einmal mit einer Ironman-Trophäe aus Hawaii zurück bin, geht es richtig rund.«

»Planst du etwa schon das nächste sportliche Großprojekt, Cal?«, fragte Rob. »Ich dachte, du würdest dich erst auf Stimmenfang für die nächste Wahl in Greenwood County machen wollen.«

»Das kriege ich locker unter einen Hut, Sawyer.« Cal klang kühl und kurz angebunden. Es schien ihm schlagartig die gute Laune verhagelt zu haben, und Ceecee fühlte sich in ihrem Verdacht bestätigt, dass er Rob bewusst aus dem Weg ging. »Und ich will schließlich keiner von diesen Ehemännern werden, die nur neben der Gattin auf dem Sofa sitzen.«

Das kam jetzt doch ein bisschen überraschend. Schließlich hatte Cal ihr versprochen, dass sie sich viel Zeit füreinander nehmen würden, wenn das Thema Ironman abgehakt war. Natürlich wusste sie, dass er irgendwann aktiv Wahlkampf machen musste, aber sie hatte eigentlich nicht gedacht, dass Cal sich gleich nach dem Honeymoon in lauter neue Beschäftigungen stürzen wollte. Zumal sie wusste, wie überaus hartnäckig, ja geradezu besessen ehrgeizig er sein konnte, wenn er sich etwas vorgenommen hatte.

»Nein?«, fragte Aaron. »Wenn du mich fragst, Cal, gibt es kaum etwas Netteres als neben der Gattin auf dem Sofa zu sitzen. Davon träume ich, seit Missy ihren ersten Schrei getan hat. Im Grunde kann ich es kaum abwarten, bis ich alt und grau genug dafür bin.« Er ließ die Augenbrauen tanzen, und allen war klar, dass er sich definitiv nicht nur vorstellte, er und Steph würden harmlos auf dem Sofa sitzen.

»Und erst die Sonntagnachmittage mit Kaffee und Kuchen«, schwärmte Joe. »Ich wusste gar nicht, dass das Leben so schön sein kann.« Er lächelte Liz verliebt zu. »Besonders deine Torta della Nonna mit Karamellcreme – es würde mich nicht wundern, wenn *meine* Nonna da demnächst das Rezept haben will.«

Cal schnaufte. Offenbar war er sich unsicher, ob Aaron und Joe es ernst meinten oder ihn lediglich veralbern wollten. Ceecee hingegen wurde beim Gedanken an vertrödelte Nachmittage auf dem Sofa ein wenig wehmütig zumute. Wann hatten

Cal und sie das eigentlich zum letzten Mal gemacht? Einfach nur Zeit miteinander verbracht, schöne Dinge getan, die keinen Sinn und Zweck haben mussten, außer ihnen beiden Freude zu machen? In letzter Zeit jedenfalls waren solche Gelegenheiten sehr rar gewesen.

»Wie lange sind Sie jetzt mit Liz zusammen, Chief? Ein paar Monate?« Cal lächelte verständnisvoll. »Wenn Sie beide erst einmal so lange ein Paar sind wie wir beide«, er nickte Ceecee zu, »dann wissen Sie, dass im Leben ein paar andere Dinge eine größere Priorität haben sollten. Ich will für meine Familie ordentlich sorgen können und uns alle weiterbringen. Meine Verlobte soll schließlich stolz auf mich und unser Leben sein können. Siehst du das nicht ganz ähnlich, Schatz?« Erwartungsfroh sah er sie an, offenbar völlig überzeugt, ihr aus der Seele zu sprechen.

»Es kommt vermutlich einfach auf die richtige Balance an«, murmelte sie daher schnell und nickte. Denn Cal hatte nun einmal völlig recht: für seine Familie zu sorgen und Stabilität ins Leben zu bringen, war wichtig. Und sein Wunsch, dass sie stolz auf ihn war, rührte sie. Doch wenn sie daran dachte, wie liebevoll Joe und Aaron eben geklungen hatten, dann fragte sie sich, ob nicht auch der eine oder andere gemeinsame entspannte Nachmittag seinen Platz haben konnte. Warum eigentlich nicht, dachte sie ein wenig rebellisch. Schließlich bestand das Leben nicht nur aus Produktivität, Ordnung und Pflichtbewusstsein. Nach der Hochzeit würde sie deshalb alles daransetzen, Cal zu erinnern, wie schön ein bisschen zielloser Spaß sein konnte. Dann waren zumindest der Ironman und die

Hochzeit vom Tisch, und sie konnte ihn hoffentlich auch davon überzeugen, seine anderen Pläne aufzuschieben, zumindest ein wenig. Wieder nickte sie, diesmal noch ein bisschen entschiedener.

Ihr Blick fiel auf Rob, der auf die Bierflasche in seiner Hand starrte und sie ruhelos drehte – er hatte früher immer Zeit für sie gehabt. Aber natürlich, sie beide waren ja auch nur Freunde gewesen …

Auf ihre etwas halbherzige Bestätigung folgte ein kurzes Schweigen. Dann dehnte und streckte Joe sich demonstrativ. »Leute, ich weiß nicht, wie es auch geht, aber ich muss morgen früh raus. Und wir haben ja alle in den nächsten Tagen etwas Wichtiges vor. Ich schlage vor, wir vertagen uns für heute.«

Fast schon ein wenig erleichtert stimmten ihm alle zu und winkten schnell nach der Rechnung, fast so, als könnten auch sie es kaum erwarten, den Abend zu beenden. So wirkte es zumindest auf Ceecee. Aber vielleicht lag das auch daran, dass das Gespräch eine etwas merkwürdige Wendung genommen hatte, und sie selbst ganz froh war, jetzt aufbrechen zu können. Sie griff nach ihrer Handtasche und folgte den anderen hastig. Cal war tatsächlich schon auf halbem Weg zur Tür raus.

»Cee«, erklang Robs Stimmte hinter ihr.

Sie drehte sich um.

»Hast du nicht etwas vergessen?«, fragte er und hielt ihre Jacke hoch.

»Ach ja, natürlich«, sagte sie und lachte verlegen. »Also wirklich, ich weiß nicht, wo ich in letzter Zeit meinen Kopf habe. Wie gut, dass du so aufmerksam warst, vielen Dank.«

Er zuckte mit den Achseln. »Gern.« Dann schaute er sie an, schien zu überlegen, was er als Nächstes sagen sollte. »Cee, ich …« Er hielt inne.

Hastig sprach sie weiter. »Wir sehen uns morgen beim Rehearsal Dinner? Ich weiß, deine Einladung kam etwas spät …«

Rob ließ den Blick durchs *Angels* gleiten, verweilte kurz beim Tresen. Dachte er darüber nach, ob er vielleicht noch etwas bleiben sollte? Tatsächlich war noch immer einiges los, an Gesellschaft würde es ihm also nicht mangeln. Hatte ihm vorhin nicht auch die blonde Bedienung eindeutig zweideutig zugegrinst, als sie ihnen die nächste Runde Getränke gebracht hatte? Einen Augenblick erfüllte sie dieser Gedanke mit Unbehagen. Sie holte tief Luft. »… aber ich hoffe, du hast trotzdem Zeit?« Sie hörte selbst, wie ungewohnt nervös sie immer noch klang.

»Natürlich.« Sein Lächeln war warm, hüllte sie ein wie ein kuscheliger Mantel. Doch der Moment war nur kurz. »Um nichts in der Welt würde ich mir das entgehen lassen.«

Sie blinzelte. »Ah, ja dann … also, bis morgen.«

Im Gehen meinte sie zu hören, wie Rob den Namen der Kellnerin rief, und ärgerte sich über sich selbst, weil sie nicht einfach ein unverbindlich-entspanntes »Kommst du auch?« zu ihm hatte sagen können. Na ja, sie konnte nicht leugnen, dass die Situation zwischen ihnen noch etwas … ungewohnt war und sie in seiner Nähe immer irgendwie das Gefühl hatte, sie würde auf etwas warten. So als wäre zwischen ihnen nicht alles gesagt.

Aber das, Ceecee straffte die Schultern, war ja nun wirklich albern. *Natürlich* war zwischen ihnen nicht alles gesagt, denn sie hatten hoffentlich noch lange Jahre freundschaftlicher Gespräche vor sich! Und nach ihrer Hochzeit übermorgen würde sich bestimmt alles ganz schnell beruhigen. Sie nickte, streifte ihre Jacke über und umfasste ihre Handtasche ein bisschen fester.

Zumindest Rob schien keinerlei Zweifel daran zu haben, wie seine Zukunft aussehen würde: Während die Tür hinter ihr zufiel, erklang sein tiefes, unbekümmertes Lachen – im Gleichklang mit dem entzückten Gekicher der Kellnerin.

Rob schüttelte über sich selbst den Kopf, als er am nächsten Tag in seinen Wagen stieg. Nicht zum ersten Mal in den vergangenen zwei Wochen hatte er sich gefragt, ob es wirklich eine gute Idee war, bis zum Vorabend der Hochzeit zu warten, um Cee seine Gefühle zu gestehen. Er war sich oft so vorgekommen, als würde er einen Verkaufsunfall in Zeitlupe betrachten, unfähig einzugreifen, während sich das Grauen vor seinen Augen Stück für Stück entfaltete. Jedes Mal, wenn er seinen Kaffee im *Lakeview* holte – und das tat er nun eigentlich täglich – und beobachtete, wie sie mit einem erwartungsvollen Lächeln auf ihn zukam. So konsequent sie ihm früher gern aus dem Weg gegangen war, so eifrig suchte sie jetzt seine Nähe, nutzte jede Gelegenheit für ein paar Worte oder auch eine kurze Berührung. Dass im Café ihre bevorstehende Hochzeit ein beliebtes Thema war, besonders unter ihren Stammgästen, kam hinzu.

Und gestern Abend erst! Rob hatte etwas gezögert, auf Liz' Idee zu einem Drink im *Angels* einzugehen, weil er vor allem nicht die geringste Lust auf eine Begegnung mit Cal hatte. Allerdings hatte seine beste Freundin nicht nur seine Schwester und seinen Schwager eingeladen, sondern auch gleich noch ihre Tante überzeugt, für Owen und Missy die Babysitterin zu geben. Wenn Liz sich etwas in den Kopf gesetzt hatte, konnte sie unheimlich konsequent sein, und er war meist völlig machtlos dagegen. Zum Glück war Cal sofort zum Pooltisch abgezogen, sodass Rob etwas Schonfrist bekommen hatte. Dennoch war das anschließende Gespräch für ihn echt hart gewesen. Wie enttäuscht Cee gewirkt hatte, als ihr klar wurde, wie genau Cal sich ihr Eheleben vorstellte! Und sein dummes Gerede von wegen, wenn man erst einmal so lange in einer Beziehung sei, wäre gemeinsam verbrachte Zeit reine Zeitverschwendung. Rob wäre am liebsten über den Tisch gesprungen, um Cal diesmal wirklich die Nase zu brechen. Der Typ war schon zu Schulzeiten manchmal geradezu ekelhaft selbstgerecht gewesen, aber mittlerweile fand er ihn kaum noch zu ertragen. Seine Aggressivität ihm gegenüber war trotzdem ganz schön erschreckend, selbst wenn er genau wusste, woher sie kam. Als die anderen zur Tür raus waren und er Cee ihre vergessene Jacke gegeben hatte, sie ihn mit ihren blauen Augen angesehen und so nervös dahergeredet hatte, war die Versuchung groß gewesen, sie einfach nur in den Arm zu nehmen, den Geruch ihres Haares einzuatmen und sie verdammt noch einmal nie wieder loszulassen. Es hatte ihn seine gesamte Selbstbeherrschung gekostet, sich daran zu erinnern, dass das *Angels* ganz bestimmt nicht der richtige Ort für leidenschaftliche Liebesbezeugungen gegenüber offiziell vergebenen Frauen war – egal, wie sehr man die Betreffende liebte oder welchen Schwachkopf auch immer sie im Begriff war zu heiraten.

Aber es gab noch ganz andere Begebenheiten, die sich als unerwartet schwierig herausstellten. Zum Beispiel der Besuch von Kevin, dem Kandidaten seiner Mutter für die Nachfolge in der Praxis.

Was immer er und sein Dad erwartet hatten, niemals wären sie auf so jemanden gekommen wie den jungen Tierarzt. Dass er super qualifiziert war, hatte für sie beide nicht infrage gestanden: Wenn seine Mom sagte, jemand wäre ein guter Veterinär, dann war er oder sie das auch. Aber dieser Kevin war dazu auch noch unglaublich sympathisch – ja, er verkörperte mit seiner unaufdringlich bodenständigen Art genau das, was ein neuer Tierarzt in Willow Springs mitbringen musste, um herzlich empfangen zu werden. Er war kein verwöhntes Großstadtkind aus dem sonnigen Florida, der dem Leben in einem kleinen Ort in Wisconsin mit Staunen oder Misstrauen begegnen würde, sondern stammte selbst aus einer Kleinstadt in Ohio. »Wobei Stadt stark übertrieben ist«, hatte er gemeint und vielsagend gegrinst, »Willow Springs ist dagegen fast schon eine Metropole.« Das war wohl auch der Grund, warum seine Mom sofort auf ihn gekommen war, denn sie wusste anscheinend von Kevins Traum, irgendwann wieder in eine Kleinstadtpraxis zurückzukehren und dass er seit Jahren darauf sparte. Vielleicht hatte sie sogar geplant, ihn irgendwann als möglichen Geschäftspartner für ihre alte Praxis vorzuschlagen, wer wusste das schon? Jedenfalls, was zwischen seinem Dad und dem jungen Tierarzt abgegangen war, konnte man fast als aufblühende Bromance bezeichnen. Beim Mittagessen hatten die beiden erst stundenlang über Augenkrankheiten bei Hauskaninchen gefachsimpelt und sich dann ausführlich über das Schicksal der Cleveland Cavaliers unterhalten – ein Thema, bei dem Rob abgeschaltet hatte, denn mit Basketball hatte er trotz der Begeisterung seines Vaters nie besonders viel anfangen können. Seine Sorge, was mit seinem Dad werden würde, sollte er selbst die Praxis abgeben, wäre zumindest bei Kevin völlig unbegründet. Die zwei hatten sich quasi schon darauf geeinigt, dass sie die Praxis weiterhin so führen würden wie bisher und Richard Sawyer als zweiter Tierarzt bleiben würde. »Wir legen das am besten alles schriftlich fest, das ist ja kein Ding«, hatte Kevin gesagt, und Rob hatte seinem Dad ansehen können, wie gut er das fand und wie zufrieden er mit Kevin war. Allein Kirsty hatte nicht in den Kevin-Jubelchor eingestimmt, aber Rob war sich ziemlich sicher, dass das bloß an ihrer Loyalität ihm gegenüber lag. Er hatte genau mitbekommen, wie sie anerkennend gelächelt hatte, während sie Kevin hinterm Tresen die Praxisorganisation vorgeführt und er offenbar genau die richtigen Fragen gestellt hatte.

Nein, Dr. Kevin Joh wäre sicherlich ein Gewinn für Willow Springs und passte hervorragend hierher. Er hatte auch überhaupt nicht unwirsch oder ungeduldig reagiert, als Rob ihm gesagt hatte, dass er sich das Ganze noch einmal in Ruhe überlegen wollte – und das, obwohl er selbst vorher so Druck bei seiner Mom gemacht und Kevin vermutlich schon halb die Umzugswagen bestellt hatte. Trotzdem hatte Rob genau gesehen, wie Kevin zu guter Letzt einen langen und sehr sehnsüchtigen

Blick durch die Praxis hatte schweifen lassen. Als sie zusammen zum Leihwagen gegangen waren, mit dem er zum Flughafen nach Wausau zurückfahren würde, hatte Kevin sich ein weiteres Mal aufmerksam umgeschaut und ein kaum hörbares »Wirklich schön hier« gemurmelt.

Rob musste ihm recht geben, es war schön hier, sogar auf dem Parkplatz vor der Tierarztpraxis. Die Spätseptembersonne strahlte vom Himmel, und selbst wenn in den nächsten Tagen schlechteres Wetter angesagt war, waren die Temperaturen jetzt noch einmal angenehm warm. Die Straße herunter konnte man in der Ferne ein paar der für das Northern Highland typischen sanften Hügel erahnen, und die Blätter der Gelbbirke vorm Haus säuselten sanft im Wind. Auf dem Weg zum Flughafen würde Kevin das gemütliche Zentrum von Willow Springs durchqueren mit der Polizeistation, den beiden Angelläden, Walther's Bakery, dem Laden ihrer Käserei, der gerade ein neues farbenfrohes Verkaufsschild geordert hatte und bei dem sein Dad seit Ewigkeiten jeden Freitag seinen liebsten Blauschimmelkäse kaufte. Und natürlich, bei diesem Gedanken musste Rob tief Luft holen, würde er auch beim *Lakeview* vorbeikommen. Vielleicht würde Kevin sich dort einen Kaffee holen, bevor er Richtung Highway durch noch üppig belaubte Wälder fahren würde und die zahlreichen tiefblauen Seen der Umgebung bewundern könnte, die selbst im wärmsten Sommer erfrischend kühl blieben und an einem Tag wie heute in der Sonne glitzerten.

»Ich hoffe, wir hören recht bald voneinander, Rob«, hatte Kevin als Letztes gemeint, als er in den Wagen gestiegen war. Es war offensichtlich, wie sehr er sich wünschte, in Willow Springs zu leben. Allein das wärmte Robs Herz, und er hätte diesem netten und unprätentiösen Kollegen am liebsten reinen Wein eingeschenkt. Aber das war natürlich völlig undenkbar, und so musste er mit dem schlechten Gewissen leben, jetzt einen weiteren Menschen im Ungewissen zu lassen.

Seine Mom hatte in den Tagen danach mithilfe diverser Nachrichten jedenfalls keinen Zweifel aufkommen lassen, dass sie selbst die Übergabe mehr oder weniger als abgemacht betrachtete und sich bloß noch fragte, warum Rob plötzlich so zögerte. Heute Morgen dann hatte sie ihn sogar angerufen und ihn unmissverständlich daran erinnert, sie stehe bei Kevin im Wort und würde keinen Rückzieher von ihm akzeptieren. Wenn Rob ehrlich war, konnte er ihr das nicht einmal verübeln. Mit Müh und Not hatte er sie davon überzeugen können, ihm bis morgen früh Zeit für eine Entscheidung zu lassen. »Aber wenn ich bis 10 Uhr nichts von dir höre, Rob, dann betrachte ich das als Antwort«, hatte sie streng hinzugefügt.

Was bedeutete, dass sich alles in den nächsten gut neun Stunden entscheiden musste. So oder so. Entweder verlor er seine geliebte Heimat, seinen Job und alles, was er sich in den letzten Jahren aufgebaut hatte – oder er überzeugte die Frau seines Lebens am Vorabend ihrer lang geplanten Hochzeit davon, dass sie nur an seiner Seite ihr Glück finden würde. No pressure also, oder?

Trotzdem, auch wenn er diese Art von Druck nicht unbedingt gebraucht hätte, seit dem Abend beim Maisfestival war er sich ziemlich sicher, dass es offenbar genau das war, was seine

Cee brauchte. Nicht nur, weil sie als Romantikerin die große Geste sicherlich zu schätzen wusste und er ihr exakt das geben wollte, was sie sich immer gewünscht hatte, nein, nicht allein deswegen. Er glaubte auch, dass für sie der Druck und das schiere Drama groß genug sein mussten, damit sie sich selbst und die Situation endlich anders sehen konnte. Sie hatte so lange mit der Vorstellung gelebt, dass Cal der Richtige für sie war, seine lauwarme Zuneigung das Einzige, was sie verdiente, dass sie vermutlich den Gedanken gar nicht zulassen konnte, es könne Alternativen für sie geben. Sie sollte wissen, was für ein wunderbarer Mensch sie war, dass der Kleinmädchentraum von der ersten großen Liebe für sie längst nicht gut genug war und sie sich nicht an diese Illusion festklammern musste, in die sie sich geflüchtet hatte, weil ihre Eltern selbst die perfekte Ehe lebten. Und deshalb würde er ihr sagen, was er empfand, sie anflehen, Cal nicht zu heiraten, und das, ja, genau, am Vorabend ihrer Hochzeit. Kurz hatte er sogar überlegt, ob er die ganz extreme Nummer machen sollte und Einspruch bei der Trauung erheben, so richtig schön in der Kirche. Aber auch wenn das im Film immer romantisch rüberkam, wollte er seiner Cee die Möglichkeit geben, sich völlig frei zu entscheiden, ohne dass andere Menschen zusahen und sie vielleicht für ihr Handeln verurteilen würden. Bei all seiner Liebe zu den Leuten in Willow Springs war ihm doch bewusst, wie sehr sie einen solchen Skandal genießen würden. Auf gar keinen Fall wollte er sie zum Gespött von ganz Greenwood County machen, sie nicht dem Zorn von Cal – oder noch schlimmer – der ungefilterten Wut von Amanda McNamara aussetzen.

Noch entscheidender war allerdings, dass er ganz klar auf volles Risiko gehen und deshalb so fair sein müsste, ihr die Möglichkeit zu geben, ihm eine Abfuhr zu erteilen – und an ihrem Hochzeitstag mit ihrem Auserwählten vor dem Altar zu stehen, ohne dass er irgendwie dazwischenfunkte. Und auch wenn er um mehr als alles in der Welt darauf hoffte, sie würde sich für ihn und ihre Liebe entscheiden, würde er sich in diesem Fall geräuschlos aus dem Staub machen und sie diesen Tag feiern lassen, wie sie es sich wünschte. Entschlossen straffte er die Schultern und nickte noch einmal mit dem Kopf, als könne er sich so selbst überzeugen.

Bei dem Gedanken daran grummelte es ihm nämlich trotzdem ungut in der Magengrube. Himmel noch mal, er musste jetzt einfach alles dafür tun, damit sie morgen nicht mit diesem Idioten vor dem Altar stand, sondern ganz bald mit ihm! Mit einem ungeduldigen Seufzer parkte er seinen Wagen ein bisschen entfernt vom Haus der Kaufmans in einer Parallelstraße und ging auf leisen Sohlen den Bordsteig hinab. Die klare Nachtluft tat ihm gut. Außer ihm war keine Menschenseele in diesem ruhigen Stadtviertel zu sehen. Um diese Uhrzeit auch kein Wunder.

Er hatte gewusst, dass Cee darauf bestehen würde, die Nacht vor der Hochzeit bei ihren Eltern zu verbringen. Dazu hätte es die launigen Anspielungen auf dem Rehearsal Dinner heute Abend gar nicht gebraucht; er war sich so sicher gewesen, dass er darauf seinen gesamten Plan aufgebaut hatte. Erstaunlicherweise hatte Cal den traditionell-romantischen Wunsch seiner Verlobten nicht als sentimental bezeichnet, sondern ihn beim

Abschied auf dem Dinner vorhin sogar positiv kommentiert. Na ja, auch er musste gelegentlich seine lichten Momente haben.

Seit dem Ende des Dinners waren fast zwei Stunden vergangen, es war jetzt kurz vor ein Uhr morgens. Sehr wahrscheinlich waren Vince und Caroline sofort nach ihrer Rückkehr ins Bett gegangen und schliefen mittlerweile tief und fest. Das war aber nur ein unbedeutendes Detail, denn in ihrer Teeniezeit hatte Cee irgendwann durchgesetzt, dass ihr Zimmer nicht mehr neben der Master-Suite ihrer Eltern, sondern am anderen Ende des Flurs untergebracht wurde. Rob wusste aus alter Erfahrung, dass die Kaufmans niemals etwas von dem hörten, was in Cees Zimmer passierte, vorausgesetzt, man übertrieb es nicht allzu sehr.

Erwartungsgemäß waren die Fenster in ihrem Schlafzimmer dunkel, als er über den weichen Rasen Richtung Ostseite des Hauses ging. Er legte beide Hände auf einen der unteren Äste der ausladenden Eiche dort und tastete mit dem Fuß nach dem altvertrauten Knubbel am Stamm. Als Kids hatten Liz, Cee und er Stunden in »ihrer« Eiche verbracht und die Nachbarschaft aus luftiger Höhe beobachtet, später war sie nützlich gewesen, wenn sie sich zu etwas unüblichen Zeiten und ungestört hatten treffen wollen.

Obwohl er Jahre nicht mehr hier gewesen war, schien sein Körper sich noch genau an den besten Aufstieg zu erinnern; blind fanden seine Finger die perfekten Stellen, um sich daran hochzuziehen, seine Füße die Astgabelungen, die den richtigen Halt bieten konnten. Gefühlt Sekunden später befand er sich vor Cees Fenster, das Zimmer dahinter lag im Dunklen. Er holte noch einmal tief Luft, beugte sich dann rasch vor, um an das Glas zu klopfen – und fiel mit einem unerwartet kräftigen Schwung ins Bodenlose.

Kapitel 17

Rumms! Auf der Treppe auf dem Weg nach oben hielt Ceecee inne. War das Poltern etwa aus ihrem Schlafzimmer gekommen? Sie war gerade unten in der Küche gewesen, um eine warme Milch zu trinken, in der Hoffnung, dass sie dann endlich, endlich einschlafen könnte. Schließlich wollte sie an ihrem Hochzeitstag strahlend und erholt aussehen und nicht so, als hätte sie die ganze Nacht kein Auge zugetan. Deswegen hatte sie sich für heute alles zurechtgelegt, was ihr sonst todsicher beim Einschlafen half: die Meditationsapp, das Lavendelspray fürs Kopfkissen, das total langweilige Buch, bei dem sie sonst nie mehr schaffte als eine halbe Seite. Auch beim Rehearsal Dinner war sie wohlweislich vorsichtig gewesen und hatte auf Alkohol, Koffein und die abschließende Käseplatte verzichtet. Vorhin hatte sie sogar das Fenster sperrangelweit geöffnet, obwohl sie das eigentlich nicht mochte. Aber Cal schwor seit ein paar Monaten darauf, und heute hatte sie zum ersten Mal gedacht, dass ihr die frische Luft fast schon fehlte, wenn sie allein war. Zum Glück war ein offenes Fenster von den Temperaturen her Anfang Oktober kein Problem, auch wenn sie nicht wusste, was sie im Winter davon halten würde. Geholfen hatte das alles nichts, deshalb die warme Milch.

Da, ein weiteres Rumpeln, eindeutig aus ihrem Zimmer! Dann noch ein Geräusch, ein leises Fiepen von Mathilda. Das gab ihre Hündin immer von sich, wenn sie nicht wusste, wie sie eine Situation einschätzen sollte. Ceecee bezeichnete diesen Ton insgeheim als Mattys »Was'n los?«-Fieper. War ihre Hündin etwa vom Bett gefallen? Natürlich durfte sie unter normalen Umständen nicht bei ihr im Zimmer oder gar im Bett schlafen, aber sie zwei machten meist eine Ausnahme, wenn sie bei ihren Eltern war oder Cal nicht zu Hause. Deswegen war Mathilda wie üblich aufs Bettende gesprungen, sobald Ceecee sich hingelegt hatte, und hatte den Ausflug ihrer Herrin in die Küche nur mit einem halb geöffneten Auge zur Kenntnis genommen. Hatte sie sich jetzt falsch umgedreht? Oder war durch den Luftzug nur irgendwas in Bewegung gekommen? Sie lauschte.

In nächsten Augenblick erklang wieder ein Poltern, sehr viel leiser diesmal, und Matty bellte einmal kurz auf. Dann Stille. Und das war unheimlicher als alles andere – waren vielleicht Einbrecher in ihrem Zimmer, die gleich ihren Hund …?

Weiter kam sie mit ihren Gedanken nicht. Am anderen Ende des Flurs ging die Schlafzimmertür ihrer Eltern auf. Ihr Vater erschien, legte einen Finger auf die Lippen und bedeutete ihr, auf der Treppe stehen zu bleiben. Er trug einen dunkelroten Pyjama und Hausschuhe, sein Haar war zerzaust und eine Wange zeigte deutlich den Abdruck des Kissens. Trotzdem wirkte er in ihren Augen ganz wie der würdevolle Hausherr, bereit, Eigentum und Familie bis zum Letzten zu verteidigen. Vermutlich trug der Baseballschläger in seiner rechten Hand zu diesem Eindruck bei. Allerdings hatte sie ganz bestimmt nicht vor, ihren Dad allein ins Unglück rennen zu lassen, also folgte sie ihm im gebührenden Abstand und auf Zehenspitzen. Vor ihrer Tür warf er ihr einen strengen Blick zu und scheuchte sie mit einer energischen Handbewegung weg. Dann riss er die Tür zu ihrem Zimmer auf, knipste das Licht an und rief gebieterisch: »Stehen Sie auf, die Polizei ist bereits alarmiert.« Er machte einen Schritt nach vorn, sagte »Oh«, und die Tür fiel hinter ihm zu.

Was war das jetzt bitte? Das »Oh« hatte eher überrascht als besorgt geklungen, und ihr Dad wäre doch bestimmt nicht so leichtsinnig, sich mit Einbrechern in einen Raum einzuschließen, oder? Sie trat näher und stellte fest, dass das Murmeln eher nach einem Gespräch als bedrohlich klang. Das hätte sie vielleicht beruhigend finden sollen, aber es machte ihre Verwirrung endgültig komplett. Wer war in ihrem Schlafzimmer, und warum redete ihr Dad so ausgiebig mit dieser Person?

Eine gefühlte Ewigkeit später kam ihr Dad wieder raus. Jetzt sah er nicht mehr ehrfurchtgebietend aus, sondern vielmehr amüsiert; um seine Mundwinkel zuckte ein kleines Lächeln. Aber sein Blick war trotzdem noch streng, als er zu ihr sagte: »Ich gehe jetzt mal schnell Joe anrufen, bevor er die Kavallerie losschickt. Und du, Liebes, sprichst besser mit dem jungen Mann da drinnen.«

Soweit zum Thema »große romantische Geste« und »ihre Eltern schlafen bestimmt und hören sowieso nichts«.

Rob konnte nicht anders. Er musste einfach lachen, als er auf dem gemütlich-weichen Teppich in ihrem Zimmer saß. Sein wenig eleganter Einstieg in Cees Zimmer, mit dem Kopf voran in das unvermutet offene Fenster – wer bitte ließ Anfang Oktober sein Schlafzimmerfenster sperrangelweit offen stehen? –, hatte ihm vor Schreck die Luft aus der Lunge getrieben. Okay, auf Mathildas enthusiastische Begrüßung war er schon eher vorbereitet gewesen, und so war es ihm gelungen, sie ziemlich schnell zum Schweigen zu bringen. Anders hatte es dagegen mit Cees Vater ausgesehen: Dessen kurzes, aber unglaublich effizientes Verhör hatte ihm erst die Schamesröte ins Gesicht getrieben und dann leichenblass werden lassen, er hatte es genau gespürt. Immerhin hatte er geistesgegenwärtig nicht en détail geschildert, warum er hoffte, er könne Cee am Vorabend ihrer Hochzeit davon überzeugen, ihrem Verlobten den Laufpass zu geben. Auf keinem Fall hatte er gegenüber Vince Kaufman zugeben wollen, dass er mit seiner Tochter in den letzten Wochen leidenschaftlichen Sex gehabt hatte. Er hatte nur betont, wie sehr er Cee liebte und dass er jetzt erst den Mut gefasst habe, diese letzte Chance zu nutzen. Vince Kaufman hatte ihn streng angeschaut, bevor er genickt und gesagt hatte, das müsse er dann wohl mit Ceecee selbst besprechen. Immerhin hatte ihr Vater im Umdrehen ein kleines Schmunzeln aufblitzen lassen – ob nun aus Mitleid mit Rob, weil ihn die Situation einfach amüsierte oder er vielleicht sogar hoffte, Rob könne Erfolg haben, war schwer zu sagen. Im Gegensatz zu Caroline hatte er Vince niemals besonders enthusiastisch gegenüber Cal erlebt.

Er ließ sich auf den Rücken fallen, und Matty nutzte sofort die Gelegenheit, ihm auch das Ohr abzuschlabbern. Mann, so hatte er sich das Ganze wirklich nicht vorgestellt! Lachend grub er die Finger in ihr kurzes Terrierfell, um sie ein Stück wegzuschieben, dann sah er lachend zu Cee auf, die ins Zimmer getreten war und nun auf ihn zukam. In ihrem dunkelblauen kurzen Nachthemd mit Lochstickerei, mit den offenen Haaren, die ihr über die Schultern flossen, und dem ungläubigen Gesichtsausdruck sah sie so aus wie immer – wie die Frau seiner Träume. Dennoch war er hilflos gegen das Lachen, das so unkontrolliert aus ihm herausbrach. All die emotionale Anspannung der letzten Wochen und Monate, wenn nicht der letzten Jahre verschaffte sich in diesem Lachen Luft. Bevor sie fragen konnte, was er hier trieb, was zur Hölle ihm eigentlich einfiel, machte er den Mund auf und sagte es einfach, ohne weiter nachzudenken: »Cee, ich liebe dich, seit ich denken kann. Willst du diese Lusche Cal nicht endlich verlassen und für alle Zeiten mit mir zusammen sein?«

Ihre Reaktion war unerwartet. Sie zuckte zurück und drehte sich, noch immer wortlos, auf dem Absatz um, floh regelrecht aus dem Zimmer. Der Ausdruck auf ihrem Gesicht – geschockt und verletzt – brachte ihn schlagartig wieder zur Besinnung. Er sprang auf und rannte ihr hinterher, untermalt von Mattys freudigem Gebell.

»Cee, halt, warte. Cee, bitte.«

Sie war fast die Treppe runter, aber er wusste, dass sie ihn gehört haben musste. Ihre Schritte wurden langsamer. Auch er hielt inne, in dem Bewusstsein, dass er gerade dabei war, seine letzte Chance extremst gründlich zu vermasseln. Hatte sie ihm schließlich nicht vor gerade einmal zwei Wochen erzählt, sie hätte Angst, nicht wichtig genug für andere sein zu können? Wie musste sie sich da fühlen, wenn er ihr grölend seine Gefühle gestand, als wäre das alles ein einziger großer Witz? Das hatte bestimmt sogar Cal ein bisschen besser hinbekommen! *Hast du wirklich toll gemacht, Sawyer,* schimpfte er mit sich. Allerdings hatte er nun keine Zeit, um sich selbst fertigzumachen; jetzt musste er alles versuchen, um den Schaden zu beheben. Behutsam näherte er sich ihr, nahm unbewusst die langsamen Bewegungen an, die er nutzte, wenn ein verletztes Tier seine Hilfe brauchte und er es erst einmal beruhigen musste.

»Cee, bitte«, wiederholte er und legte all seine Liebe für sie in seine Stimme. Und dann: »Ich meine es völlig ernst.«

So. Das war es also. Das, worauf sie die ganze Zeit gewartet hatte. Sie wusste nicht, was sie sagen, wie sie reagieren sollte. Sie wusste nur, dass ein gewaltiger Mix aus Gefühlen ihr durch die Adern fuhr und ihr die Luft zu nehmen drohte. Schock. Wut. Unglaube. Freude. Ja, sie musste es zugeben, unbändige Freude. Vor ihrem inneren Auge entstanden plötzlich Bilder: sie, schwanger, Hand in Hand mit Rob auf dem Weg zum *Lakeview,* wo ihnen anerkennend die Tillmans zunickten und Rob zu Joe herüberwinkte, bevor er ihr die Tür aufhielt. Ihr Baby mit Robs blonden Locken und ihren blauen Augen auf einer Decke im Park, das juchzend die Hände nach Matty ausstreckte, daneben die Reste eines Picknicks und der gelbe Lieblingsball ihrer Hündin. Oder auch nur, wie sie mit zwei Kaffeebechern aus ihrem Café in die Tierarztpraxis kam und Rob lachend von seinem Schreibtisch aufsehen und ihr entgegenblicken würde …

Konnte das wirklich sein?

Doch neben diesen überraschend lebensechten Bildern, die ihr Herz zum Tanzen brachten und ihre Knie zum Zittern, trat noch ein anderes Gefühl. Und dieses Gefühl war vielleicht das mächtigste von allen: Angst. Denn das war doch nicht sie, diese Ceecee mit dem unbesorgten Lachen auf den Lippen und Robs Kind im Arm. Sie, das war die loyale, verantwortungsbewusste Cecilia Kaufman, die immer zu ihrem Wort stand. Die morgen James Calvin McNamara III. heiraten würde, mit ihm Kinder haben und irgendwann zusammen alt werden würde. Deren Weg klar vorgezeichnet war und die wusste, dass er die richtige Wahl für sie war. Allein von dem Gedanken, sie könne sich auf etwas anderes einlassen, etwas anderes *wirklich* leben wollen, wurde ihr schwindlig vor Angst.

Vermutlich entscheidend war jedoch ihre Gewissheit, dass der Rob aus ihrer Fantasie auch nicht der Mensch war, der in Wirklichkeit existierte. Der es vermutlich gar nicht sein konnte. Rob, das war der leidenschaftliche Liebhaber, der mit einer einzigen Berührung ihr Blut zum Kochen bringen konnte, ihr guter Freund, mit dem sie die Liebe zu Tieren und zu ihrer Heimat teilte, der ihr zur Seite stand, wenn sie Selbstzweifel hatte. Aber Rob war eben auch der Mann, der ihr schon einmal das Herz gebrochen hatte, damals, als sie bereit gewesen war, alles für ihn aufzugeben und sogar ihren Freund mit ihm betrogen hatte, der Gefühle auf die leichte Schulter nahm, der von einer Liaison zu nächsten ging. War sein Verhalten heute Abend nicht der beste Beweis dafür, dass er sich in dieser Hinsicht nicht geändert hatte und nie ändern würde?

»Cal ist keine Lusche«, sagte sie kläglich, ohne sich umzudrehen. Es war das Erste, was ihr einfiel.

»Na ja«, meinte Rob hinter ihr. Er räusperte sich, und sie musste ihn nicht ansehen, um zu wissen, dass er ihr gern deutlich widersprochen hätte. Aber er wollte sich offenbar nicht ablenken lassen, denn jetzt sagte er wieder fest: »Ich liebe dich. Ich will mein Leben mit dir verbringen, für immer der Mann an deiner Seite sein.« Er machte ein paar Schritte die Treppe hinunter, bis sie fast meinte, seine Wärme in ihrem Rücken spüren zu können. Ihr fiel der Tag im Café wieder ein, an dem er sie allein durch die Macht seiner erregenden Worte zu einem Orgasmus gebracht hatte. War das tatsächlich erst einen knappen Monat her? Sie konnte kaum glauben, was sich in der Zwischenzeit geändert, nein, wie sie sich geändert hatte.

»Im Grunde liebe ich dich schon mein ganzes Leben lang. Für mich gab es nie eine andere.«

Das brachte Bewegung in sie. Dachte er tatsächlich, sie würde ihm das einfach so abnehmen? »Ach ja, wirklich, Rob?«, fragte sie und drehte sich zu ihm um. »Also abgesehen von den ganzen anderen Frauen, mit denen du im Bett warst?«

Wenigstens besaß er den Anstand, ein wenig beschämt auszusehen, hielt aber den Mund. Umso besser, schließlich war sie noch nicht fertig. Das Allerschlimmste kam jetzt noch. Sie holte tief Luft. »Und du erwartest wirklich, ich glaube dir, du hättest mich schon immer geliebt? Wie erklärst du mir dann bitte schön die Tatsache, dass du unsere erste Nacht zusammen einfach so vergessen konntest? Mein Gott, was habe ich mich geschämt! Ich betrüge meinen Freund, der rücksichtsvoll wartet, bis ich bereit bin, mit ihm zu schlafen – und dann habe ich nichts Besseres zu tun, als mit jemandem ins Bett zu steigen, dem das total unwichtig ist! Lasse mich auf jemanden ein, der mich anscheinend einfach aus einer Schnapslaune heraus verführt!«

Er trat neben sie und sah sie an. Natürlich erwartete sie, auf seinem Gesicht Verwirrung und Überraschung zu sehen. Schließlich hatte er am Morgen ihres Abschlussballes behauptet, er hätte den totalen Filmriss gehabt und könne sich an gar nichts mehr erinnern, was in der Nacht davor passiert war.

Doch statt Unglauben und Erstaunen erkannte sie auf seinem Gesicht Verständnis und noch etwas anderes, was sie nicht genau benennen konnte. Schmerz? Reue?

»Du meinst die Prom Nacht, oder, Cee? Das war echt kompletter Mist von mir, aber ich kann dir das alles erklären, wirklich. Hätte ich nicht diese dumme Kurzschlussreaktion gehabt, wäre vielleicht alles anders gelaufen … Aber du und Cal, Cal und du … also als ich dich mit Cal am anderen Morgen gesehen habe, da habe ich wohl einfach den Kopf verloren, dachte, das mit uns wäre für dich nur ein Ausrutscher.« Er sah sie an, plötzlich unsicher, und versuchte ein schiefes Lächeln. »Es tut mir so leid.«

Seine offensichtliche Verlegenheit überzeugte sie mehr als alles andere, und irgendwo aus seinem Wortschwall blitzte eine erstaunliche Einsicht auf.

»Du hattest gar keinen Filmriss? Du hast einfach nur gelogen?«

Er schüttelte den Kopf. »Außerdem hätte der Filmriss mehrere Wochen andauern müssen, schließlich habe ich diese Nacht ganz genau geplant.«

»WAS? Warum?« Sie wollte ihren Ohren nicht trauen.

»Ich kann dir alles erklären, Cee, wenn du mich an…«

Oben klappte eine Tür, und ihr Vater erschien auf dem Treppenabsatz. »Als ich sagte, ihr beide sollt euch in Ruhe aussprechen, meinte ich damit nicht, ihr sollt das gleich hier im Flur tun. Ceecee, Liebes, wärst du so nett, mit deinem Gast irgendwohin zu gehen, wo deine Mom und ich nicht jedes Wort ganz genau mitanhören müssen?« Trotz seiner freundlichen Stimme wirkte ihr Dad reichlich ungehalten: Wenn er so ironisch wurde wie jetzt, wusste man nie, was als Nächstes passieren konnte. Zumal ihr angesichts der Erkenntnis, dass ihre Eltern tatsächlich jedes Wort von ihr und Rob verstehen konnten, ganz heiß wurde vor Scham. Sie nickte, sagte »Natürlich, Dad, tut mir leid, Dad« und zog Rob schnell mit sich ins Wohnzimmer. Energisch drückte sie die Tür hinter ihnen ins Schloss und winkte in Richtung Sitzgarnitur.

»O Mann«, sagte er und ließ sich mit einem komisch-verzweifelten Gesichtsausdruck aufs Sofa fallen, »so hatte ich mir das Ganze nun wirklich nicht vorgestellt.«

Sie setzte sich auf den Sessel gegenüber. »Willst du jetzt etwa Mitleid von mir? Für die Nacht vor meiner Hochzeit hatte ich mir schließlich auch was anderes erwartet. Nicht dieses, diesen …« Sie wusste nicht, was sie sagen sollte, also verstummte sie einfach.

»Chaos?«, meinte Rob. »Aufregung? Oder keinen ungebetenen Verehrer?« Ein Lachen lag in seiner Stimme; der Auftritt ihres Dads oder die ganze peinliche Situation hatten ihm anscheinend sein Gleichgewicht wiedergegeben.

Vermutlich hat er dank seiner Vergangenheit einfach viel Erfahrung mit solchen Dingen, dachte sie und stellte dabei fest, dass ihr sonst üblicher Ärger bei dem Gedanken an Robs Frauengeschichten erstaunlicherweise ganz und gar ausblieb. Die Erkenntnis, dass Rob sie in der Nacht vor dem Abschlussball nicht einfach spontan verführt und dann sofort wieder vergessen hatte, änderte alles.

Sie holte tief Luft. »Nein«, sagte sie dann ruhig. »Nein, ich hatte nicht diese Wahrheiten erwartet.« Sie sah ihn geradeheraus an, und wieder begann ihr Herz wild zu schlagen. Denn war es etwa nicht auch wahr, dass sie heute Nacht irgendwann den Gedanken zugelassen hatte, es könne doch einen anderen Weg für sie geben, als morgen mit Cal vor den Altar zu treten?

»Warum hast du das damals getan, Rob?«

Er starrte sie an, sog ihren Anblick förmlich in sich auf. Irgendetwas hatte sich verändert in den letzten Minuten, aber er wusste nicht, ob zum Guten oder Schlechten für ihn. Sie wirkte angespannter … und entschlossener. Ja. Vielleicht würde er sie zum letzten Mal so sehen, vielleicht würde ihm nichts anderes übrig bleiben, als morgen in aller Früh nach Madison zu fahren und dort seine Wunden zu lecken. Vermutlich würde er dann wie Sally nur zu Thanksgiving oder Weihnachten nach Willow Springs zurückkehren, und er und Cee würden irgendwann wie Fremde werden, die sich auf der Main Street nur kurz zunickten. Panik wallte in ihm auf, ließ ihn sich nackt und verletzlich fühlen. Verdammt, er hatte es sich wirklich einfacher vorgestellt, mit den Lügen der vergangenen Jahre abzuschließen. Aber wenn sie entschlossen sein konnte, konnte er das auch.

»Kannst du dich noch an den Sommer erinnern, als du dir beim Baden den Knöchel verstaucht hast?«

Falls sie dieser plötzliche Themenwechsel überraschte, ließ sie sich nichts anmerken. Fast schien sie sogar erleichtert, denn sie sank ein bisschen tiefer in den Sessel, auch wenn der wachsame Ausdruck auf ihrem Gesicht blieb. »Ganz dunkel. War das nicht in den Sommerferien nach unserem Junior-Jahr?«

Er nickte. »Wir hatten zu zweit mal wieder ein Wettschwimmen über den Pine Lake gemacht, zu unserer Lieblingsbucht. Liz war an dem Tag nicht dabei, keine Ahnung, wieso, aber Schwimmen war ja sowieso nie so ihr Ding. Beim Rauswaten aus dem Wasser bist du plötzlich umgeknickt und schlagartig ganz blass geworden. Du meintest, ich sollte schnell Hilfe holen, du würdest das schon aushalten. Aber weit und breit war keine Menschenseele, denn das Pine Lake Inn gab es ja noch nicht. Das wurde erst ein paar Jahre später gebaut.« Er hielt kurz inne, dachte an jenen sonnigen Tag zurück, an das kühle Wasser, ihr übermütiges Gelächter, den Rausch des Wettschwimmens – und die Angst um sie. »Und auch wenn du tapfer sein wolltest, ich hatte echt nicht die Nerven dafür. Also habe ich dich geschnappt und dich auf dem Rücken nach Hause getragen.«

»Stimmt! Meine Güte, daran habe ich ewig nicht mehr gedacht.« Sie lachte. »Für meine Eltern warst du danach ein echter Held, das weiß ich noch.«

»Nicht für meinen Dad – denn der war fest davon überzeugt, dass das Wettschwimmen an diesem Tag meine Idee gewesen war. Er ist richtig ausgetickt, wollte, dass ich zu deinen Eltern gehe und mich entschuldige, aber denen hattest du längst weisgemacht, du hättest mich so lange angebettelt, bis ich nachgegeben hätte.«

Cee zuckte mit den Schultern. »Keine große Sache. Dein Dad war viel strenger als meine oder Liz' Eltern, und die Idee hätte genauso gut von mir stammen können. Wir waren ziemlich oft in der Bucht.« Sie zog die Beine auf den Sessel und zupfte das Nachthemd um die Knie. »Und was bitte hat diese Geschichte jetzt mit unserem Prom-Ball zu tun?«

»Alles. Denn mir wurde an dem Tag klar, dass ich mich in dich verliebt hatte. Und was du ›keine große Sache‹ nennst, hat mich vor dem strengen Ausgangsverbot gerettet, das mein Dad mir angedroht hatte.« Er schüttelte den Kopf. »Wochenlang habe ich überlegt, ob und wie ich dir sage, was ich für dich empfinde. Aber dann ist plötzlich Cal auf der Bildfläche erschienen. Von da an habe ich auf eine Gelegenheit gewartet, dir zu beweisen, dass er nicht der Richtige für dich ist, dass er dich nicht so liebt wie ich.«

»Willst du etwa sagen, du hättest über ein Jahr gewartet? Bis zu unserem Abschlussball?«

»Nein. Zwischendurch habe ich versucht, deine Entscheidung zu akzeptieren. Ich wollte dich auf keinen Fall verlieren. Außerdem hast du jedes Zeichen, egal wie groß oder klein, geflissentlich ignoriert.« Er sah, wie sie überlegte, sich zu erinnern versuchte. »Aber vor unserem Abschlussball hatte ich dann echte Torschlusspanik, das gebe ich zu. Wer wusste schon, in welches College wir kommen würden? Ich wollte auf keinen

Fall länger warten und habe so dafür gesorgt, dass du mit mir in der Suite landest und nicht mit Cal. Ständig habe ich in unserem Prom-Hotel abgehangen und die Leute an der Rezeption angefleht, uns die schönsten Zimmer direkt nebenaneinander zu geben. Ich hatte die DJane geschmiert, damit sie deine Lieblingssongs auflegte, wenn wir zusammen tanzten. Und für den besonderen Room Service habe ich drei ganze Monate im K-Mart gejobbt. Du solltest dich einfach rundum wohl- und entspannt fühlen, damit der Abend für uns beide unvergesslich wird.« Er seufzte. »Ich hatte sogar darüber nachgedacht, mir von irgendwoher Roofies zu besorgen, um Cal außer Gefecht zu setzen, aber wie sich herausstellte, war das gar nicht nötig. Ein paar Wodka pur vor der Halle haben gereicht, und die hat er von ganz allein und ziemlich begeistert gekippt. Er hatte es nicht besonders eilig, zu dir zurückzukehren.« Allein dieses Detail hatte ihn damals davon überzeugt, dass Cal nicht wirklich in Cee verliebt sein konnte, wenn er sich so bereitwillig auf ihrem Prom-Ball wegschoss und so jede Chance vermasselte, den Abend bis zum Schluss mit ihr zu verbringen. Noch heute spürte er einen Hauch Wut, wenn er daran dachte. »Ich bin nicht stolz darauf, aber bereuen kann ich das auch nicht. Denn diese Nacht … diese Nacht war bis vor Kurzem die schönste meines Lebens. Bis zu unserem Wochenende am Dancing Cloud.« Er beugte sich vor, bemüht, sie zu überzeugen. »Hast du wirklich geglaubt, ich könnte dich vergessen?« Seine Stimme wurde rau, er musste sich räuspern, bevor er weitersprechen konnte. »Vergessen, wie ich dich in meinen Armen halte, wie du seufzt, wenn du kommst? Vergessen, wie es sich anfühlt, dir ganz nah zu sein, die ganze Nacht an deiner Seite zu verbringen? Nein, das könnte ich niemals vergessen. Cee, ich liebe dich, damals, heute. Für immer.« Er sah sie an, versuchte herauszufinden, was sie dachte und jetzt von ihm brauchte.

Doch so leicht machte sie es ihm nicht. »Und warum hast du dann nie etwas gesagt? Warum hast du mich glauben lassen, ich wäre nur ein betrunkener Ausrutscher gewesen, völlig bedeutungslos, die Erste von vielen? Kannst du nicht verstehen, wie unglaublich weh das getan hat?«

»Ich habe immer geglaubt, du hättest dich für Cal entschieden. Als ich aufstand, warst du nicht mehr im Zimmer, und als ich runterkam, in den Speisesaal, wo unsere halbe Klasse beim Frühstück war, da saßt du neben ihm. Du hast mich angesehen und breit gelächelt, während er den Arm um dich gelegt hatte. Ihr wirktet so wahnsinnig vertraut, eben wie ein glückliches Paar. Was hätte ich denn da tun sollen? Die große Szene machen, vor allen Leuten rausposaunen, dass du mir gehörst, weil wir in der letzten Nacht miteinander geschlafen hatten? Das wollte ich dir nicht antun.« Er überlegte kurz, ob er jetzt wirklich alles sagen sollte, ganz ehrlich sein, auch seine schlimmsten Seiten zeigen. »Und mir auch nicht. Ich wollte mir einen letzten Rest Würde bewahren. Deshalb habe ich das von dem Filmriss erzählt.«

Sie ließ die Beine vom Sessel gleiten, stand auf, kam zu ihm aufs Sofa. »Ich bin an jenem Morgen mit dem festen Vorsatz zum Frühstück gegangen, mit Cal Schluss zu machen. Mir war klar, dass ich Gefühle für dich hatte, und dass es einen Grund dafür geben musste, warum ich noch nicht mit Cal schlafen wollte, aber mit dir. Ich war einfach nur total verwirrt. Doch bevor ich nur ein Wort zu Cal sagen konnte, standst du plötzlich da und hast jedem erzählt, wie großartig und geil deine Nacht gewesen sei, weil du dich an gar nichts mehr erinnern könntest und du dir so hammermäßig die Kante gegeben hättest. Ich kam mir vor wie die letzte Idiotin, habe mich in Grund und Boden geschämt.« Sie legte ihm die Hand auf den Arm, seine Haut prickelte unter ihrer Berührung. »Ich erinnere mich noch, dass Cal an diesem Morgen und die Wochen danach besonders lieb zu mir war, er hat mir nach unserem ersten Streit dann ja sogar Matty geschenkt. Du hingegen warst plötzlich als der große Herzensbrecher unterwegs. Verstehst du nicht, dass ich das als Zeichen gedeutet habe, deuten musste?«

Er öffnete den Mund, wollte ihr sagen, wie falsch sie die Zeichen gedeutet hatte, doch sie stand ruckartig auf und hob die Hand.

»Nein, du musst nicht antworten, Rob. Ich gebe zu, ich hatte damals Gefühle für dich, und ich habe sie auch heute. Aber ich bin kein kleines Mädchen mehr, das wichtige Entscheidungen kopflos trifft und nicht zu seinem Wort steht. Deswegen muss ich zuerst mit Cal sprechen, ihm alles erklären. Und danach sehen wir weiter.«

Er sprang auf. »Nein, nein! Cee, ich liebe dich, wir gehören zusammen.« Ohne weiter nachzudenken, zog er sie in seine Arme, küsste sie, voller Leidenschaft, voller Verzweiflung und voller Hoffnung, als sie seinen Kuss mit derselben Hingabe erwiderte.

Aber dann löste sie sich von ihm. »Bitte, versteh mich doch. Wenn du mich so liebst, wie du sagst, dann lässt du mich das Richtige tun«, flüsterte sie. »Hab Geduld mit mir. Rob, bitte.«

Ihr Wispern traf ihn auch diesmal wieder mitten ins Herz. Er wusste, dass sie recht hatte, dass ihr nichts anderes übrig blieb. Wenn sie morgen noch in den Spiegel schauen wollte, dann musste sie tatsächlich jetzt mit Cal sprechen. Und er, Rob, musste riskieren, dass sie sich für ihren Verlobten entschied, dass der sie irgendwie überzeugte, ihn doch zu heiraten. Kurz überlegte er, ob er das Ultimatum seiner Mutter erwähnen sollte, ihr sagen, dass er die Praxis verlieren würde, wenn er nicht bis morgen früh Einspruch erhob. Doch warum? Er hatte alles gegeben, ihr alles gesagt, was er zu sagen hatte. Wenn ihre Liebe eine Chance haben sollte, dann musste er darauf vertrauen, dass sie zu ihm zurückkehrte. Er musste auf Cee vertrauen.

Und plötzlich fiel ihm die Entscheidung ganz leicht. Er trat einen Schritt zurück und sagte: »Ja.«

Kapitel 18

Sie ging die Treppe hoch, langsam, Stufe für Stufe. In Gedanken rekapitulierte sie, was sie in den nächsten Minuten sagen und erklären musste. Doch dann rief sie sich zur Ordnung. Hatten ihr die Ereignisse der letzten Monate nicht klar gezeigt, dass Pläne – egal, wie sehr man sie durchdacht hatte, an sie glaubte oder sich vielleicht auch in sie verrannt hatte – manchmal einfach beiseitegewischt werden mussten? Man besser auf sein Gefühl hören sollte und spontan das tun, was Herz und Hirn einem sagten?

Cee lächelte. Nein, das galt nicht für alle Pläne. Dieser Plan jedenfalls würde nicht schiefgehen. Dieser Plan würde sie genau da hinführen, wo sie sein sollte. Zu dem Mann, den sie liebte. Außerdem – jetzt hätte sie beinahe gelacht – war schließlich halb Willow Springs daran beteiligt, und alle zählten auf sie, dass sie ja keinen Murks machte. Würde sie auch nicht.

Sie musste an die Nacht vor ihrer Hochzeit zurückdenken, die Nacht, die sie jetzt immer als die »Nacht der Wahrheiten« bezeichnete. Ihr Dad war wieder die Treppe heruntergekommen, als sie die Haustür hinter Rob geschlossen hatte. Er hatte nicht mehr verärgert gewirkt oder ungeduldig, sondern sie nur liebevoll angesehen.

»Und?«, hatte er gefragt. »Hat Rob dich überzeugt?«

Sie hatte genickt und den Kopf geschüttelt und gleichzeitig noch gelacht, bevor sie in Tränen ausgebrochen war. »Oh, Dad!«

Ihr Vater war auf sie zugekommen und hatte sie in die Arme geschlossen. Sie hatte den Kopf an seine Schulter gelegt, seinen vertrauten Duft eingeatmet und den Tränen freien Lauf gelassen, als ihr die ganze Tragweite der Situation klar geworden war. »Ich muss mit Cal sprechen«, hatte sie schließlich gedämpft hervorgebracht.

Sie hatte gespürt, wie ihr Dad genickt hatte. Dann war er einen Schritt zurückgetreten. »Bist du dir sicher, Liebes?«

Sie hatte den Kopf geschüttelt. »Im Moment bin ich mir über gar nichts mehr sicher. Ich dachte immer, das Leben, was ich mir mit Cal aufgebaut habe, wäre genau das, was ich mir so lange gewünscht habe. Unser Haus, seine Kanzlei, das *Lakeview*, die Kinder, die bald kommen sollten … Aber die letzten Wochen mit Rob – das war irgendwie anders. Aufregender. Sicherer. Anstrengender. Sooo viel leichter. Und das lag nicht nur am tollen Sex.« Beim letzten Satz war sie ein wenig rot geworden. Manche Wahrheiten waren doch schwierig auszusprechen.

Ihr Dad hatte wieder genickt. »Dann sollen wir die Hochzeit abblasen?« Sein Grinsen war ziemlich schief geraten. »Amanda McNamara wird mich zwar bestimmt dafür umbringen, aber wenn du willst, Liebes, regele ich das für dich.«

Sie hatte tief Luft geholt und ihn angesehen. Eine Welle der Dankbarkeit überrollte sie beim Gedanken an sein Angebot, an sein Verständnis und einfach dafür, dass er alles so ruhig hingenommen hatte und sogar für sie in die Bresche springen wollte. Gerührt hatte sie seine Hand gedrückt. »Danke dir, Dad. Ja, vielleicht blasen wir die Hochzeit ab.« Sie hatte kurz innehalten müssen, als sie sich das sagen hörte. O mein Gott, die ganzen Gäste, die ihretwegen angereist waren, das tolle Essen, für dessen Planung allein sie Monate benötigt hatten, der üppige Blumenschmuck und die irre teure Hochzeitsreise nach Hawaii! Und ja, bestimmt würde Amanda nicht nur ihren Dad, sondern gleich sie alle umbringen oder es zumindest versuchen … Und was würde der Rest von Willow Springs wohl sagen?

Sie hatte erneut tief durchgeatmet und dann die Schultern gestrafft. Es nützte ja nichts.

»Unter diesen Umständen kann ich jedenfalls morgen nicht vor den Altar treten. Aber außer ein bisschen moralischer Unterstützung sollst du gar nichts für mich tun. Das ist meine Sache. Als Erstes muss ich jetzt mit Cal sprechen und ihm alles erklären. Das bin ich ihm schuldig, schließlich habe ich ihm mein Wort gegeben. Und er liebt mich.«

»Verstehe, Ceecee. Dann ziehe ich mich jetzt nur schnell an und fahre dich zu Cal, ja? Oder willst du bis morgen früh warten?«

Einen Augenblick lang war sie fast versucht gewesen, das Gespräch mit Cal tatsächlich auf den Morgen zu vertagen. Er mochte es nie, aus dem Schlaf gerissen zu werden, und konnte allein deswegen manchmal etwas überreagieren. Doch dann war ihr klar geworden, dass das für sie überhaupt nicht infrage kam – und dass, falls sie beide tatsächlich morgen doch heiraten sollten, sie ohnehin lernen musste, wieder mehr für sich und ihre Bedürfnisse einzustehen. Denn sie würde es auf keinen Fall akzeptieren, wenn er weiter sein Sportprogramm durchzog oder eine politische Karriere anstrebte, ohne sich um ihre Meinung dazu zu kümmern.

»Nein, wir fahren jetzt sofort. Danke dir, Dad.« Sie hatte ihn spontan noch einmal umarmt, ihm ein schnelles »Ich hab dich lieb« ins Ohr geflüstert, was er mit einem zufriedenen Brummen quittiert hatte, und sich dann von ihm gutmütig zu ihrem Zimmer raufscheuchen lassen.

Das nächste Stockwerk musste seins sein. Er wusste nicht, dass sie kommen würde, das hatte sie mit Liz und Joe so eingefädelt. Ja, er wusste noch nicht einmal, dass Cal im Moment allein auf Hawaii Urlaub machte und sich dort im teuren Flitterwochenhotel vermutlich ausgiebig die Wunden leckte. Die rein seelischen natürlich, denn soweit sie wusste, hatte er seinen Ironman ohne Blessuren überstanden und ironischerweise sogar eine ziemlich gute Zeit geschafft. Wie das passte! Warum hatte sie früher nie kapiert, wie wenig sein Glück oder auch nur sein Wohlbefinden von ihr abhing? Ceecees Schritte wurden noch langsamer, als sie an die nächtliche Aussprache mit ihrem Exverlobten zurückdachte. Sie konnte nicht sagen, dass diese Minuten zu den angenehmsten ihres Lebens zählten. Aber sie hatten ihr wirklich gründlich die Augen geöffnet.

»Du hast was?«, hatte Cal kopfschüttelnd gefragt, als sie ihn aus dem Schlaf geklingelt hatte, und sie sich in ihrem Wohnzimmer gegenüberstanden. Zuerst hatte er noch geglaubt, es wäre irgendein Unfall passiert und war dementsprechend aufgeregt gewesen. Nachdem sie ihm klargemacht hatte, dass sie lediglich »Gesprächsbedarf« hatte, wie er es nannte, hatte er sich schnell wieder beruhigt und sie mit betont geduldiger Miene hereingelassen.

Sie hatte ihn angeschaut und geschluckt. Hatte er sie wirklich nicht richtig verstanden? Oder war er einfach nur so tief getroffen von ihrem Geständnis und wollte es nicht wahrhaben?

»Ich hatte eine Affäre. Mit einem anderen«, hatte sie deshalb ruhig wiederholt. »Es tut mir leid, aber ich habe mich in den letzten Monaten …« *so einsam gefühlt an deiner Seite,* hatte sie noch sagen wollen. Doch so weit war es gar nicht gekommen, denn es war klar, dass er keine Erklärungen hatte hören wollen. Oder sie vielleicht gar nicht brauchte, denn er hatte einfach abgewinkt.

»Das ist doch nicht weiter tragisch, Darling.« Er hatte sich auf das Sofa fallen lassen und auf den Sitz neben sich geklopft. »Du hast einfach kalte Füße bekommen, das kann uns allen mal passieren. Ich vergebe dir.«

Cee hatte nur ungläubig auf seine Hand starren können, mit der er so albern auf die Polster neben sich geklopft hatte. Hatte er wirklich geglaubt, sie würde sich jetzt neben ihn setzen, wie ein braves Hündchen, und alles wäre wieder gut?

Ihr Blick war weitergewandert, zu seinem Gesicht. Er hatte sie mit diesem freundlich-amüsierten Ausdruck angesehen, den sie in der Vergangenheit immer als verständnisvoll und fürsorglich interpretiert hatte. Doch jetzt hatte sie nur die Gleichgültigkeit erkannt, die etwas herablassende Geduld in seiner Miene: Offenbar war er wirklich ernsthaft überzeugt gewesen, mit seiner wahnsinnig großmütigen Vergebung wäre die Sache erledigt. Denn dann hatte er hinzugefügt: »Morgen vor dem Altar ist alles vergessen und vorbei, glaub mir, mein Schatz.«

Und in diesem Augenblick hatte sie verstanden. Verstanden, dass Cal ihr niemals die Liebe geben würde, die sie sich wünschte, die ihre Eltern miteinander teilten, verstanden, dass sie sich vermutlich seit Jahren etwas vormachte, weil er sie schon so lange mit genau dieser Mischung aus Freundlichkeit und Geduld angesehen hatte, verstanden, dass sie und ihr gemeinsames Leben für ihn immer nur die bequeme Option gewesen waren. Aber sie hatte noch so viel mehr begriffen.

»Das kann uns allen mal passieren?«, hatte sie gefragt, auch wenn sie die Antwort im Grunde gar nicht mehr besonders interessiert hatte. Denn was konnte schlimmer sein, als sich mit so einer Beziehung abzufinden, wie Cal und sie sie geführt hatten? So einem lauwarmen Arrangement, als wären sie beide um die 70 statt Anfang 30? Und dabei auch noch so zu tun, als könne es nichts Schöneres und Besseres für sie geben? Vorhin hatte sie noch zu Rob gesagt, sie hätte sich fürchterlich für ihre Prom-Nacht geschämt. Nun, das war so überhaupt gar nichts im Vergleich zu der Scham, die sie nun für ihre eigene Dummheit empfunden hatte. Ob Cal sie da auch noch betrogen hatte oder nicht, spielte keine Rolle mehr.

Zumindest hatte ihr Verlobter den Anstand besessen, ein wenig beschämt auszusehen. Ihr war der Juristenkongress in

Chicago eingefallen, zu dem er immer so wahnsinnig früh aufbrach. Auch dieses Jahr, obwohl er ihr so beharrlich erzählt hatte, von seinem Ironman-Training dürfe er sich auf gar keinen Fall durch Sex ablenken lassen. Anscheinend war einzig und allein der Sex mit seiner Verlobten zu schädlich für sein Training gewesen. Oder vielleicht hatte er den einfach für verzichtbar gehalten, denn schließlich war in ihrem Schlafzimmer seit Jahren nicht mehr viel Spannendes passiert. Auch etwas, für das sie sich schämen sollte. Aber gerade jetzt hatte sie dieser Gedanke merkwürdig kaltgelassen.

Cee hatte nur geschnaubt, ungeduldig mit sich selbst und ihrem Bedürfnis, einen irgendwie sauberen Schlussstrich zu ziehen, und hatte sich zur Tür umdrehen wollen, als ihr Blick auf Mathildas Körbchen gefallen war. Nein, sie war noch nicht fertig hier, eine letzte Sache hatte sie klären müssen – denn als Rob von seiner Liebe zu ihr gesprochen hatte und wie sie alle Anzeichen dafür ignoriert hatte, war ihr ganz leise eine Erkenntnis durchs Gehirn gehüpft.

»Und was ist mit Matty?«, hatte sie wissen wollen. »War sie wirklich ein Geschenk von dir?«

Einen Herzschlag lang hatte er gezögert, bevor er ein wenig zu schnell, ein wenig zu beleidigt bekräftigt hatte: »Aber ja, natürlich, mein Schatz. Wie kannst du nur glauben, ich würde dir etwas vormachen?«

Sie hatte ihm angesehen, dass er gelogen hatte, dass er das nur gesagt hatte, weil er nicht hatte zugeben wollen, wie sehr er sich ins Unrecht gesetzt hatte. Vielleicht war es ihm einfach zu peinlich gewesen, vielleicht hatte er sein Gesicht wahren wollen vor seiner Braut – denn dass er tatsächlich geglaubt hatte, sie würde ihn nach diesem Gespräch noch heiraten, hatte sie am nächsten Morgen erfahren, als ihre Eltern zur Kirche gegangen waren, um Pfarrer Sutton aufzuklären. Ihre Mom hatte darauf bestanden, dass sie das ihrem Gemeindegeistlichen persönlich sagen wollte und sie ihn nicht einfach anrufen können. Cal hatte tatsächlich vor dem Altar gestanden und dort in der Kirche auf sie gewartet.

Rob hingegen … Rob war nicht so selbstverständlich davon ausgegangen, dass er ein Anrecht auf sie hatte und sie sich für ihn entscheiden würde. Er war am Morgen, ziemlich genau zu dem Zeitpunkt, an dem ihre Trauung hätte stattfinden sollen, nach Madison aufgebrochen. Das hatte sie von seinem Dad erfahren, als sie bei ihm später am Vormittag geklingelt hatte. Richard Sawyer hatte ihr auch erzählt, was seine Exfrau und er für ein Arrangement bezüglich der Praxis hatten. Als sie verstanden hatte, was Rob für sie aufgegeben hatte – seine Heimat, seine Praxis, seine gesamten Pläne für sein Leben, allein nur, um ihr den nötigen Raum zu lassen, frei über ihr Schicksal zu bestimmen –, war sie überwältigt gewesen.

Das hatte sie natürlich nicht stehen lassen können. Rob gehörte nach Willow Springs, und jetzt war es an ihr, ihn nach Hause zurückzuholen. Also hatte sie in den letzten Wochen Himmel und Hölle in Bewegung gesetzt, um das möglich zu machen. Sie hatte quasi persönlich halb Willow Springs, aber zumindest seine Familie und Freunde, zum Schweigen verpflichtet, hatte seine Mom, seinen Dad und diesen ausgesprochen netten Kevin Joh so von den Vorteilen einer gemeinsamen Geschäftspartnerschaft überzeugt – mein Gott, Abigail Sawyer war wirklich eine harte Nuss, aber auch verdammt großzügig, wenn es darauf ankam! –, dass die drei tatsächlich einen Vorvertrag für eine neue Klinik unterschrieben hatten, unter dem lediglich Robs Unterschrift fehlte. Zwar hatte sie erst überlegt, ob das Rob nicht zu sehr vor vollendete Tatsachen stellen würde, doch niemand hatte ihre Skrupel gelten lassen wollen. »Willst wohl deine Chance nicht verstreichen lassen, nach Madison zu gehen?«, hatte Liz gewitzelt. »Kommt gar nicht infrage, meine Süße!« Endgültig überzeugt hatte sie letztlich Steph mit dem Hinweis: »Mach dir nicht so viele Gedanken, unterschreiben muss er den Vertrag immer noch selbst.«

Als letztes, aber nicht unwichtiges Detail hatte sie Liz beim Experimentieren der veganen Hundeleckerli ordentlich angetrieben. Erst gestern waren sie drei, Liz, Matty und sie, mit dem Ergebnis richtig zufrieden gewesen, und Cee hatte neben dem Vertrag auch gleich zwei Beutel davon in ihre Tasche gepackt.

Und jetzt stand sie hier, vor dieser schicken anthrazitfarbenen Tür, in einem schicken Apartmenthaus im Herzen von Madison. Sie wusste, dass Rob allein war; Sally hatte ihr vorhin die vereinbarte Nachricht geschickt. Seine Schwester war von allen am schwierigsten zu überreden gewesen, und Ceecee konnte das im Nachhinein gut verstehen. Offenbar war sie – außer Joe Mariani, wie sich zu Cees großer Verwunderung herausgestellt hatte – der einzige Mensch gewesen, der bis vor Kurzem von Robs Liebe zu ihr gewusst hatte. Und Sally war nicht besonders geneigt gewesen, ihr zu verzeihen, was sie in Robs Leben angerichtet hatte, war sogar fest davon überzeugt gewesen, Ceecee hätte wissen können, nein, wissen müssen, was Rob für sie empfand. Oder vielleicht hatte sie sich auch zu sehr darauf gefreut, ihren großen Bruder in Madison bei sich zu haben? Wie dem auch sei, irgendwie war es Steph gelungen, ihren Zwilling zu überzeugen, dass Cee es wirklich ernst meinte, und Sally hatte sich eingereiht in die lange Reihe der Verschwörer und Verschwörerinnen, die Rob in Willow Springs haben wollten. In einer neuen, viel größeren Klinik, mit einer eigenen Linie an Hunde- und vielleicht später auch Katzenleckerlis.

Sie setzte Matty neben sich auf dem Boden ab und hob die Hand, um zu klingeln. Als sie seine Schritte im Flur hörte, begannen die Schmetterlinge in ihrem Bauch Achterbahn zu fahren. Die Tür ging auf.

Er war blass geworden, dünner – doch nie hatte sie Rob so schön, so begehrenswert gefunden wie jetzt.

Er starrte sie an wie einen Geist, und plötzlich bekam sie Zweifel. Hatte sie ihn zu lange warten lassen? War ihr ganzer schöner Plan zum Scheitern verurteilt? Liebte er sie etwa nicht mehr, weil er hatte glauben müssen, sie wäre auch diesmal zu Cal zurückgerannt?

»Rob«, sagte sie rau und trat auf ihn zu, lächelte zaghaft.

Dann passierte plötzlich alles auf einmal: Sie lag in seinen Armen, flüsterte heiser »Ich liebe dich, ich liebe dich so«, er küsste sie leidenschaftlich, Matty bellte aus voller Kehle und sprang um sie herum, und gleich zwei Nachbarn erschienen im Hausflur, um sich über den Lärm zu beschweren, und sie bekam kaum Luft vor lauter Glück.

Alles war ganz anders, als sie das geplant oder sich vorgestellt hatte. Und doch war alles genau richtig.

Rezepte

Pancakes à la Vince Kaufman

Rob hat es tatsächlich geschafft, Ceecees Dad sein Rezept für Pancakes zu entlocken. Sein Argument, dann für seine Liebste immer das perfekte Frühstück machen zu können, hat den romantischen Vince Kaufman natürlich sofort überzeugt. Allerdings musste Rob einwilligen, das Rezept nicht an Ceecee weiterzugeben – tut er auch nicht, versprochen!

Zutaten für zwei Personen:

1 großzügige Prise Trockenhefe
150 g Mehl
½ Esslöffel Zucker
1 Prise Salz
250 ml Milch
55 g flüssige Butter, abgekühlt
1 Ei
Optional: Vanilleextrakt oder echte Vanille
Butter oder geschmacksneutrales Öl zum Ausbacken
(Vince verwendet immer Butter)

Für die perfekten Pancakes zum Sonntagsfrühstück müsst ihr am Samstag vorm Schlafengehen etwas Vorarbeit leisten. Mehl, Zucker, Trockenhefe und Salz vermischen, dann die Milch und die abgekühlte Butter reinrühren. Wenn ihr Vanille oder Vanilleextrakt verwenden möchtet, gehört er an dieser Stelle hinzu. Die recht flüssige Mischung gut abdecken und über Nacht bei Raumtemperatur gehen lassen.

Am nächsten Morgen das Ei trennen, das Eigelb zum Teig geben und schon einmal unterrühren. Das Eiweiß steifschlagen und vorsichtig unterheben. Im heißen Fett ausbacken.

Vince reicht dazu Ahornsirup und Fruchtkompott. Während ihr normalen Pancaketeig auch gut mit Früchten oder Schokolade anreichern könnt, rät er bei seinen Pancakes strikt davon ab.

Aarons gegrilltes Maisbrot

Im Gegensatz zu Vince musste Aaron nicht besonders überzeugt werden, das Rezept für sein Grillbrot rauszurücken. Er mag seinen Schwager genauso gern wie der ihn, und für Ceecee hat er eine ganz besondere Schwäche. Rob isst das Maisbrot allerdings immer noch am liebsten bei den Plattners, und Ceecee gibt ihm da uneingeschränkt recht.

Zutaten für vier Personen:

für das Maisbrot:
375 ml Buttermilch
280 g Maisgrieß (Polenta)
75 g Weizenmehl
1 ½ Teelöffel Backpulver
1 gestr. Teelöffel Salz
1 Esslöffel Zucker
1 Ei
2 Esslöffel geschmacksneutrales Pflanzenöl

für die Butter:
110 g weiche Butter
2 Esslöffel Honig
1 kleine Jalapeño
½ Teelöffel Salz

Backofen auf 190 Grad (Ober- und Unterhitze) bzw. 170 Grad (Umluft) vorheizen. In einer ofenfesten Pfanne erhitzt ihr zwei Esslöffel Öl auf höchster Stufe für zwei Minuten (noch auf dem Herd, nicht im Ofen). Pfanne beiseitestellen und den Teig zubereiten.

Dazu in einer Schüssel die Polenta, das Mehl, Backpulver, Salz und Zucker gründlich vermischen. Die Buttermilch verschlagt ihr mit dem Ei und gebt die Masse zu den trockenen Zutaten. Alles gut verrühren und in das heiße Fett geben. Ca. 30 Minuten backen, bis die Oberfläche des Brots leicht gebräunt ist und es die Zahnstocherprobe besteht.

Für die Butter würfelt ihr die Jalapeño fein, vermischt sie gut mit dem Honig, dem Salz und der weichen Butter und schmeckt ab. Jalapeños gehören zu den weniger scharfen Chilisorten, was Aaron wegen seiner Kids ziemlich gut findet. Hat er allerdings eine besonders milde erwischt, hilft er noch einmal mit ein paar Chiliflocken oder Cayennepfeffer nach. Ihr könnt natürlich von Anfang an zu einer der schärferen Sorten greifen.

Das erkaltete Maisbrot in Rauten schneiden und jeweils einmal teilen. Die Stücke oben und unten großzügig mit der Honig-Jalapeño-Butter bestreichen und von beiden Seiten ca. drei Minuten grillen.

Die vermeintlich alte Jungfer
(Mock Old Maid)

Beim Cocktailrezept für den Mädelsabend hat sich Ceecee von dem berühmten Mixologen Sam Ross aus New York inspirieren lassen. Das Original ist mit alkoholhaltigem Gin, aber Liz schwört seit dem ersten Schluck auf die Variante ohne Alkohol. Voraussetzung dafür ist allerdings ein guter alkoholfreier Gin.

Für einen Mocktail:

3 Scheiben frische Gurke
80 ml alkoholfreier Gin
40 ml frisch gepresster Limettensaft
20 ml Zuckersirup
8 Minzblätter

Zum Garnieren: Minzstängel und Gurkenscheibe

Zuerst füllt ihr nicht zu großen Tumbler mit Eiswürfeln. Dann die Gurkenscheiben im Shaker mit einem Stößel zerdrücken. Die restlichen Zutaten zugeben und kräftig mit Eis shaken, bevor ihr den Cocktail durch ein feines Sieb in den bereitgestellten Tumbler gießt. Stilecht garniert wird mit Gurkenscheibe und Minzstängel.

Den Zuckersirup könnt ihr übrigens leicht selbst herstellen. Dazu 40 g Puderzucker mit 20 g heißem Wasser in ein kleines Marmeladenglas, Fläschchen oder Ähnliches geben und so lange schütteln, bis sich der Zucker gelöst hat. Abkühlen lassen, bevor ihr den Sirup verwendet. Reicht gut für zwei alte Jungfern.

Ein grosses Danke geht an …

… Esther und Olli von Aufbau More. Vielen Dank, dass ihr so an mich glaubt und alle Hebel in Behebung setzt, meine Romane in den Handel und an die Leser*innen zu bringen. Es tut gut, so liebevoll und kompetent begleitet zu werden!

… Steffi, die nicht nur eine sehr frühe Version dieses Romans gelesen und mich danach gebeten hat, am Ball zu bleiben, sondern dem Text auch den letzten Schliff verpasst hat. Es macht immer so unglaublich Spaß, mit dir zu arbeiten, das machen wir noch lange zusammen, ja?

… Sarah, weltbeste Agentin und liebe Freundin, die bei Nachrichtenfluten geduldig bleibt und die tollsten Katzen – und Kaffeetassenfotos zur Aufmunterung schickt. Du verlierst niemals den Touch, Süße!

… Gunnar Kuschel, dem nettesten Tierarzt rund um Hamburg für die tierärztliche Fachberatung. Für Fehler bin selbstverständlich ich allein verantwortlich.

… meine ganze Familie, aber besonders an meine Schwester und ihre Begabung, immer die skurrilsten Einfälle einfließen zu lassen. Unvergessen der Serienkiller mit der Dirndl-Phobie, der leider noch auf seine eigene Geschichte warten muss. Es liegt an mir, nicht an ihm!

… meine Freundin Silvia, die stundenlang und voller Hingabe Figuren und knifflige Wendungen im Plot mit mir diskutiert hat. So manche Parkbank werde ich für immer in besonderer Erinnerung behalten, weil du mir dort so überzeugend dargelegt hast, was es noch braucht, um die Story rund zu kriegen.

… an die vielen anderen Freunde und Freundinnen, die sich geduldig sowohl Gejammer als auch hysterische Freude, komplizierte Erklärungen und philosophische Überlegungen zum Schreiben angehört haben. Ihr seid die Besten, wo wäre ich ohne euch?

… Rob und Ceecee, die mich lange, sehr lange begleitet und mich dabei bis zum Schluss auf Trab gehalten haben. Als Autorin fragt man sich manchmal, ob es nicht ein Paralleluniversum gibt, in dem all die Romanfiguren tatsächlich leben – falls ja, hoffe ich, dass ihr dort jetzt zufrieden mit mir seid und so glücklich, wie ich mir das für euch wünsche!

… die Leser*innen, die mich mit nach Willow Springs begleitet und dabei hoffentlich ganz viel Spaß und Entspannung gefunden haben. Hört sich vielleicht blöd an, aber es ist mir eine solche Ehre, dass ihr Zeit mit mir und meinen Romanen verbringt. Euch gebührt der größte Dank von allen. DANKE.

Leseprobe

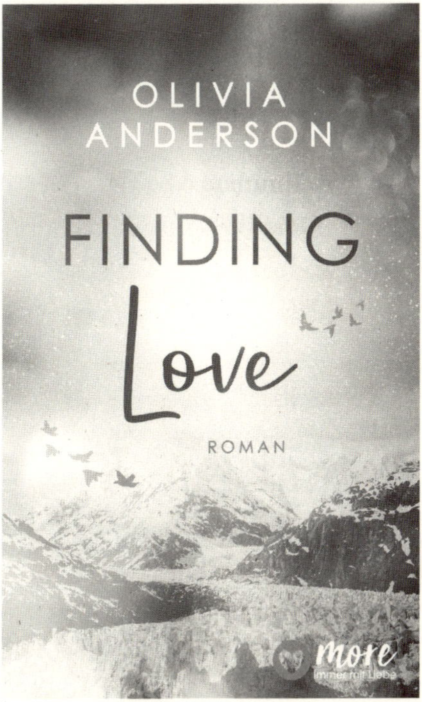

Kapitel 1

Loreley

Mit einem breiten Lächeln auf den Lippen lief ich den Flur des Großraumbüros entlang. Während ich mit der linken Hand wie ein Star bei seinem Weg über den roten Teppich winkte, hielt ich mit der rechten das Handy umklammert und starrte zur Tarnung wie gebannt auf das Display.

»Weltklasse, Loreley!«

»Du hast es gerockt.«

»Topleistung!«

Normalerweise hätte ich mich über den Beifall gefreut und den Erfolg ausgekostet, im Moment wollte ich jedoch nichts weiter als mein Büro erreichen und allein sein. Ich war keine Schauspielerin, und gekünstelt zu lächeln, strengte mich an.

»Sorry, ich habe es eilig. Später reden wir«, rief ich zurück und hob demonstrativ das Handy hoch.

Als ich endlich in meiner Schutzzone anlangte, schloss ich schnell die Tür, umrundete den Schreibtisch und ließ mich in den Stuhl fallen.

Eigentlich hatte ich gehofft, bei der Arbeit zumindest

einen Teil des Kummers abzulegen, doch der hehre Wunsch war nahezu auf der Stelle verpufft.

Ich war am Boden zerstört, und nicht einmal mein heiß geliebter Job als Prozessoptimiererin, der mich noch immer aus kleinen Tiefs herausgerettet hatte, änderte etwas daran. Wie sollte er auch? Dies war kein *kleines Tief*, und selbst die gute Fee aus *Cinderella* könnte mit dem leidenschaftlichsten »Bibbidi-Bobbidi-Boo« nichts ausrichten. Zu meiner Stimmung passte eher die grausame Originalversion, in der sich die Schwestern Zehen und Fersen abschnitten, um ihre Füße dem gläsernen Schuh anzugleichen.

Bei mir war zwar kein Blut im Schuh, dafür im Herzen.

Durch die Milchglaswand, die die Singleräume vom Großraumbüro trennte, gewahrte ich die charakteristische Silhouette meiner Assistentin Mia. Alles an ihr war rund, nicht zu verwechseln mit dick – die Form des Körpers, das Gesicht, die Locken ihres langen Haars und sogar ihre Persönlichkeit. Ich kannte keinen *runderen* Menschen als sie.

Abgesehen von meiner besten Freundin Cathy kam Mia trotz – oder wegen – unseres Arbeitsverhältnisses einer Vertrauten wohl am nächsten. *Ex-beste-Freundin*, dachte ich und spürte den Schauer allzu deutlich, der über meinen Rücken lief.

Würde ich es je schaffen, die Bilder zu verbannen, die sich wie verächtlich grinsende Mahnmale in meinem Kopf festgesetzt hatten?

Mia öffnete die Tür und trat ein. In der Hand hielt sie zwei Kaffeetassen. Sie setzte sich auf den mittleren der drei Stühle vor meinem Schreibtisch und schob mir eine Tasse zu. »Die Heldin des Tages! Hugh möchte dich um zehn Uhr sehen. Ich bin gespannt, ob er einen fetten Bonus für dich bereithält.« Sie musterte mich. »Du müsstest strahlen und herumhüpfen. Nicht wie Tom Cruise auf einer Couch, dafür bist du viel zu kultiviert und dezent. Ein Minihopser aus dem Stand wäre jedoch angebracht. Was ist los?«

Zwar war ich dank des dreimonatigen Florida-Aufenthalts braun gebrannt und hatte die Schatten auf meinem Antlitz sorgfältig mit Make-up abgedeckt, die rot geweinten Augen ließen sich allerdings durch kein Beautymittel der Welt kaschieren. Mit dem Vorwand, ich hätte eine Allergie, punktete ich bei Mia nicht. Sie wusste, dass ich auf keine Substanz reagierte.

Bis jetzt hatte ich niemandem von meinem Unglück erzählt – weder meinen Eltern noch Personen aus meinem Bekanntenkreis und auch nicht den Nachbarn. Zu eng waren sie auf unterschiedliche Weise mit William, Cathy und mir verknüpft. Außerdem würde ich den mitleidigen oder kritischen Blicken nicht standhalten. Dazu fehlte mir die Distanz. Hieß es nicht, die Zeit würde alle Wunden heilen? Darauf setzte ich meine ganze Hoffnung.

Ich seufzte und winkte ab.

»Das Seufzen bestätigt meine Vermutung, dass etwas nicht stimmt, hilft mir aber keinen Deut weiter«, erwiderte Mia sofort.

Mia war nicht nur fröhlich und herzlich, zu ihren Charakterzügen gehörten ebenso ein unverblümtes Vorgehen und Hartnäckigkeit. Ich brauchte also erst gar nicht zu versuchen, mich herauszuwinden.

»Ich habe mich von William getrennt«, flüsterte ich.

Bis auf ein leises Zucken der Mundwinkel blieb Mias Mimik neutral. »Wow. Das nenne ich eine Riesenneuigkeit. Es tut mir sehr leid, Loreley.« Nach einer kurzen Pause ergänzte sie: »Ist William zu bedauern, oder ärgern wir uns über ihn?«

Trotz Mias angestammter Beharrlichkeit besaß sie genug Empathie, nicht nachzubohren, würde ich jetzt stoppen. Sollte ich das? Es wäre gut, mir alles von der Seele zu reden.

Verstohlen sah ich auf meine Armbanduhr. Es war zehn Minuten nach neun. Bis zu dem Termin mit meinem Chef Hugh hatte ich fast eine Stunde, um die Geschichte in ihrem gesamten schrecklichen Ausmaß darzulegen. Aber war ich schon bereit?

»*Wir ärgern uns*«, sagte ich. »Wobei das Wort ›ärgern‹ nicht passt.«

Trauer, Entsetzen und das Gefühl des Verlusts trafen meinen Zustand besser. Dazu mengte sich die Empfindung, erniedrigt und hintergangen worden zu sein. Letzteres war vielleicht das Schlimmste von allen.

»Daraus werde ich genauso wenig schlau.« Mia

streckte den Arm aus und tätschelte über den Schreibtisch hinweg meine Hand. »Mir ist klar, dass du bereits lang und breit mit Cathy gesprochen hast, doch eine zweite Perspektive schadet nie.«

Ich ahnte, worauf Mia abzielte. Natürlich kannte sie Cathy und verstand sich mit ihr. Als Beraterin in Liebesdingen hielt Mia sie allerdings zweifellos für ungeeignet. Ein Fakt, den ich nicht abstritt.

Cathy und ich hatten uns in Berkeley kennengelernt, wo ich Ingenieurwesen studiert und anschließend den MBA für Führungskräfte absolviert hatte. Von Beginn an waren wir unzertrennlich gewesen und hatten einige Abenteuer zu bestehen gehabt. Mit Cathys Spontanität und unbekümmerter Daseinsfreude hatte ich es jedoch nie aufnehmen können. Dabei bin ich weder ein Mauerblümchen noch ein Nerd.

»Mit Cathy wechsle ich nie wieder ein Wort, aber sie kennt die Umstände«, entgegnete ich.

Mia runzelte die Stirn, dann zog sie die Brauen hoch. »Sag bloß, sie hält zu William.«

Ich blinzelte eine Träne weg. Hatte ich in den vergangenen Tagen nicht schon genug geweint? »Ach, Mia. Die Wahrheit mit allen Folgeerscheinungen ist viel schlimmer, als du sie dir gerade ausmalst.«

Tatsächlich zog das Ereignis einen Rattenschwanz an Problemen nach sich, der mir das Leben zusätzlich schwer machte. Allein der Spießrutenlauf, wenn ich meine Wohnung verließ oder nach Hause kam, war enorm belastend. Doch nahm ich ihn auf mich, um Cathy keinesfalls zu begegnen.

Dabei war ich damals so glücklich gewesen, als sie nach einem Jahr in Südkalifornien nicht nur ein Jobangebot in Seattle erhalten hatte, sondern auch den Zuschlag für die Wohnung direkt über meiner.

Kaum merklich schüttelte ich den Kopf. Ich war noch nicht so weit, das Geschehene zu offenbaren. Der Schmerz war zu präsent und riss mich selbst beim geringsten Aufblitzen in die Tiefe. Mit gestreckten Fingern rieb ich die Handinnenflächen aneinander und stellte mir vor, mein Leid zu zermahlen. »Widmen wir uns der Arbeit, für die werden wir schließlich bezahlt«, sagte ich entschieden.

Kapitel 2

Loreley

Hugh Hoffner, mein Chef und stets Gehänselter wegen seines Namens, musterte mich über den Rand seiner Hornbrille hinweg. »Deine Leistung in Florida war beispielhaft. Und das in der Mindestanforderungszeit! Was rede ich? Du bist fast vier Wochen früher fertig geworden, als es der Plan vorsah. Das hat bis jetzt kein PO geschafft.«

Ich setzte jenes Lächeln auf, das ich bereits beim Betreten des Großraumbüros zur Schau gestellt hatte, und unterdrückte ein Stöhnen.

Vordergründig war das Unglück nämlich nur über mich hereingebrochen, weil ich den Auftrag verfrüht finalisiert hatte. Welch eine Ironie doch darin lag.

»Die Lorbeeren teile ich mit den Mitarbeitern der Myers Sun Corporation«, erwiderte ich. »Selten habe ich ein dermaßen motiviertes und produktives Team erlebt. Du weißt, wie wir Prozessoptimierer normalerweise empfangen werden. Von Ablehnung über Skepsis bis Angst ist alles dabei. In diesem Fall hat man allerdings schon sehnsüchtig auf mich gewartet. Im Sunshine State scheinen die Menschen wirklich den Tick positiver zu denken und von Grund auf fröhlicher zu sein.«

Die Erinnerung an Florida schenkte mir ein echtes Lächeln – der klägliche Rest eines Sonnenstrahls aus den Südstaaten, als meine Welt noch in Ordnung gewesen war.

»Tja, nun ...« Hugh strich sich über das Kinn. »Du weißt, wie akribisch ich darauf achte, dass zwischen zwei Außeneinsätzen zumindest vier Monate liegen. Auf meinem Schreibtisch ist jedoch ein neues Projekt gelandet, das ich ungern einem anderen als dir anvertraue.« Er hüstelte. »Würdest du ausnahmsweise gleich wieder auf Tour gehen?«

Seit ich für WWS Industries tätig war, fielen mir nur zwei derartige Fälle ein. Beide Male hatte es sich um krankheitsbedingte Sondereinsätze gehandelt.

»Erzähl mir mehr«, sagte ich.

Hugh öffnete die Hände. »WWS Industries hat einen großen Holzfäller-Betrieb mit angeschlossenem Sägewerk gekauft. An die hundert feste Mitarbeiter plus externe Holzfällertrupps, die pro Saison angeheuert werden. Die Übernahme des Unternehmens erfolgte rascher als üblich. Wir alle kennen die Marktsituation. Holz ist ein begehrtes Gut. Demzufolge hat WWS auf der Stelle zugegriffen, als Hofstetter Wood am Markt angeboten wurde. Haarscharf kamen wir vor Weller Construction zum Zug.« Er zog eine Schreibtischschublade auf, entnahm eine Akte und reichte sie mir. »Leider gibt es einen Wermutstropfen. Durch den prompten Kauf wurde das übliche Prozedere nicht in vollem Umfang durchlaufen. Erst danach bemerkten unsere Buchprüfer gewisse Unstimmigkeiten in den Details, speziell in den Wareneingängen.«

»Warum treten wir nicht vom Kauf zurück?«, erkundigte ich mich.

»Hofstetter Wood fährt hohe Gewinne ein. Die abweichenden Zahlen fallen nicht maßgeblich ins Gewicht, aber natürlich müssen die Urheber des Betrugs gefunden werden. Unsere Firmenphilosophie gestattet keinerlei Abweichungen.« Hugh kratzte sich hinter dem Ohr. »Zudem würde Weller Construction sofort wieder auf der Bildfläche erscheinen. Unserem größten Konkurrenten überlassen wir freiwillig nicht einmal eine One-Man-Show-Firma, geschweige denn ein potentes Unternehmen wie Hofstetter Wood.«

Ich presste die Lippen aufeinander. Die Operation in Florida hatte mich entkräftet und ausgelaugt.

Jeder Einsatz, unabhängig vom Erfolgsgrad, forderte höchste Aufmerksamkeit und zehrte an den Energien eines Prozessoptimierers. Allein der Zeitaufwand war enorm. Durchschnittlich arbeitete man am jeweiligen Ort oft über Monate hinweg zehn bis zwölf Stunden täglich. Ein echtes Privatleben gab es nicht.

Die Phasen zwischen den Projekten – die von Hugh erwähnten vier Monate – dienten prinzipiell der Erholung, wobei man selbstverständlich auch im Headquarter seinen Aufgaben nachging. In diesen Abschnitten beschäftigte ich mich mit der Optimierung bestehender Systeme und der Erstellung neuer Konzepte. Gelegentlich hielt ich außerdem firmeninterne Schulungen ab.

Wollte ich das jetzt tun? Hier an meinem Schreibtisch sitzen, planen und skizzieren, referieren, mich alltäglich vor Cathy verstecken und hoffen, William nicht zu begegnen? In Wahrheit brauchte ich nichts dringender als körperlichen und geistigen Abstand zu meiner momentanen Misere.

Was überlegte ich also lange?

Der Schwierigkeitsgrad des Auftrags schreckte mich jedenfalls nicht ab – im Gegenteil. Je komplexer sich die Sachlage gestaltete, umso mehr musste ich mich konzentrieren und vergaß darüber hoffentlich mein Leid.

»Okay, ich bin dabei«, sagte ich und versuchte, angemessenen Enthusiasmus in meine Stimme zu legen.

Hugh lehnte sich in seinem Stuhl zurück. »Großartig! Ich bin wirklich erleichtert.« Er nickte versonnen. »Gern würde ich dir jemanden zur Seite stellen, schließlich handelt es sich um einen heiklen Sonderfall. Du verrichtest nicht nur die üblichen Standardaufgaben und prüfst die Eignung des amtierenden Geschäftsführers, sondern suchst zugleich nach einem Betrüger. An Prozessoptimierern stünden Samantha und Alexander zur

Verfügung. Um etwaige Probleme zu vermeiden, definiere ich klar, dass du die Leitung innehast und dir zugearbeitet wird.«

Mir war bewusst, worauf Hugh mit seinem letzten Satz abzielte. Samantha war eine junge Kollegin, Alexander allerdings ein alter Hase, der sich nicht ohne Weiteres herumkommandieren ließ – Unerfahrenheit versus Routine und Wissen. Wofür sollte ich mich entscheiden?

Unvermittelt kam mir ein Gedanke. Grundsätzlich benötigte ich weder eine PO in Ausbildung noch einen Mitspieler, der jede meiner Entscheidungen hinterfragte und Begründungen wünschte.

»Wie du das Projekt beschreibst, brauche ich vielmehr eine gute Assistentin, die mit meinen Gewohnheiten vertraut ist. Ich würde Mia mitnehmen. Sie hat mich bereits einmal vor Ort unterstützt. Damals, bei dem Windpark in Oregon.«

Die Aussicht, einen nahen Menschen auf die Reise mitzunehmen, fühlte sich abgesehen von der Entfernung, die ich zwischen mich und Seattle brachte, wie das sprichwörtliche Licht am Ende des Tunnels an.

Hugh hob den Zeigefinger. »Oregon war eine Nachkontrolle. Ihr seid nur drei Wochen dort gewesen. Hofstetter Wood erstreckt sich über mindestens vier Monate. Mias Stellenbeschreibung schließt keine derartig langen Außeneinsätze ein. Sie müsste explizit zustimmen. Dann würde die Personalabteilung einen beschränkten Sondervertrag ausfertigen. Mia erhielte für die Zeit auch ein höheres Gehalt.«

Er drückte eine Taste seiner Telefonanlage und sagte: »Mary, holst du mir bitte Mia Thompson ins Büro? Und lass im Anschluss die gesamten Hofstetter-Unterlagen in Loreleys Büro bringen. Die Übersichtsakte hat sie schon. Danke.«

Nachdem er den Druckknopf des Apparats losgelassen hatte, wies er auf den Ordner, den er mir vorhin ausgehändigt hatte. »Ethan Hofstetter war der Besitzer des Betriebs. Der Verkauf erfolgte alters- sowie krankheitsbedingt. Offenbar gibt es keine Nachfahren, die das Unternehmen weiterführen wollten. Seit der Übergabe hat Hofstetters ehemals rechte Hand die Leitung inne. Ein gewisser Logan Finnley. Wie ich erwähnte, versteht es sich von selbst, dass du ihn gesondert unter die Lupe nimmst. Zum einen könnte er durchaus der Initiator des Betrugs sein, andererseits gilt es zu erfahren, ob er sich langfristig für die Position des Geschäftsführers eignet. Einen Ersatz zu finden, wäre unter den gegebenen Umständen nicht das leichteste Unterfangen. Hat er sich nichts vorzuwerfen, wäre es besser, ihn einzuweisen als zu entfernen.«

Ich horchte auf. »Was meinst du mit ›gegebenen Umständen‹?« Da Hugh nicht sofort antwortete, schlug ich die Mappe auf und las das Titelblatt:

Hofstetter Wood
Glacy City
Bundesstaat Alaska

»Was? Alaska?«

In diesem Moment streckte Mia ihren Lockenkopf durch die Tür. »Ihr wollt mich sprechen? Was ist mit … Alaska?«

Sie musste meinen erstaunten Ausruf aufgeschnappt haben.

»Komm herein und setz dich, Mia«, sagte Hugh.

Sie nickte, nahm neben mir Platz und sah erst Hugh, daraufhin mich fragend an.

Demzufolge übernahm ich die Erklärung. »Ausnahmsweise starte ich ohne die gewohnte Pause in ein neues Projekt. Es ist umfangreich und beinhaltet heikle Aufgaben. Aus diesem Grund benötige ich eine zweite Person. Du bist mein Vorschlag.«

»Über die gesamte Spanne?«

»Jedenfalls bis Dezember«, entgegnete ich und beeilte mich, hinzuzufügen: »Sollte sich der Auftrag über Neujahr hinweg erstrecken, würden wir den üblichen Urlaub natürlich antreten und nach Seattle zurückfliegen.«

Unsere Abteilung arbeitete das ganze Jahr unter Hochdruck, aufgabenbedingt gestaltete sich die Weihnachtszeit jedoch ruhig. Deshalb schlossen sich unsere Türen vom vierundzwanzigsten Dezember bis nach Silvester.

»Bin ich denn die Richtige dafür?«, erkundigte sich Mia zaghaft.

So hatte ich meine Assistentin noch nie erlebt. Mia wirkte verwirrt und unsicher. Lag es an der für sie neuartigen Herausforderung?

»Ich habe selbst erst von dem Fall gehört und muss mich in die Details einlesen«, erwiderte ich. »De facto brauche ich jemanden an meiner Seite, dem ich blind vertraue, der Sensibilität besitzt sowie Menschen gut einschätzt und – last not least – ein Ass in Rechnungswesen und Buchprüfung ist.«

»Lass dir Zeit, Mia, und teile uns morgen deine Entscheidung mit«, sagte Hugh. »Lange Außeneinsätze liegen schließlich nicht in deinem Aufgabenbereich. Es wäre eine große Umstellung für dich.«

Mia schüttelte den Kopf. »Vielen Dank für die Frist, sie ist aber nicht notwendig. Ich bin an Bord. Wann geht es los?«

Der glückliche Ausdruck auf Mias Gesicht ließ mich aufatmen. Ich hatte sie spontan vorgeschlagen und dabei nur an mich gedacht. Dass ich sie womöglich in Verlegenheit hätte bringen können, war mir nicht in den Sinn gekommen.

Mein Blick schwenkte zu Hugh. »Wie sieht der Ablaufplan aus?«

Er seufzte. »Nun, es ist Eile geboten. In zwei Wochen erfolgt der Startschuss.«

Ich meinte, mich verhört zu haben. Die Vorbereitungsphase betrug für gewöhnlich mindestens einen Monat.

Wider Erwarten verspürte ich in meinem Inneren ein hoffnungsvolles Gefühl aufsteigen. Ich hatte die richtige Wahl getroffen. Um das Arbeitspensum zu erfüllen, würde ich mich von früh bis spät in den Job vertiefen müssen und ab sofort keine Zeit haben, über mein Dilemma zu sinnieren.

Hugh beugte sich vor. »Ihr werdet die Situation fest im Griff haben. Und aus der Ferne stehe ich euch bei.«

Mia hob die Hand und formte mit Zeige- und Mittelfinger das Victory-Zeichen. »Nun, dann auf nach … Alaska ist unser Ziel, oder?«

Alaska! Es handelte sich nicht nur um mein erstes Projekt in diesem Bundesstaat, sondern auch um das erste Unternehmen, das WWS Industries dort gekauft hatte. Demnach konnte ich auf keinen Erfahrungsbericht eines anderen Prozessoptimierers zurückgreifen.

Was wusste ich überhaupt über Alaska?

Auf der Stelle blockierte mein Gehirn sämtliche kritischen Orientierungspunkte, und die Fantasie formte verträumt wildromantische Bilder. Eine verschneite Landschaft, darin eingebettet das hübsche Kleinstädtchen Glacy City, Wälder und schier grenzenlose Weiten, prasselndes Kaminfeuer, ein zugefrorener See, auf dem Kinder eisliefen. Freiheit und gesunde Luft, die tief in die Lunge vordrang und Kraft spendete.

Die frische Brise heizte das Flämmchen der Zuversicht in mir an und schaffte es, einen Hauch von Wärme herbeizuzaubern. Dieser Auftrag war ein Geschenk, das mir unvermutet überreicht worden war – und ich würde es nutzen, um mich wieder zu finden.